Une maison au bord du monde

세상 끝 집

앙뜨완 오두아르 저
김성희 역

예신

세상 끝집

2002년 9월 25일 초판 인쇄
2002년 9월 30일 초판 발행

지은이 : 앙뜨완 오두아르
옮긴이 : 김 성 희
펴낸이 : 남 상 호
펴낸곳 : 도서출판 **예신**

140-896 서울시 용산구 효창동 5-104
대표전화 : 704-4233 / 팩스 : 715-3536
출판등록 : 제03-01365호 (2002. 4. 18)

값 8,000원

파본은 교환해 드립니다.
홈페이지 : www.yesin.co.kr
ISBN : 89-5649-004-X

이 글은 픽션이 아니며, 이 책에서 밝힌 이야기들은 사실을 바탕으로 했다. 그러나 등장 인물들과 그들의 가족, 그리고 그 주변 사람들의 사생활 보호를 위해 이름은 가명을 사용했다.

✒ 책머리에

나는 친구 필립 고도와 함께 2000년 11월 처음으로 그 '집'의 파란 정
문을 마주한 바 있다. 내 친구는 영화 제작자로, 라퐁 출판사가 발행하여
프랑스를 비롯한 전 세계 독자들로부터 호평을 받은 마리 드 에네젤의
소설 《개인의 죽음》을 영화화하기 위해 지난 5년간 광적으로 그 작업에
매달려 왔다.

프랑스 대통령 프랑스와 미테랑의 머리말이 실리고, 독자들로부터 큰
감동을 불러일으킨 그 소설은 많은 프랑스 독자와 마찬가지로 나에게도
숨겨진 한 세계를 발견케 해 주었다. 그 세계는 특별하면서도 강렬하고,
때로는 끔찍하기도 한 인생의 마감을 의미한다.

소설의 질이나 역량은 제쳐두고라고 장차 그 책의 영화화를 위해서는
그럴만한 비전이 필요했다. 필립과 영화감독 쟝 피에르 아메리는 그 가
능성을 알아보고자 많은 노력을 하였다.

마리는 대본을 쓰는 동안 엑상 프로방스 부근의 갸르단느에 위치한 열
두 개의 병실을 갖춘 진료소, 다시 말해서 바로 그 '집'으로 쟝 피에르
를 안내했다. 프랑스의 임종 간호법에서 선구자격이라 할 수 있는 그곳
은 마리에게 있어서 임종을 함께 해 주는 가장 확실한 한 실례로 받아들
여지고 있었다. 그곳에서는 의료 행위를 절대로 소홀히 하지 않았으며,
의료 행위의 우선권을 인간에게 두고 있었다.

장 피에르 아메리는 그런 사실에 깊이 감동받았다. 그 '집'에서 받았던 환대, 영화에 출연하고자 하는 몇몇 환자들의 의지, 그리고 수많은 병원 관계자들의 형상화 작업은 모험, 그 자체였다.

그 '집'의 내력을 저술해야겠다는 발상을 하게 된 것은 그곳의 의료진들을 만나고 나서였다. 인생의 종말에 와 있는 환자 — 특히 에이즈 환자, 암 환자, 그리고 근위축성 측색 경화증과 크로이츠펠트·야코브 병 등을 7년 전부터 보살피고 있는 보기 드문 이상 추구자들과의 이야기는 분명 기록으로 남길만 했다.

내가 그 '집'의 문턱을 넘어섰던 것은 작가나 신문기자에게 위탁할 수도 있었던 계획을 직접 구상할 목적에서였다. 나는 자유기고자의 자격으로 현장에서 사람들의 말을 청취하고 목격하고 싶었다. 얼마의 시간이 경과한 후, 나는 이 책을 반드시 저술해야겠다는 결심을 하였다.

그 이후 내 삶 중 가장 바쁜 시기가 시작되었다. 7개월의 체류 기간 내내 의료진과의 만남뿐만 아니라 의료 자원봉사자들, 가족들, 환자 자신들은 말 그대로 '세상의 끝'으로 나를 인도했다.

모든 사람들로부터 환대를 받은 나는 그저 목격한 바대로 쓰기로 했다. 조심스러운 몸짓, 세심한 주의, 너무 빨리 흘러가는 시간, 밤의 고독, 한순간의 폭소, 짤막한 몇 마디의 말, 간헐적인 비명 소리, 체념어린 시선, 그 시선 속에서는 모든 것이 정지된 듯하고, 그리고 스러져가는 숨결 …….

타인들에게 열어보였던 내면의 진실은 나로 하여금 본연의 모습에 직면하게 했다. 나는 수치감에 대한 두려움 없이 이런 나 자신과의 대면을 수락했으며, 그것 또한 진솔하게 써내려가고자 했다.

《세상 끝집》은 여러 편의 이야기를 싣고 있다. 이 책은 죽음에 대해서 언급하고, 단말마의 격렬한 고통을 상기시킨다. 그로 인한 쓰라린 상처는 결코 아물지 않는다.

나는 이 책에서 숨을 거두는 최후의 순간을 포함한 모든 존재의 삶에서 가치있는 것, 실존적인 것, 그리고 대체할 수 없는 본질적인 것들에 관해서 언급하려 했다.

나를 환대하고 신뢰했던 모든 이들, 특히 진료 총책임자인 쟝 마크 라피아나, 사회사업 업무 당당자인 샹딸 베르틀루, 간호과장인 쟝 루이 기그, 그리고 신경정신과 의사인 미레이유 데스땅도 등은 이곳에서의 취재를 불편 없이 할 수 있도록 많은 도움을 주었다.

나는 그들에게 특별한 감사를 드리고 싶다.

앙뜨완 오두아르

6

● 차 례

제1부 이 세상에서의 삶

세상 끝에서 • 10

지리적 공간 • 13

시골 의사 • 19

타인들의 계단 • 31

한 남자 • 39

미레이유 • 47

시 작 • 57

인생 행로 • 65

함께 하는 삶 • 74

브 리 • 79

처 음 • 83

애 칭 • 86

프레데릭의 소 • 88

세심한 간병 행위 • 93

여 행 • 101

꿈 • 103

한밤중 • 106

AIDS(후천성 면역 결핍증) • 114

안락사 • 118

안녕하세요 • 129

전쟁 이후의 축제 • 132

긍정과 부정 • 138

어제 그리고 오늘 • 141

세상을 떠나다 • 152

입 구 • 159

망령들 • 163

얀자의 편지 • 167

적절한 시기 • 172

뤼테스의 원형 경기장 • 177

실 의 • 179

제2부 운명

망령들을 위한 기도 • 186

춤, 춤, 춤 • 203

으젠느 • 214

클레망스 • 225

유형자 • 229

새로운 시작 • 234

여 왕 • 236

마르틴느 • 242

인형들 • 245

어머니 • 247

이곳은 삶이 아니다 • 258

사랑 이야기 • 265

내 약혼녀 • 272

그것이 인생이다 • 279

마지막 날 • 290

제 1 부

이 세상에서의 삶

세상 끝에서

미 레이유가 말했다. '우리는 세상 끝에 있다'고…….
　나는 그 말의 속뜻을 깨닫고는 이내 혼란스러워졌다.

　이 세상은 둥근 것이 아니라 어쩌면 고대인들이 생각했던 것처럼 거대하고 편평한 원반 모양에 가깝다고 할 수 있다. 내가 지금 살고 있는 이곳은 한 가족, 한 마을, 한 공동체로서의 친밀함 그 자체이다. 숲과 언덕 너머에는 다소 가깝다고 할 수 있는 이웃들이 살고 있으며, 우리는 그들과 교역을 하거나 때로는 전쟁을 하기도 한다.

　저 멀리 한번도 가 본 적이 없는 국경 부근에는 병사들과 떠돌이 방랑자들의 무용담에 근거하여 사람들의 머릿속에 각인된 야만인들의 영토가 시작된다. 그리고 그보다 좀더 멀리 떨어진 곳에 광활한 대지가 있는데, 그곳의 지리적 풍경은 멀리 가면 갈수록 보다 더 환상적으로 바뀌며, 바다 괴물들이 서식하는 대양이 있는가 하면, 전혀 본 적이 없는 색깔의 무지개도 볼 수 있다.

하지만, 직접적인 체험의 한계와 환상이 지닌 공포가 어떤 것이든 간에 그곳은 여전히 이 세상에 속하는 곳이다.

그보다 멀리는 어디인가? 그곳은 바로 세상 끝으로, 무시무시할 정도로 부글부글 끓어오르는 물, 눈을 멀게 할 정도의 강렬한 빛, 그리고 빈 공간만이 존재하며 사람들은 그곳에서 버둥거리다가 검고 냉랭한 거대한 공간 속으로 빠져들고 만다.

현기증 나는 급추락으로 사람들은 모두 해체되어 빈 공간 속에서 무(無)로 전락한다. 추락에 관한 두려움을 떨쳐 버리고서 삶을 영위해 간다는 것은 사실상 불가능한 일이다.

옛부터 알려진 역설이 있다. 우리는 경험하지 못한 것을 마치 직접 체험한 것처럼 말한다는 사실이다. 일생 동안의 신중함이라든가 집념과 같은 강인함은 우리를 항상 준비케 하고 보호해 주기에는 너무도 무력하다.

슬며시 미끄러지듯 사라져 가는 시간과 더불어 의식적이든 무의식적이든, 우리는 더 이상 실제 땅이 아닌 그곳으로, 실제 바다보다 훨씬 깊은 바다로, 매우 차가우면서도 불같이 뜨거운 그곳으로 정처 없이 흘러 들어가는 것이다.

세상 끝, 그곳은 바로 공간의 한계 지점이며, 시간의 한계 지점이기도 하다. 소멸되지 않은 채 그 한계 지점을 지나 더 먼곳으로 나아간다는 것은 불가능한 일이다. 저 너머에는 더 이상 세상이 존재하지 않는다. 다시 말해서, 더 이상 우리가 존재하지 않는다. 세상 끝, 그곳은 우리의 존재가 소멸되는 교차점 같은 곳이며, 또한 우리의 눈앞에 놓여 있다가 갑작스럽게 우리의 내면 속에서 솟구쳐 오르는 한계 지점인 것이다.

"어떤 이들은 그 한계 지점 앞에서 몸을 돌이켜 모든 것에 입맞춤하고, 단 한번의 눈길로 모든 사물을 포착함과 동시에 그것들을 수용하면서 또다른 꿈에 부푼다. 다른 이들은 모든 것이 너무나도 빨리 도래했다는 사실에 사로잡힌 채, 격앙된 상태로 망연자실해 있는가 하면, 한계 지점을 인정하지만 존재에 대한 각성 이후 새롭게 거듭나서 다시 분발하는 사람도 있고, 잠을 자는 사람, 별 반응 없이 지나치는 사람, 공포에 사로잡혀 있는 사람, 혹은 이따금씩 세상에서의 삶을 경시해 버리는 사람 등 다양하다. 그런데 전자의 사람들은 세상을 떠나지 않는다. 대신 세상이 그들을 슬그머니 떠나는 것이다."라고 미레이유는 말했다.

그 상태에서는 더 이상 겉과 속이 존재하지 않으며, 이승과 저승도, 오늘과 내일도 존재하지 않는다. 단지, 한줄기 바람 같은 숨결, 콧김 정도만이 남아 있을 뿐이다.

공허감이 우리의 폐부를 파고들면서 모든 감동과 많은 추억들, 그리고 지금까지 인내심을 가지고 쌓아올린 모든 정신적 구조물들은 그 유일한 공허 속으로 빠져 들어간다.

우리는 소유했던 지식을 모두 잃어버리고 이전의 모습을 상실한다. 여전히 가느다란 숨결과 공허 속의 정지 상태만이 존재한다.

'지구는 둥글다' 라는 사실이 일생을 통해서 점차 확립되었다. 그러나 죽음으로 다가가는 사람에게 있어서 지구는 오히려 편평할 따름이다.

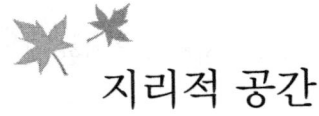

지리적 공간

그 '집'은 갸르단느의 한 언덕 위에 위치하고 있다. 그곳에서는 작은 마을과 전원 풍경, 그리고 열 병합 센터의 굴뚝에서 흘러나오는 불길한 연기들이 한눈에 들어온다.

여기에 자리잡기 전 두세 군데의 후보지가 물망에 올랐다. 그 중한 지역은 부크벨레르에 근접해 있는 마을로서 그곳의 읍장이 설립을 원치 않았다.

그 '집'의 상징 문양은 작은 집을 형상하는 것으로, 건축하기 전 상딸이 그린 것이다. 한 지붕 아래 있는 두 개의 벽은 단순 묘사로 많은 것을 의미하는데, 상가나 행정 기관의 표지판 사이에 놓여 있는 흰색바탕의 이정표에서 이 상징 문양을 발견할 수 있다.

파란 빛깔의 정문과 덧문, 황토색 담장 등에서 그곳이 전문 병원임을 명확하게 나타낼 만한 특징은 전혀 보이지 않는다. 정문을 지나분수대 앞에 다다르면 비로소 병원임을 알 수 있다. 분수대는 도예가인, 간호사 도미니크의 오빠가 그 '집'의 설립을 축하하며 증정한 것이다.

대기실 왼쪽 구석에서는 두 서너 명이 나지막하게 이야기를 주고받고 있다. 갈색 곱슬머리의 사내아이가 들여다보고 있는 수족관 안에는 파란색 열대어들이 조약돌과 해초, 산호초들 사이를 헤엄쳐 다닌다.

대기실에서 혼자 기다리는 일은 매우 드물다. 접수처에서 근무하는 꺄린이 자리를 비울 경우, 지나가던 보조 간호사, 관리 부서원, 자원 봉사 간병인 또는 의사 등이 미소를 지으며 방문객에게 어느새 다가간다.

병고 탓에 경직되어 있거나 격한 분노로 경련을 일으키는 등 혹은 단순히 수줍은 듯한 모습에 이르기까지 이곳에서는 미소로 반갑게 맞아 주며, 고통과 두려움이 엄습하는 순간마저도 그 미소는 사람들을 위로한다(나중에 그 미소는 끊임없이 다시 만날 수 있으며, 그 미소는 무엇을 의미하거나 입증하려 하지 않고 그저 단순히 사람들 앞에 존재하는 것이다.).

의료 관계자, 환자 가족들, 그리고 거동이 자유로운 환자들이 식사를 하는 장소는 건물의 오른편에 위치하고 있다. 그곳에서는 여러 사람들이 식탁에 서로 어울려 앉는다. 한쪽에선 웃음소리가 들리기도 하고, 다른 한편에선 놀랄 정도로 멍한 시선을 하고 있는 사람도 있다. 어떤 날은 즉흥 모임을 갖기도 하는데, 그것은 소박한 가족 행사가 있는 경우라든가, 아니면 티에리가 케이크를 만들 경우이다(티에리는 그 '집'의 구석구석을 헤집고 다니다가 아무 곳이나 문을 열고 '케이크가 왔어요'라고 말한다.).

조리실은 티에리, 파트리시아, 실비 등과 같이 깜짝쇼를 연출하는 재주꾼들, 그리고 누구나 친근하게 다가갈 수 있는 온유한 영혼의 소유자인 롤라와 엘레나, 또는 그저 커피를 마시고 싶은 사람들, 마음이 조금 괴로운 사람들로 북적댄다.

조리실에서는 결혼과 사망에 대한 이야기가 오고가기도 하고, 출생과 죽음에 대한 이야기로 슬퍼지기도 한다. 모든 일은 조리실을 거쳐 가고 어떤 사람들은 그곳에서 은신하기도 하며, 물이나 과일을 핑계로 조리실을 찾아와 휴식의 기회를 갖기도 한다.

조리실과 식당 사이에 위치한 지하로 통하는 계단을 내려가면 자원 봉사자 사무실(약 20여 명의 봉사자들이 교대로 40명의 유급 근무자들을 돕는다)이 있고, 10년 전에 창설된 이동 진료반도 있다.

지하 안쪽에는 총무실이 있는데 비어 있는 날이 더 많다. 그곳은 '룰루' 라는 별칭으로 불리는 간호 과장 쟝 루이의 사무실이다.

그 '집' 의 공간 배치는 단순하다. 1층에는 3개의 방이 있고, 2층에는 9개의 방이 있다. 각 방들은 번호를 갖고 있는데 문 위에 새겨져 있지는 않지만 거의 본능적으로 그곳 사람들 각자의 머릿속에 입력되어 있다. 방 번호 뒤로 그 방에 입원했던 환자들의 이름이 퇴색되지 않은 채 투영되어 비친다.

2층에는 서재를 겸한 회의실이 있고, 욕조가 갖추어진 목욕실이 2개 있는데 이에 대한 환자들의 평판은 매우 좋다.

다음으로는 '진료실' 이라고 글씨가 적혀 있는 아담한 방이 하나 있다. 의사, 간호사, 보조 간호사들이 밤낮으로 이곳을 들락거린다(위생 수칙, 의약 보관함, 결재 서류, 편지 뭉치들, 해학적인 그림, 날카롭게 울리는 호출음……).

병실마다 제각기 다른 모습을 하고 있다. 어떤 곳은 지방의 큰 전원 주택에서 느낄 수 있는 밝고 포근한 방으로 여겨질 정도이다.

또한 입원 환자들에 의해 독특하게 꾸며지기도 한다. 내부 벽은 그림과 사진들로 장식되고, 방안은 개인 소지품들로 가득 채워지며, 그 사이를 음악이 비집고 끼어 든다.

그 '집'에 대한 회상은 환자들이 각자 병실에서 벌였던 다양한 활동들과 관련된 이야기가 주를 이룬다. 마구잡이 식의 수집품들을 병실 안에 간직했던 환자, 병실을 거점으로 삼아 그곳에서 특별 강연을 가졌던 환자, 자신의 애완용 개들을 위해 병실을 아기자기하게 꾸몄던 환자, 결코 방문하지 않을 자신의 공주를 위해 병실을 궁전처럼 화려하게 장식했던 환자도 있었다.

환자들이 떠난 후, 병실의 모든 장식을 치우는 데는 오랜 시간이 걸리지 않는다. 존재와 부재와의 관계는 찰나적이다. 부재는 결코 빈 공간이 아니며, 기능성 위주의 의료 시설만 남아 있는 차디찬 정육면체 공간도 아니다. 우선 존재하지 않는 것, 즉 빈 공간 그 자체가 존재하는 것이다.

병실에는 인공 호흡기가 갖추어져 있고, 누렇게 바랜 벽과 차가운 느낌의 파란 벽, 닫혀진 창문 등은 병실이 아닌 거주 공간의 모습을 여전히 간직하고 있다. 그리고 세세한 부분에 이르기까지 의도적인 배려가 엿보인다.

"나는 전기 콘센트를 설치할 때 그 방의 환자와 침묵의 대화를 나누는 느낌이 들어요. 이런 침묵의 대화는 가능한 한 최선을 다하겠다는 제 마음의 결정을 더욱 다지게 해 줍니다."라고 페인트칠을 하고 있는 크리스토프는 말한다.

하나의 화폭처럼, 하나의 소설처럼, 그 방에 실재하지는 않지만 환자의 영혼과 대화를 하는 것이다.

병이 호전된 환자들의 퇴원은 병원 정문을 통해서 이루어지지만, 반대로 시신들은 그 동안 친숙했던 병실이 접해 있는 복도를 따라 운반된다(의료원 식구들의 식당, 샹딸의 사무실, 회계사 르나토의 사무실, 신경정신과 의사 미레이유의 진료실……).

의료진들은 좌절에 의한 분노, 사망, 고통의 순간을 겪은 후, 복도 구석에 위치한 작은 방으로 들어와 잠시 머물다 간다. 그 방에는 이별의 시구절을 첫 장에 담고 있는 한 권의 책과 쿠션들이 여기저기 널려 있다.

복도 끝에 있는 이중문은 황토색 벽의 방으로 이어진다. 그곳에서 사망자 가족들은 그들의 선택에 따라 장례식을 치를 수 있다. 으젠느 신부가 가톨릭 장례 절차를 주도하며, 아주 드물게 회교도 장례식도 거행된다. 가장 많이 치러지는 장례식은 서로 손을 잡고 묵념을 하거나 기도를 하기도 하고, 작별 인사를 담은 글을 낭독하는 등 아주 간결한 방식으로 진행된다.

장례식장 뒤편에는 장지로 떠나기 전까지 유해가 안치되어 있는 냉기가 감도는 방 이외에는 아무것도 없다.

대기실에는 추도의 촛불이 타고 있다.

물리적 공간과 방들의 배치와 기능 이면에는 기억의 공간, 즉 일종의 상상의 지리적 공간이 존재한다. 그 공간의 지도는 유품이나 나무, 많은 돌에 의해서 시간이 표시된다.

병실 내부는 사진, 그림, 액자 등으로 장식되어 있고, 그 장식품들은 각각 친구나 환자들에 대한 이야기를 담고 있다. 이것이 바로 부재자의 실재인 것이다.

이 실재는 투영, 메아리, 침묵 속으로 스며들어 간다. 공간이 존재하고 표적들이 존재하다가 한순간 그 어떤 사물도 존재하지 않는다. 고요의 순간이 있고 좌절에 의한 분노의 순간이 있다.

세상에서 파면당한 우리 자신들이 형제, 자매들의 유령들에 둘러싸인 채로 머무는 이 세상 끝 이외에는 그 어느 것도 존재하지 않는다.

시골 의사

장 마크를 볼 때면, 이상하게도 그에게 안기고 싶은 충동이 불현듯 인다. 누가 누구를 감싸안았는지 분간이 안될 정도로 다정하게 포옹하듯이 말이다. 그의 검은 눈동자 속에, 그리고 그의 길고 오똑한 코와 이마가 균형을 이루고 있는 얼굴에 온정이 깃들어 있다. 지칠줄 모르는 강인함이 느껴지는 곰 인형과 흡사한 그의 몸집에는 따스함이 배어 있다.

장 마크는 그 '집'의 진료 총책임을 맡고 있다. 그에게 총책임자라는 직책은 어울리지 않는 듯이 보인다. 왜냐하면 그는 명령을 좋아하지 않기 때문이다. 스스로가 총책임자 직책을 인정하지 않더라도, 그는 그 '집'에서 유일하진 않지만 책임이 막중한 중심적 고문의 위치에 있다. 그를 주축으로 모든 일이 계획되고 실행된다.

어린 시절, 그는 신부가 되지 않으면 의사가 되고 싶다는 글을 쓴 적이 있었다고 한다. 그러나 일찍이 종교로의 귀의에 대한 갈망은 상

실했지만 어린 시절 꿈에서 비롯된 건설적이며 사람들을 단결시키고
자 하는 사명은 아직도 간직하고 있다.

회의실에서 그는 언성을 높이는 대신 반대로 목소리를 낮추는 침
착한 부류에 속한다. 그는 자신의 본성이 시키는 대로 '그렇게 합시
다' 라고 말한다. '싫습니다' 라고 대답하려 하다가도 '그것은 왜 그렇
습니까?' 라는 질문을 먼저 던지는 사람이다. 그 같은 행동 방식은 배
후에서 사람들의 의견을 조작하는 것이 아니라 호기심과 추진력, 그
리고 지칠 줄 모르는 함께 공유하고자 하는 열정에서 비롯된 것이다.

쟝 마크는 그 어떤 사물이나 사람에 대해서 선입견을 갖고 배척하
지 않는다. 그는 심리 분석에 그다지 매력을 느끼지 않기 때문이다.

그 '집' 의 세 명의 창립자(쟝 마크, 사회사업 업무 담당자 샹딸, 간호
과장 쟝 루이)들이 위기에 처했을 때, 상대방이 제시한 해결 방안에
처음으로 펄쩍뛰며 난색을 표했던 사람은 쟝 마크였다.

사람들을 상대하는 일은 매일 같이 자질구레한 집수리를 하는 것
과 같은 것으로, 갖가지 연장 도구들은 그 나름대로 쓸모가 있다.

그가 어릴 때 경험한 최초의 상처는 연이어 두 가정을 떠나야 했던
것이다. 첫 번째는 알제리의 도시 오랑에 있던 부모의 집이었고, 그
다음은 이탈리아에 있는 할아버지의 집이었다. 그 이후로 그는 자기
가 거쳐 갔던 모든 집들을 고함 소리, 웃음, 눈물, 축제들로 가득 채
웠다.

그는 홀로 있기를 싫어했고 친구들이라든가 그 친구들의 또다른
친구들의 무리와 어울리기를 좋아했다. 그가 자신의 삶을 정의내릴
목적으로 어떤 이야기를 예로 든 적이 있었다.

나는 그를 만나거나 회상할 때마다 그 이야기를 떠올린다. 사람들

은 집에 혼자 있을 때, 마침 허기가 지면 통조림을 딴 후 그것을 통째로 놓고 먹을 수도 있고, 그렇지 않으면 식탁보를 깔아 식탁을 차리고 요리를 해서 먹을 수도 있다. 그 '집'에서 생활하고 일하면서 내가 배운 것은 매일 식탁에 식탁보를 까는 일이었다.

쟝 마크의 아버지는 시칠리아에서 7남매 중 막내로 태어났다. 그중 재단사였던 쟝 마크의 큰아버지는 가장 머리가 명석하고 성격이 꼼꼼했다.

큰아버지는 파리에서 일을 하다가 알제리로 이민을 갔다. 알제리에서 양복점을 개업한 후, 막내 동생인 쟝 마크의 아버지를 직원으로 채용하면서 알제리로 불러들였다.

알제리의 도시 오랑의 바스티유 광장에 위치한 양복점은 날로 번창해 갔다. 그러나 당시 프랑스의 지배를 받던 알제리에서 독립 전쟁이 발발하기 바로 직전, 쟝 마크의 큰아버지는 외과 수술의 후유증으로 사망했으며, 그 뒤로 쟝 마크의 아버지가 홀로 상점을 운영하게 되었다. 항상 대부 역할을 했던 큰아버지의 공백으로 양복점은 일손이 많이 부족했다.

전쟁은 예상을 훨씬 앞질러 일어났다. 그 결과 알제리는 프랑스로부터 독립하게 되었고, 그로 인해 쟝 마크의 가족들은 프랑스로의 추방 명령을 받았다(알제리는 로마, 터키 등의 지배를 거쳐 1830년 프랑스령이 되었다가 1962년 독립하였다.).

부모가 마르세유에 정착해서 새 출발을 준비하는 동안, 쟝 마크는 이탈리아에 있는 할아버지 댁에서 생활했다. 그는 거기서 1년을 머물렀다.

마르세유가 아닌 이탈리아의 음울한 도시에 도착한 소년에게 남겨진 추억은 아주 오랜만에 만나게 되는 할아버지, 할머니에게 어떤 인사말을 건네야 할까 고민하던 모습이었다.

그의 아버지는 마르세유의 한 양복점에서 종업원으로 일하다가 이후 오페라 대극장에서 연극 의상을 만들면서 생활이 다소 윤택해졌다. 여자까지 일을 한다는 것은 시칠리아의 관습에 어긋나는 것이었으므로 가정 경제를 꾸려나가는 것은 전적으로 아버지가 도맡았다.

학창 시절, 그의 내성적인 성격은 거의 병적이어서 어머니는 성격을 바꾸기 위해 의사에게 데리고 가기까지 했다.

그의 문제된 행실과 분열증은 역설적이긴 하지만 남과 다른 자신의 추한 외모에 대한 자각에서 비롯된 것이다. 그가 깨닫게 된 '눈에 띠는 추한 외모'(그는 마르세유의 매우 자유스러운 교육 분위기에 비해 엄격한 교육을 실시했던 알제리 태생의 프랑스인이었다.)는 멀리서도 그가 누구인지 식별 가능하게 했다.

그러나 여러 해가 지난 후, 자신의 신체적 열등감에 대한 자각은 타인들과 괴리가 생기게 하기는커녕 오히려 그를 타인들과 더욱 가깝게 하는 기회가 되었다. 그는 스스로 영리하다거나 교양이 있다거나 혹은 미남이라거나 재치가 있다고 생각하지 않았다.

사람들은 그의 주변으로 모여들었으며 기꺼이 그를 받아들이고 보호해 주었으며, 심지어 그는 그들에게 소중한 존재가 되었다.

쟝 마크에게 싹튼 신념은 자아를 확립케 했고, 내적으로 가치관을 형성케 했다. 그의 가치관에 의하면 자신은 (교양 또는 심지어 신념에 대한) 소유욕을 갖지 않았지만, 타인과의 관계 속에서 삶의 가치를 느낄 수 있었다는 점이다.

그가 고등학생이었을 때 지체 장애자와 영화관에 간 일이 있었다. 그 이유는 어느 누구도 장애자와 동행하려 하지 않았기 때문이었다. 쟝 마크는 애써 친절을 베푼다고는 생각하지 않았다. 본성대로 행동했던 그의 스스로에 대한 그리고 타인의 존재에 대한 인정이 확실한 합일을 이루었던 것이다. 자신과 그 장애인에게 그는 본성에 따라 행동했던 것이었다.

쟝 마크는 의과 대학생으로서의 자신을 극히 평범한 사람이라고 평가했다. 인턴 과정을 거치면서 퇴원한 환자들이 재입원하면서 다름 아닌 그를 찾는다는 사실을 알게 되었는데 그것은 서로에게 다행스러운 일이었다.

왜냐하면 쟝 마크는 항상 그들과 함께 대화를 나누며 병원에서 생활하고 싶어하는 사람이었기 때문이다.

그는 밤새도록 사경을 헤맸던 한 여자 환자를 기억하고 있다. 그는 단 1분도 그녀 곁을 떠나지 않았다. 그녀는 소화기 출혈이 있었던 탓에 주사약을 주입해야 했다. 비록 다음 날 사망하기는 했지만 그의 끈기 있는 노력으로 그녀의 상태는 호전되었다.

그는 진료 팀장을 만나러 가서 "어쨌거나, 제가 애썼던 모든 일이 아무런 의미가 없었다고 생각합니다. 그녀는 삶에 대한 욕망이 없었으니까요."라고 말했다.

진료 팀장은 당황한 표정으로 그를 바라보았다.

젊은 의사로서의 쟝 마크는 자신의 근무 시간 이외에 다른 사람의 근무를 대신하기도 했다. 식사 시간에는 환자들과 어울려 식사를 한 후 회진을 돌기도 했다. 그는 순회 진료하는 시골 의사로서의 삶과 더불어 살아가는 사람들과의 관계를 통해 기쁨을 느꼈다.

그 실례로, 매일 아침 그는 한 노파에게 로열 젤리를 가져다 주었다. 알프스에서 살았던 그 노파에게 로열 젤리는 유일한 즐거움이자 삶을 지탱하는 역할을 하였다(그는 아주 오래 전에 그 노파를 다시 만날 기회가 있었는데 그때 노파의 나이가 90살이었고, 작은 숟가락에 따라 먹던 로열 젤리를 기억했다.).

그가 사회 참여 의식에 눈을 돌리게 된 때는 많은 사람들과 마찬가지로 충격적인 에이즈(AIDS)의 출현과 때를 같이한다. 그렇지만 본능적으로 올바른 행동에 기반을 둔 타인에 대한 관심은 이미 오래 전에 배양되어 있었다.

쟝 마크에게도 늘 마음을 짓누르는 일이 있었다. 선택 사항이나 기호가 아닌, 무의식적으로 찾아오는 청소년기의 증세처럼 자신이 동성연애자라는 사실을 확인했던 것이다.

성 문제의 정체성은 사랑과 우정의 수용을 어렵게 만들었다. 그는 끝내 그 같은 삶을 거부하는 상황에 처하면서 세상과 단절하기로 결심한다. 그는 모로코에서 군복무를 하였다. 바로 그곳에서 자신의 첫 번째 '집'을 개업하게 되었다.

프랑스와 시칠리아의 피를 계승받아 알제리의 오랑에서 태어났고, 프랑스의 마르세유에서 성장한 쟝 마크는 자신이 프랑스인이기보다는 차라리 아프리카인에 가깝다고 느낀다. 그래서인지 그는 파리보다는 모로코, 알제리, 튀니지 등의 북아프리카에서 편안함을 느낀다.

가족과 친구들과의 단절은 그를 자유롭게 했고 더욱 강인하게 만들었다. 그가 친구와 함께 살아가는 집 앞에는 항상 줄을 서서 대기하는 사람들이 있었고, 어떤 때는 하루에 100여 명까지 진찰하고 치료해 주기도 했다.

그는 환자들과 함께 온정을 나누기도 하며, 매 시간마다 친구들이 찾아와 한잔의 술을 마시면서 고통을 공유하기도 했다. 하루라는 시간은 시작도 끝도 없었다. 쟝 마크는 비로소 자신이 원하던 삶을 가능케 해 준 관대함을 누리게 되었다.

모로코는 앙뜨완과의 만남과 그와의 뜨거운 우정이 있었던 곳이다.

오랜 망설임 끝에 프랑스로 되돌아온 쟝 마크는 직업상 그리고 인간적인 차원에서 자신의 인생에 중요한 이정표가 될 사회 참여 활동을 펼친다.

그는 세상에 전염되기 시작한 에이즈에 대항하여 타인과 함께 하는 삶을 사는 선구자 중 한 사람이 되기로 결심한다. 그래서 그는 프로방스 구제 기금으로 운영하는 한 단체의 엑상 프로방스 지부 책임자로 부임하였다. 또한 엑상 프로방스의 '샹젤리제'라고 할 수 있는 미라보 거리에 개인 진료소를 개원한다.

그의 그런 행위는 기괴한 행동도 모순적인 행위도 아니었다. 단지 '도시 속의 시골 의사'가 되기로 결심했던 것이다.

학생 시절 그는 부유한 학생이 가난한 학생의 참가비를 대신 지불해 주는 방식으로 스키 캠프를 주최했던 것처럼, 그의 병원에서도 가난한 환자의 치료비를 부유한 환자가 지불해 주도록 하였다.

80년대 말부터 그는 급속히 늘어나기 시작한 환자들, 즉 완치가 불가능한 에이즈 양성 반응자들을 가능한 한 모두 받아 주었다.

그 당시는 에이즈에 대해 무지의 시기로, 에이즈는 곧 죽음을 의미했다. 어떤 이들은 자신들이 양성 반응이라는 통보에 스스로 목숨을 끊기도 했다. 병을 극복하고자 하는 의지를 지닌 사람들은 쟝 마크의 집에서 마음을 터놓고 이야기하고, 그의 도움을 받아 고립된 생활로부터 벗어나기도 했다.

그의 친구 앙뜨완이 파리에 거처를 정했지만, 그들은 여전히 서로 가깝게 지냈다. 앙뜨완이 그에게 에이즈 감염 사실을 전해 왔을 때, 그는 가슴이 찢어질 듯 아팠다. 두 사람은 계속해서 정기적인 만남을 가졌으며, 우정을 유지하기 위해서 심지어 스스로를 사람들로부터 고립시키며, 그 어떤 상황에서든 끊임없이 서로를 위로했다.

앙뜨완의 병이 악화되면서 멀리서나마 그와 함께하는 생활이 시작되었다. 새벽 2시(앙뜨완으로부터), 새벽 3시(앙뜨완의 동거자로부터), 새벽 4시(앙뜨완의 엄마로부터)에 전화벨이 울리는 일이 잦아지기 시작했다. 그들은 쟝 마크와는 멀리 떨어진 곳에 살고 있지만, 모든 것이 해체되어 가는 몇 주 동안 그들의 마음은 오로지 쟝 마크에게 쏠려 있고 항상 그를 찾곤 하였다.

마지막 몇 주 동안, 쟝 마크도 앙뜨완 가족의 문제에 집중하게 되었다. 가족들에게 앙뜨완의 임박한 죽음을 받아들이게함과 동시에 그에 따른 삶을 인정하도록 하였다.

1992년 11월 어느 날, 앙뜨완은 죽음을 맞이하였다.

앙뜨완의 죽음으로 슬픔에 젖어 있던 쟝 마크는 마치 모든 삶의 요소들이 제자리를 찾아가는 듯한 느낌을 받았으며, 앞으로의 계획에 대한 청사진을 정확하게 그릴 수 있었다. 그것은 다름아닌 '세상 끝 집'의 개업으로 구체화할 수 있었다.

이 책이 처음 기획될 당시, 쟝 마크는 자신이 주인공이 되는 것을 일언지하에 거절하였다. 그렇지만 그 어느 누구도 거기에 반박할 명

분이 없었다.

그는 '나'라고 말하는 것에 별 관심을 갖지 않는다(앞서 언급된 이야기는 마지못해 행한 단편적인 기록들의 빈약한 재구성에 불과한 것이다. 즉, 자신보다는 '타인들에 대해서 보다 많이' 언급하려고 하는 그의 고집스러움의 한 측면이다.). 그리고 그는 '너'라는 표현과 '우리'라는 표현 사이에서 망설인다. 반대로 시제 문제에 관해서 그는 현재 시제 이외에는 사용하지 않는다.

쟝 마크에게 '세상 끝집'의 존재는 어떤 면에서 삶 그 자체이다. 그는 책상 앞에 앉아서 한손으로 통화를 하며 환자에게 곧 갈 것이라는 몸짓을 함과 동시에, 유감스러우면서도 매력적인 시선을 쟝 루이에게로 돌려 샹딸과 10시에 만나서 간호인 전문 양성 교육을 준비하자고 대답한다.

또한 어느 가정을 방문하는 일, 어느 병원에 전화를 걸어서 혈청 검사에 대한 결과를 알아보는 일, 국민 보험 공단과의 약속, '세상 끝집'에 거주하지 않는 환자의 방문 등이 그의 머릿속에서 문자 그대로 마구잡이로 자리잡고 있었다.

그러나 그는 매 순간 결코 분주한 사람처럼 행동하지 않는다. 그는 도처에 자신의 모습을 드러내면서도 주위 사람들(꺄린을 제외한 모든 사람들. 그 '집'의 사무 비서인 그녀는 분노에 가까운 애정을 품은 채, 그를 응시하곤 한다.)에게 시간이 흐를수록 갖추어야 할 것, 즉 필수적인 세심한 주의력을 보인다.

극단적으로 말해서, 세월을 시간이나 분 단위로 계산하는 것이 아니라 초 단위로 계산하면서 지식과 인류, 그리고 상대방의 말에 대한 진지한 경청, 경험 등을 매초의 짧은 순간에 단 하나로 농축할 수 있어 누구보다 훨씬 커다란 능률을 얻을 수 있으며, 그런 능률로 인해 매일 밤 10시간 동안의 수면을 취할 수 있는 것이다.

"그는 어린 시절 작은 가마솥에 빠졌던 경험이 있어요. 자기 앞에 놓여 있는 사물을 깊게 관찰하는 본능적인 습관으로 발생한 일이죠. 그리고 이제 그는 의사로서 그런 본능을 실천하고 있습니다. 그럼에도 불구하고 그 자신은 전혀 의식하지 못한다는 것입니다."라고 샹딸은 말한다.

샹 마크의 특이한 점 가운데 하나는 단체 행동 강령이 존재할지라도 예외적인 상황에 부딪치면 유동성 있게 적절히 조절한다는 것이다. 그것은 시간과의 연관성(그가 자주 사용하는 표현 가운데 하나는 "내가 오늘 여러분에게 말씀드린 것은 단지 오늘에만 유효한 것입니다."라는 것이다.)과 좀더 근본적인 요인이기도 한 타인과의 관계를 중요시하는 데서 비롯되었다 할 수 있다.

이를테면, 그가 되풀이해서 단호하게 주장하던 원칙도 그 결과가 어떠하든 간에 인간적인 상황 앞에서는 고려되지 않는다. 그것은 그에게 선택의 순서에 관한 문제가 아니라 명백한 진리에 관한 문제이기 때문이다.

타인에 대한 그의 인류애적 감정은 지나칠 정도로 보편적이며 본능적이어서 그 어떤 조직(필수적이지만)도, 그 어떤 사람(유용하긴 하지만)도, 그리고 그 어떤 기능 체계(필요 불가결한)조차도 무력할 수밖에 없다.

그는 타인의 말을 모두 경청한 후 자기 의견을 피력하고, 그리고 애정을 가지고 타인을 돕는다.

"병원 식구들을 돕는 일에 있어서는 가끔 불가능할 것 같은 일도 발생합니다. 저는 이런 모든 일들을 서투르나마 순조롭게 진행해 나갈 수 있었습니다. 그러면서 저의 성격이 변하더군요. 이제는 자연스럽게 그런 일을 할 수 있게 됐습니다."라고 쟝 마크는 설명한다.

쟝 마크는 그 무엇도 일부러 바꾸려 하지 않았다. 임종 간호법이라든가 에이즈와의 투쟁, 심지어 그 '집'의 행동 양식에 있어서도 마찬가지였다. 그의 성공, '세상 끝집'의 성공은 어디까지나 확고한 책임감에서 비롯되었다.

"환자를 돌보게 되면, 전반적인 모든 업무까지 책임져야 합니다. 다시 말해서, 환자뿐만 아니라 여기서 일하는 모든 근무자들을 상대해야 하는 것이죠."

개인의 가치관에서 비롯된 그런 책임감을 구성하는 요인들은 기적적이거나 유별난 것이 아니다.

"타인을 바라보는 시선, 세심한 주의를 통하여 타인들과 조심스럽게 긴장 상태를 유지하고, 보다 적은 시간으로도 타인들과의 관계를 풍성하게 유지합니다."라고 쟝 마크는 말한다.

그에게서 특별한 행동은 조금도 찾아볼 수 없다.

"일상에서 예외적이라함은 다른 이들이 하기를 꺼리는 일들을 수행하는 것입니다. 우리는 어디까지나 다른 사람들도 할 수 있는 일들을 할 뿐입니다."

이처럼 그는 자신의 행동을 평범함으로 돌려 버린다(어떤 것에 대해서 자연스럽게 임하는 것은 일견 타인의 이목을 끌지 않는다는 사실을 쟝 마크 스스로도 인정한다.).

평범함을 추구하면서도 그 '집'에서는 풍부한 경험을 할 수 있었기에, 그것을 좀더 강조하기 위해서 경험만을 언급하기에는 너무 부족하다는 것 또한 사실이다.

'이봐, 참 잘하는데.'라고 반복해서 말하는 것은 일의 수행 방식, 생활 방식, 간호 방법, 사고 방식, 그리고 단체 작업 방식 등에서 야기될 수 있는 깊은 회의로부터 벗어날 수 있게 해 준다.

쟝 마크는 지금까지 늘 같은 방법으로 직무를 수행해 왔다고 믿는다.

그 '집'은 때로는 웃음소리가, 때로는 울음소리가 울려 퍼지며, 슬플 때 따뜻하게 손을 잡아 주는 사람이 있는 그런 집이다. 그 '집'은 항상 여분의 자리가 마련되어 있고, 그곳을 떠나기란 심히 고통스러워 떠나기 쉽지 않은 그런 집이다.

동심의 세계에서나 경험할 수 있는 그 '집'은 어린아이 같은 소망에서 비롯되었다.

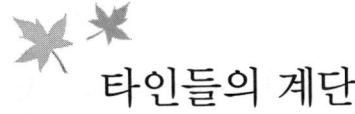

타인들의 계단

상딸은 병원 식구들 중 첫 번째로 나를 자신의 집으로 초대했다. 우리는 여행과 아이들, 그리고 여자들을 대하는 남자들의 매너에 대해 얘기를 주고받으면서 시간을 보냈다.

훌륭한 여자들이 왜 자기 남자를 찾지 못하는가?

나는 그 해답을 듣고 싶었다.

"남자들은 내가 두려운가 봐요. 당신도 내가 무서운가요?"

그녀는 가는 곳마다 차를 마셨다. 그래서 그런지, 꿈속에서 나는 찻잔의 긴 행렬이 그녀의 뒤를 쫓아가는 모습을 보았다.

그녀는 어느 작가(중국인)의 문장을 인용했다.

"나는 세상의 소리를 잊기 위해서 차를 마십니다."

그녀는 다소 위엄 있는 모습과 더불어 일종의 고귀함을 드러내는 길고 가녀린 실루엣을 지니고 있었다. 그녀는 남 프랑스 특유의 말씨를 지녔는데, 그 말씨에는 일종의 나침반처럼 지중해 여러 지방의 억양이 배어 있었다.

검붉게 타오르는 듯한 그녀의 시선은 부드러우면서도 조롱하는 듯한 인상을 주는 동시에 매서운 냉담함을 발산하는 듯했다. 남에게 상처를 입힐 수 있는 그 무엇이 그녀에게 있다는 것은 그녀 자신도 상처를 입었다는 사실을 의미하는 것이다.

샹딸은 여덟 살 때 큰언니와 함께 모로코를 떠나왔다. 그녀의 어머니는 한 달 뒤 그들을 뒤따라왔으며, 공군의 정비사로 알제리에 파병됐던 아버지는 일 년 후에야 겨우 그들과 합류할 수 있었다.

뜻하지 않은 결별, 갑작스런 망명과 같은 생활은 이미 아문 과거의 상처가 아니라 여전히 쓰라린 상처로 그녀의 삶 속에 남아 있다.

"우리집에는 가훈 역할을 하는 문구가 있습니다. '침묵 속에서 고통스러워하고 있는 사람들이 있다'라는 구절입니다."

최근 그녀는 아주 오랜 친구와 남편과의 결별을 맛보았다. 그 고통은 항상 춥기만한 나라에서 경험했던 소녀적 침묵의 아픔을 다시 갖게 했다.

망명 생활, 그것은 그녀에게 단테의 말을 상기시키게 했다.

"너는 타인들의 계단을 오르내리는 고통을 맛볼 것이다."

샹딸은 청소년기의 반항심을 지니고 세상으로부터 배척당한 타인들(거리의 부랑자들, 이민 노동자들, 그리고 에이즈 환자 등)의 삶을 자신의 아픔으로 여기며 살아왔다. 그런데 이 세상 사람들은 그 반항심을 진정시키기는커녕 미화시키기만 했고, 달래주는 대신 오히려 조장하며(이별의 이면에 숨겨져 있는 비밀과 침묵이 현실적으로 해소되지 않은 채), 그 반항심을 정당화하는 말들과 투쟁의 무기만 제공했다.

유령들과 함께 영위하는 삶, 무언의 비명 소리와 대답 없는 질문

들, 혹은 결코 제기된 적 없는 질문들과 함께 영위하는 삶, 이 모든
것들은 현재의 슬픔과 더불어 결코 끝나지 않는단 말인가? 진정 치
유될 수 없는 것인가?

샹딸이 겪은 생의 전환점 가운데 하나는 마리 드 에네젤의 강연 참
석이었다. 무엇이 그토록 그녀를 감동시켰는가? 그것은 바로 온정이
었다. 타인들과 연관된 행동 속에서, 함께 하는 호흡 속에서, 그리고
타인을 바라보는 시선을 통해서 온정을 베푸는 것(물론 온정을 받아
들이는 것도 포함해서)은 가능한 일이다. 침묵만이 흐르는 곳에 말 잔
치를 벌이는 것도 가능한 일이다.

많은 아버지들이 비정상적인 전쟁을 위해 말 없이 떠났다가 돌아
와서는 갖가지 모험담으로 사람들을 흥분케 하면서 그들의 은밀한
상처를 자식들의 영혼과 육신에 각인시키는 그런 모진 세상에서도,
은은한 음악이 들려오는 오랜 인도 여행이 아닌, 꿈과 열정이 아닌,
실제 평화로운 유토피아에서 사는 것은 가능하다.

타인의 도움, 헌신적인 삶, 시체처럼 앙상한 존재 이외에 그 이상
으로 유토피아에 근접한 것은 없다. 그 존재의 육체는 음습한 두려움
에 휩싸여 있는 까포시의 연보라색에 의해 조금씩 침식당한다. 무지,
짓궂은 장난, 침묵이라는 바다에 의해 대륙으로부터 고립된 채 서로
몸을 부대끼면서 마주쳐 지나가는 이 에이즈 섬에서 가련한 그 육체
는 스스로 견디지 못하여, 절망적이며 절대적으로 고독한 상태에 놓
인 채 각자의 삶을 영위한다.

남자들은 서로 가까우면서도 먼 관계이고, 형제들은 서로 말을 건
네지 않으며, 어머니들은 무지하며(그런데 그녀들은 분명히 모든 것을
알고 있다. 그녀들은 알고 있지만 단지 모른 체 할 뿐이다. 마치 그녀들

은 자식들에게 밤 인사를 하기 위해 살며시 다가와서 입맞춤을 하는 것처럼, 그리고 가슴 속으로는 대담한 행동을 하는 것처럼 침묵 속에서 사랑을 실천한다.), 아버지들은 비난을 당한다. 그리고 아이들은 육체적으로 학대당한 채 너무 빨리 성장해서, 마치 부서진 나뭇조각처럼 난파선에 실려서 물결치는 대로 길을 떠난다.

그들은 서로 형제 자매가 되었으며, 샹딸은 프랑스 에이즈협회 산하 가사 보조 단체라는 전국 조직망을 설립한 것을 자랑스러워했다. 그 조직망은, 지금은 고인이 된 친구 쟝 프랑스와에 의해, 그리고 차례로 사라져간 많은 사람들에 의해 이어지다가 그녀에게 이전되었다. 우선 생필품들을 사다 주거나 침대 정리를 해 주며 대소변을 받아 주고 상처를 치료할 봉사자들을 구해야만 했다. 그녀는 매우 힘겹게 여자 봉사자들을 선발해서 누구라도 장갑이나 마스크, 청소복 없이는 결코 가려고 하지 않는 곳에 파견하였다.

각자 다른 삶 속에서 만나자 요란스런 소리를 냈으나 막 피어나기 시작하는 우정은 아름다웠고 온갖 삶의 소리로 가득했다. 혼란스런 삶 속에서 출생은 죽음에 가까웠고 오열은 괴성과 같았으며, 웃음과 울음이 뒤섞인 울부짖음과 같은 것이었다.

하얀 십자가들이 영혼의 작은 묘지 위에 세워졌다. 각각의 얼굴들, 각자 특유의 몸짓, 말씨, 생활 방식, 혹은 미미한 존재의 모습들이 각각의 이름과 함께 각인됐다.

그러나 삶의 여러 순간에 마주쳤던 그 말들의 육중함과 그 삶을 변형시키는 말들의 육중함을 감당해야 했고, 비명과 눈물을 감당해야 했으며, 오물과 피를, 모든 싸움과 모든 실패자들을 감당해야 했다. 결국 이 세상을 감당해야만 했다.

샹딸은 에이즈와 관련된 모임에서 쟝 마크를 만났다. 무엇이 그들을 함께 행동하게 만들었을까? 그것은 후일 알게 될 것이다. 샹딸의 강한 분노의 표출은 의구심과 주저함을 사라지게 했고, 쟝 마크의 미소로 제안된 영원한 결속은 한 세계의 영역을 규정하게 되는데, 그곳에서는 진정한 삶이 가능했다.

'세상 끝집'을 구상하게 되는 모임에서 일부 사람들은 의구심을 품은 채 놀라움을 금치 못했다.

그들은 "왜 일을 중단하고 생각할 시간을 갖지 않습니까?", 또 "왜 끊임없이 응급실에서만 일을 합니까?"라고 의문을 제기했다.

"이렇게 일을 하지 않는다면, 우리는 결코 아무것도 하지 못할 것입니다."라며 샹딸은 반항하듯이 대답했다. 그녀는 자신의 꿈이 단지 허황된 꿈으로 그치지 않을까 하는 아쉬움을 떨쳐 버릴 수 없었다.

샹딸처럼 쟝 마크도 어릴 적 북아프리카를 떠나왔다. 이런 이별은 아마도 그의 삶에, 그녀와는 동일한 영향이 아니더라도 어쨌든 지중해의 열악한 반대편으로 추방당했던, 강렬한 태양에 찌든 아이들인 그들을 서로 가깝게 해 주었다.

쟝 마크는 그녀를 선택했다.

그녀는 "쟝 마크와 함께라면 싫을 이유가 있겠어요?"라고 말했다.

그들의 결속은 불가피한 투쟁심과 더불어 열성적인 사회 참여 속에서 매일 같이 단련되어 갔다.

샹딸은 앙뜨완이 사망한 날 저녁 쟝 마크와 함께 있었다. 때는 1992년 11월, 죽은 자들을 위한 위령의 날 이튿날이었기에 그들은 사라진 친구를 위해 술잔을 들었다.

쟝 마크와 앙뜨완이 처음 만난 곳은 모로코이며, 샹딸이 마음 속으로 그리워하던 곳도 모로코(그녀는 여러 해 뒤 어머니와 함께 그곳으로 되돌아갔다.)였기에 그들은 한때 그곳에서 우정을 나눈 앙뜨완에 대한 얘기를 자연스럽게 했을 것이라고 나는 상상한다.

바로 그날 밤, 그들을 덮친 슬픔과 유사한 인류애적인 슬픔이 계기가 되어 '세상 끝집'에 대한 구상을 하게 되었다.

다른 곳에서도 그와 유사한 영감의 장소와 흔적이 존재했다. 쟝 마크의 경우 이미 언급되었으며(쟝 마크와는 그 시기를 정하는 것이 불가능했다. 그는 한시도 멈추지 않고 머릿속에서 구상하고 기획하며 추진했기 때문이다.), 샹딸은 바로 그 순간 '세상 끝집'에 대한 구상의 실체를 선명하게 드러내기 시작했던 것이다.

다시 말해, 마치 배가 어둠 속에서 빛만 보이다가 비로소 몸체를 드러내는 것처럼, 존재하지는 않지만 곧 그 모습을 드러내는 것과 같은 이치이다.

여러 번에 걸친 회의 결과 쟝 마크와 샹딸이 그랬던 것처럼 주위에서 수소문한 사람들과 함께 즉각적으로 시작되었다. 몇몇은 그 조직을 구상하는 도중에 떠나기도 했다.

누구나 무엇이든 말할 수 있었으며, 특히 반대 의견도 스스럼 없이 표현할 수 있었다. 막연한 불안감과 불확실성 이외에는 아무것도 없었으며, 망설이는 손, 의문을 제기하는 목소리들, 각자가 쌓아온 경험들 이외에는 기적이나 초월적인 것을 보일 만한 그 어떤 것도 전혀 없었다. 고통만이 유일한 동기였다. 고통은 그들에게 가장 확실한 명료함을 주는 동시에 많은 혹독함을 강요했다.

초기의 한 모임에서 참석자들은 자신의 지원 동기서를 지참한 일이 있었다. 그들은 서로의 동기서를 읽었다.

"그 동기서의 내용은 어떤 것들입니까?"

"차후에 말씀해 드리죠."

훗날 샹딸은 내게 감동적인 그 서류들을 보여 주었다. 거기에는 각자가 자신들의 삶의 여정을 나름대로 고백했고, 어설프게나마 그곳에 오게 된 이유를 설명하고 있었다.

어느 한 여자는 동기서에 라바의 커다란 영화관에 대해서 언급을 했는데, 그 영화관은 2층에 위치해 있었고, 그녀가 알고 지내는 '제복 입은 여군들'의 도움을 받아야 접근할 수 있었다.

"그 새로운 활동 근거지를 처음 발견했을 때 친근하고 미완성인 듯한 느낌을 받았죠."

그런 감동은 바로 그 '집'의 출생 신고서와 같았다.

그들은 모두 생활의 일부분을 2년 동안의 회합을 위해 할애하기로 마음먹었다. 모두들 살던 곳을 떠나 고립된 삶을 살면서 첫 번째 집의 첫 계단을 올라섰다.

그 '집'은 형제들을 맞이할 장소이기 이전에, 그 '집'의 건설에 참여한 대부분의 사람들이 자신의 이삿짐 가방을 풀 곳이었다.

'사회사업 업무 담당자', 나는 이 말에서 보호받지 못하는 모든 것을 보호하는 듯하다.

사소한 일상사, 서류 문제, 국민 건강보험 문제와 보건사회 복지부, 건강하지 않은 간호사들, 봉급 인상, 장례 문제, 말이 없는 가족들 또는 수다스런 가족들, 간호전문양성 교육의 전반적인 계획, 재회의 주말, 세상 끝집을 장식하는 일, 병원에서 부대 서비스를 위해 전화하는 일, 장의사에게 연락하는 일, 택시나 긴급 호송차를 부르는 일, 말이 없는 곳에 말을 부여하는 일 등.

　상딸은 복합 장애 아동인 세바스티앙을 기억했다. '고통의 철사' 라는 별명을 갖고 있는 그 아이는 일생동안 연속적으로 질병과 고통만 겪었다.
　어느 날, 그녀는 그 아이를 병원에 데리고 가서 섬유질 검사를 받게 했다. 세바스티앙은 현기증 증세를 갖고 있었으며, 그가 말을 하지 않을 때는 그 끔찍한 고통을 이해하기가 힘들었다. 검사는 내장에 내시경을 투입해야 했기 때문에 쉽지 않을 것이라 예상됐으며, 세바스티앙은 그녀의 손을 놓지 않았다. 샹딸이 그 아이를 떼어 버리려는 찰나에 병원 관계자는 방법을 찾아냈다.
　그들은 세바스티앙에게 상황을 정확하게 설명하고 이해시키기 위해서 애를 썼으며, 검사를 조금씩 진행해 나갔다.
　의사는 이런 저런 말로 설명을 했으며 '곧 끝난다' 라고 말했다.
　세바스티앙은 그녀의 손을 잡고 있었고, 샹딸은 그 아이의 눈에서 솟아나는 눈물을 보았다.

한 남자

쟝 루이는 자신을 '평범한 남자'라고 말한다. 그는 자신의 특별한 능력을 인정하지 않으며(그는 그런 연유로 인해서 세상 끝 집의 초기 시절 막연한 불안감을 가졌다고 고백했다.), 다른 이들이 언행에 있어서 자신보다 월등하다는 사실을 자연스럽게 받아들이는 사람이다.

쟝 마크는 쟝 마크이기 때문에 그렇고, 미레이유와 샹딸은 정확하게 자신의 의사를 표현하는 능력을 갖고 있어서 그렇고, 간호사들과 보조 간호사들은 '최전선'에서 환자를 대하기 때문에 그렇다고 그는 생각했다.

그러나 그에게서는 표현과 시선, 몸짓 하나하나에서 신중하고 절제된 인류애의 흔적을 볼 수 있으며, 그의 인류애는 그 '집'에서 협력의 개념을 정확하게 드러내는 표정 그 자체와 같았다. 이를테면, 그곳의 생활 방식과 타인과 인간 관계를 맺는 방식, 그리고 공동 작업을 하면서 자신을 쓸모있게 만드는 방식들의 표정 그 자체였다.

물론, 여느 사람처럼 그에게도 내면의 상처가 있었다. 일반적으로 사람들은 시간이 지나면서 평범한 말을 하며, 부드러운 눈길을 지니고, 적당한 시기에 본연의 의무를 말없이 수행하는 평범한 사람이라는 사실에 익숙해져 간다.

쟝 루이는 지하에 위치한 이동 진료반과 자원 봉사자 사무실 사이에 개인 집무실을 갖고 있으나, 그곳에 늘 머물러 있는 편이 아니다.

그러면 그는 어디에 있는가? 이곳 저곳을 마음 닿는 대로 조심스레 나타났다가 어느 틈엔가 가버리곤 하면서 유익한 일만 한다.

가능한 그는 자신의 평범한 인생담만을 들려주려고 한다. 그는 가정 방문 간호사로서 자신과 동일한 직업을 갖고 있는 여자와 결혼했으며, 매달 15일 동안만 근무를 하고 나머지 시간은 두 자녀와 보내거나 생활에 필요한 단순한 소일거리에 할애하면서 평범한 삶을 영위해가는 사람이다.

바실리 그로스만이 말한 '내밀하고도 겉으로 드러나지 않는 선량함'이 뿌리처럼 그의 마음 속에 자리잡고 있었다. 그 선량함은 자유주의자들이 거의 원하지 않는 환자들의 머리맡으로 기꺼이 그를 인도했다.

"저는 자주 삶의 마지막 순간을 맞이하곤 했습니다."

마치 자신의 상황인 것처럼 겸손하게 말했다. 그는 심장 혈관 발작 이후, 몇 년 동안 시한부 인생을 사는 환자들을 돌보았다.

그는 환자가 실신해서 병원으로 호송되기 전까지 힘겨운 상황을 극복하면서 그 동안 잘 버텨온 환자의 가족들을 만났다. 모든 것을 자신의 개인적인 고통(오래 전부터 하루에 두 시간씩 투자해서 이룩한 것이 한순간에 허물어지는 느낌)으로 간주하며, 동시에 혼란으로 인한 포기 상태에 처해 있는 가족들에게 죄의식을 심어주는 것은 무익하다는 사실을 잘 알고 있었다.

그리고 그에게는 쟝 마크가 있었다. 그와의 우정은 어떤 이별에서 기인했다.

언젠가 쟝 루이와 그의 아내는 친구 부부와 함께 태국으로 여름 휴가를 떠날 예정이었다. 출발하기 며칠 전 그 친구 부부는 이혼을 했고 그래서 그 친구는 자신의 친구를 데려가기로 했다. 이런 이상한 분위기, 아마도 다소 적대적인 분위기 속에서 쟝 마크와 대면했던 것이다.

"우리는 그때 이후로 서로 떨어져 본 적이 없습니다."

쟝 루이는 그 말에 대해 더 이상 부연 설명을 하지 않았다.

그의 말을 들어보면, 그들의 우정은 단지 공통 관심사인 '비쩍 마른 할머니들'에 대한 애정, 여러 날 밤을 뜬 눈으로 지새우면서 여러 계획을 구상하고 삶 속에서 희망을 꿈꾸며 토론했던 일 등과 같은 일상적인 것 위에 세워졌다.

그 뒤 쟝 마크는 2년 동안 그의 집에 와서 기거했다.

쟝 마크는 한 친구의 마음 속에서 맺어진 가상의 가족을 보호하는 이, 즉 모든 의형제들의 맏형으로 선택되었다.

그 관계는 시간이 지날수록 매일 같이 함께 수행하는 공동 업무를 통해 더욱 공고해져 갔다. 쟝 마크는 위급한 상황에 처해 있는 쟝 루이의 환자들을 맡아 기꺼이 치료해 주었다.

쟝 마크도 상황이 여의치 않을 경우에는 쟝 루이에게 도움을 요청하거나 가정 방문을 해서 환자를 치료해 줄 것을 부탁하기도 했다.

쟝 루이가 그들의 일에 동참하게 되는 결정적인 계기가 생겨났다.

기욤이라는 28세된 환자가 있었는데 그의 병은 근육 위축을 수반하는 에이즈로서, 근위축성 측색 경화증과 유사한 운동 근육의 위축을 유발한다. 그의 동거녀도 HIV(Human Immunodeficiency Virus : 인류 면역 결핍 바이러스 ; AIDS 바이러스) 바이러스에 감염된 상태였다.

시간이 경과함에 따라 쟝 루이와 기욤의 유대 관계는 깊어 갔으나, 병이 악화되어 말기 단계로 접어들자 불가피하게 그와의 관계를 끊어야 했다. 쟝 루이는 삶의 마감에 직면한 환자들을 맡고 싶지 않았기 때문이었다. 기욤이 죽음의 길에 접어드는 것을 보는 것은 그에게는 하나의 사건이었다.

가장 비극적인 것은 자신의 의지대로 몸을 움직이지 못하는 기욤의 모습을 보는 것이었으며, 그들의 관계가 공허해 지는 느낌을 받았던 것이다. 그로 인해 그는 기욤을 떠났으나 훗날 그에게 되돌아오는 순간 그를 떠나지 말고 머물렀어야 했다는 생각을 했다.

그것은 어찌할 수 없었던 행동에 대한 아쉬움이었으며, 극도의 무력감이었으며, 손가락 사이로 새어나가는 모래와 같았다.

기욤은 병원 응급실로 이송되었다. 그는 여러 검사를 받은 후 환자 대기실 복도에 놓여졌다. 결국 그는 두려움을 함께 나누려는 동거녀를 홀로 남겨 두고 세상을 떠났다.

쟝 루이는 큰 혼란에 휩싸였다. 열성적인 사회 참여자도 아니었고, 에이즈 퇴치 운동에 앞장서는 쟝 마크를 적극적으로 따르지도 않았던 그는 심하게 흔들렸다. 그는 아직도 그 충격으로부터 벗어나지 못하고 있다.

특히 그 일을 계기로 용인할 수 없는 사실을 알게 되었다. 그것은 한 사람이 죽었다는 사실이 아니라 의사의 진료를 제대로 받지 못한 채 죽었다는 점이었다.

쟝 마크가 '세상 끝집'에 대해 언급하자, 그는 기꺼이 동참하기로 하였다.

'세상 끝집'의 계획에 함께하기 위해서 쟝 루이와 그의 아내는 지금까지의 생활을 접고 그 동안 안주해 왔던 정신적, 물질적인 안락을 포기하기로 했다.

그런 사실에 관한 언급은 없었지만 어느 순간 그 같은 헌신적인 참여로 그들의 가정은 위기의 순간을 겪었다. 그것은 무언 중에, 그리고 무의식적에 많은 행동을 통해서 나타났다.

세심한 행동, 사소함, 평범함 바로 그것들이 쟝 루이의 세계이며, 그가 사물을 평가하는 기준이다. 그는 쟝 마크의 선견(先見)과 열정에 감탄하며 샹딸의 의견을 잘 수용했다.

'세상 끝집'의 취지를 상기시킬 때면 그는 항상 간병인들, 즉 매일 같이 전쟁 같은 삶을 살아가는 그 간병인들에 대해 먼저 언급한다. 그는 복합 장애 아동인 세바스티앙을 돌보았던 보조 간호사들을 떠올릴 때면 특별한 감동에 젖는다.

고통으로 점철된 삶 속에서 어떤 의미를 찾는다는 것은 쉽지 않다.

그러나 쟝 루이는 그 아이의 몸을 다룰 때면, 어머니의 손처럼 바뀌는 보조 간호사들의 손놀림들과 생명에 대한 본능에 의해서 이루어지는 세심한 주의를 아직까지도 기억하고 있다.

나중에 그 보조 간호사들은 교체되는 순간 무척 슬퍼했으며, 그녀들은 끊임없이 고통만 받다가 간 그 아이의 고통을 경감시켜 주지 못한 자신들의 무능력함을 한탄하기까지 했다. 그 아이는 때때로 자신의 머리를 삐딱하게 세우곤 했으며, 그것은 마치 보이지 않는 곳에 숨은 동물을 찾으려고 목을 꼬는 모습 같았다고 그녀들은 말했다.

쟝 루이는 '평범한 이들과 함께 특별한 장소를 창조하는 일에 참여한 것'에 커다란 자부심을 가졌다.

그는 그 '집'이 운영되는 질서 체계와 '실현 가능한 유토피아'라는 관점, 그리고 사회적 측면, 즉 영원한 공유 문화에 큰 자부심을 가졌다. 그곳에서 모든 사물의 가치는 그 사물의 기능과 능력의 중요성에 따라 규정되는 것이 아니라, 그가 다른 이들과 함께 공유하는 정보에 의해 규정된다.

그 이유는 행동이 타인들과 상호 관계를 맺게 해 주기 때문이다.

그러므로 자신의 직업이 의사이든 잡부이든 또는 보조 간호사든 전문 간호사든 그다지 중요하지 않다. 인간은 인간 그 자체이며 타인과 연계된 존재이다. 쉬운 일은 아니지만 일상적인 것을 수용하는 것은 그 '집'을 이루는 하나의 토대이다.

그렇다고 해서 쟝 루이는 일종의 자동 업무 행정이라고 규정짓지는 않는다. 그 '집'에는 직무상 서열이 존재하며, 특히 그가 쟝 마크와 샹딸과 함께 구성하는 '세 명의 창설자 그룹'이 갖는 권위는 그곳에서 명백하게 유지되었다.

단순히 서로 교환되는 일상적인 것들의 질, 간호하는 사람들의 간호 작업에 대한 끊임없는 평가, 질 높은 공유 의식, 그 모든 것들은 그 권위와의 관계하에서 많은 병원들의 특징이기도 한, 불안과 억제된 분노, 상대방의 의견 무시로 인해 발생되는 개인 감정이 만연되지 못하게 하는 역할을 한다.

그것은 물론 모든 문제를 해결하지는 못하며, 또한 서로간의 갈등도 완벽히 막지 못한다. 그것은 어디까지나 원만한 상호 관계가 가능할 수 있도록 하는 기초를 제공한다.

　하지만 그곳에 대한 그의 자긍심도 그로 하여금 출생시의 가난과 소외를 결코 잊게 하지는 못했다. 타락한 생활을 했던 한 입원 환자가 육체적, 정신적으로 격심한 고통을 겪고 난 다음, 그에게 느닷없이 "저는 지금처럼 이렇게 행복했던 적이 없었어요."라고 말하던 순간의 충격을 생생하게 기억한다.

　샹 루이는 가치있고 보람있는 일을 행한 사실에 스스로 감동스러워하는 간호사들의 모습을 통해서 그 같은 일을 해석하는 것이 아니라, 오히려 자신의 사고방식하에서 신비로움과 의문을 품은 채 그런 일을 바라보는 것이다. 즉, 그 젊은이는 이전에 얼마나 혹독한 삶을 살았기에 병의 말기에 처한 그 순간이 자신의 삶 가운데 가장 행복한 시기라고 말하는가?

　샹 루이가 강조하려는 것은 뒤늦게 진정한 삶을 재발견한 그 환자가 세상과의 화해를 시도하고 분노를 가라앉히며 평온을 찾아가는 과정을 다룬 이야기가 아니라는 사실이다. 인간은 분노하기도 하며 어쩌면 처절하며 양보없는 전쟁터에서 살아가는 것이다. 바로 그 아수라장 같은 세상이 행복인 것이다.

　일종의 행복(항상 제한적이며 의문을 품게 만드는, 감히 말하건대 '다소 불편함'이라고 할 수 있는)을 느끼게 하는 연계적인 삶의 편린 속에서 타인들에게 관심을 보이는 행동, 끊임없이 잊혀지고 사라지며 침묵하는 행동, 다시 말해서 삶으로부터 한 발짝 뒤로 물러서는 행동을 통해서 모든 사람들의 삶 속에 쓸모 있고 사랑받는 존재가 형성된다.

그에 의하면, 그 '집'은 바람과 지형의 움직임, 그리고 사람들의 통행에 의해 그 존재 이유를 갖는 사막의 모래 언덕인 것이다.

모래 언덕은 끊임없이 움직이며, 높아졌다가 낮아지는 일을 반복하면서 이동하고, 수많은 모래알들이 바람에 실려가고 또다른 모래알들이 실려온다. 모래 언덕은 항상 다른 모습을 갖지만 여전히 모래 언덕 그 자체인 것이다.

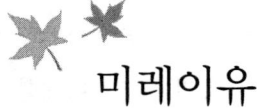

미레이유

"우리 참 많이 늙었네요!"

미레이유가 머리를 옆으로 약간 기울인 채 사진첩을 들여다 보면서 말했다. 싱그러운 미소, 놀라서 휘둥그레진 커다란 두 눈, 몸과 발끝까지 활력을 느끼게 하는 열정, 그녀가 소유한 모든 것은 지난 일을 망각하게 하고, 이마와 눈가에 주름을 남기는 흘러간 시간에 대한 향수를 부정한다.

미레이유는 그 '집'의 신경정신과 의사이다. 그녀는 '신경정신과 의사'라는 표현을 의학 용어의 기술적 의미에서 어쩔 수 없이 받아들인다. 그 말은 단지 그녀의 전공 분야와 관련된 업무 기능상의 규정에 해당될 뿐이다.

그녀는 '해석가(감정, 감동, 기분을 해석하는 사람)'라는 말로 자신을 소개하는 것을 더 좋아한다. 치료의 선행 작업으로 인내심을 요구하는 그 업무는 '조산사'라는 말이 어쩌면 더 정확할 것이다.

어쩌면 '지질학자'라는 말이 그녀에게 더욱 잘 어울릴 수도 있다. 그녀는 자신에게 마음을 열어 보이는 삶들에서 단층과 균열, 미세한 틈을 꾸준히 찾아내기 때문이다.

그녀는 쟝 루이와 그의 아내 이자벨, 그리고 쟝 마크와의 평범한 우정을 통해서 팀에 합류했다. 그녀는 곧바로 '신뢰감을 주는 커다란 능력, 사물을 정확하게 통찰하는 능력과 그 능력의 목적'을 그들과 공유했다.

그녀는 비록 여러 해 동안 여성해방운동이라든가 트로츠키주의자 단체, 모택동주의자 단체 등 여러 단체에 발을 들여놓았음에도 불구하고, 급진적인 행동 세계는 그녀의 마음을 사로잡지 못했다. 그녀에게는 너무 폐쇄적으로 보였다.

여러 단체에서 아동 심리학 의사, 성인 심리학 의사로 있었으며, 신경정신 전문 수련의 과정을 거친 그녀는 그 '집'에 대한 계획이 확정되었을 때 즉각 그 모험의 길에 참여했다.

그 같은 결단의 명확한 동기는 무엇인가? 아마도 죽음에 대한 일상적 고뇌 때문일 것이다. 죽음에 대한 고뇌는 한 가정에서 생겨나 서로에게 전이되고, 그런 다음 그 가정의 비밀이 되고 만다. 그러다가 그 고뇌는 누군가 사망했을 경우라든가 그것이 사라질 즈음 가슴 속에 확고히 자리잡히면서 다시 겉으로 표출되어 나타난다.

자동차를 타고 출근하는 아빠를 배웅하는 어린 소녀는 항상 자기 아빠를 다시 보지 못할 것이라고 스스로에게 말한다.

"그렇다고 해서 저의 어린 시절이 슬펐던 것은 아닙니다. 하지만 항상 그 같은 불안이 도사리고 있었어요. 그것은 유전적인 성격 탓일 수도 있죠. 그리고 사라짐과 상실에 대한 민감성 때문이죠. 그것은 사라짐과 연관이 있는 와해에 대한 매우 은밀한 두려움이죠."

요컨대, 미레이유가 언급하고자 한 것은 공통된 경험에 관한 것이다. 그 같은 경험의 형성과 인류애는 그녀를 정신적으로 크게 성장시켜 주었으며, 탄식과 침묵만이 존재하는 곳에 말을 부여함으로써 상황을 누그러뜨리게 했다.

그녀는 보리수나무 아래에서 가졌던 모임들을 회상했다. 그녀는 쟝 마크에 의해 계획되고 추진된 모임에서 당시 직접 느꼈던 감정을 회고했는데 그것은 직업상의 엄격함, 인류애적 사회 참여, 거만한 듯한 진지함 등에 대한 기억이었다.

"우리는 행동으로 옮기기 전 모두 함께 꿈을 꾸는 시간을 가졌습니다……."

상호 관계의 맺고 끊어짐, 모든 사물이 멈추었을 때도 끊임없이 진행하는 것, 차례대로 하나씩 벗겨져 나가는 허울들, 우리의 정체를 발가벗겨서 완전히 드러내게 하며, 간혹 학대하기까지 하는 그 허울에 대한 인내심 있는 성찰의 중심에는 이별과 상실감이 자리잡고 있다.

그곳에 도착하자마자 자신의 실체를 찾고, 자신을 다시 확립할 목적으로 정신적이며 영적인 탐구를 수행하겠다는 포부를 조리있게 말하던 한 환자를 그녀는 기억했다.

그의 말에 의하면, 탐구는 그를 구속하는 것으로부터 해방시켜 준다고 한다.

"그는 자신에 대한 환상과 지표, 믿음을 구축했습니다. 그는 자신을 지탱해 주는 모든 것을 가지고 그곳에 도착했죠. '대단하군, 이리와 보세요. 철학가 한 사람이 왔어요.'라고 사람들은 말했어요. 그런데 그의 버팀목이 모두 허물어졌어요. 그는 서서히 죽어갔던 거예요.

그는 정신적, 육체적으로 지쳐 있었죠. 그는 또한 애정에 대한 확신과 내적 환상을 잃었던 겁니다. 완전히 위축되었던 순간 그는 정신적인 고독에 시달린 채 모든 의미를 상실했던 겁니다."

그런데 바로 그 순간, 즉 내적인 벌거숭이 상태는 또다른 삶의 한 순간이었다.

미레이유는 흐르는 시간과 더불어 죽음 직전 찰나의 시간 속에서 정지 상태를 방불케 하는 일종의 판단의 정지라는 방법을 실행했다.

그녀는 당시 발생한 일, 즉 침묵 상태를 많은 말로써 누그러뜨린다. 그런데 그 침묵 속에서 인간은 내적으로 가장 연약한 존재로 변한다. 정확하게 말하면, 더 이상의 말이 존재하지 않으며, 고립될 수 있는 감정도, 그리고 개인도 더 이상 존재하지 않는다. 그것은 인간적인 감각의 혼돈 형태로서, 그 상태에서는 모든 일이 발생할 수 있으며, 모든 것이 한순간 동시에 현존한다.

물론 그 같은 순간은 지나가 버리지만(산의 정상에서 맞보는 감미로운 희열의 순간이 사라지는 경우이며, 석양빛이 소멸되고 사랑의 구체적인 확신이 사라지는 경우 — 그런데 이런 유추에는 오류가 있다. 미레이유가 여기서 묘사한 것은 '있는 그대로'의 순간이며, 바로 그런 순간이 시작될 때는 말이 중단되기 때문이다) 기초적인 하나의 경험이 된다.

그 어떤 것도 그 같은 순간이 다시 발생할 것이라고, 게다가 다시 발생하지 않을 것이라고 또는 사실 그대로가 아니라고 말할 수 없다.

그러나 그 같은 순간에 대한 기억은 육체 깊숙한 곳에 각인되며, 우리는 아마도 그 기억으로 인해 많은 별들을 가로질러온 후 땅에 떨어지는 천사들로 다시 태어날 것이다.

어쨌든 우리는 그 기억을 통해서 한줄기 빛처럼 우리 몸속에 흐르는 인간성에 의해 당황한다. 좀더 정확히 말하면, 경악이며 놀라움인 것이다.

아마도 미레이유가 '심충의식'이라고 말하는 것은 시간의 흐름에 따라 저절로 형성되며, 필요시 우리의 마음 속에서 메아리치는 가식 없는 형태의 음악으로도 형성된다. 아마도 우리는 타인들만큼이나 빈털터리이며 고통에 울부짖을지도 모른다.

심지어 우리가 만들어낸 모든 것을 버린 채, 커다란 정적에 휩싸여 있는 우리 자신 속을 들여다 본다면, 우리는 인간 존재 이외에 그 무엇도 결코 아닐 것이다.

미레이유는 죽어가는 모습을 처음으로 목격했던 때를 회상했다. 그리고 그런 모습을 발견했을 당시의 당황감을 상기했다.

화가인 벵쌍은 뉴욕에 살면서 세계를 두루 돌아다닌 똑똑한 청년이었다. 그는 어머니와 함께 '세상 끝집'에 입원했으며, 자신은 HIV 바이러스에, 모친은 암에 걸린 상태였다. 그들이 긴 소파에 함께 앉아 있었을 때, 그의 모친이 그에게 말했다.

"걱정하지 말거라. 우리는 동시에 죽을 거란다."

하지만 벵쌍이 먼저 세상을 떠났다. 이집트의 신들에 마음을 빼앗겼던 그는 그 신들을 닮아가기 시작했다. 얼굴이 점차 변해갔으며, 그의 용모도 …… 그랬다. 심지어 그의 시선까지도.

"그는 죽음 가까이 있었고, 죽음은 이미 그의 얼굴 위에 드리워져 있었다."

그가 세상을 떠나는 순간, 그의 시선에는 피할 수 없는 깊은 시름이라 할 수 있는 의문이 남아 있었다.

그의 시선에서 의지하고자 했던 의도를 엿볼 수 있었으며, 자신이 마치 뱃사공이 된 듯한 인상을 지울 수 없었다고 한다.

"그것은 당신이 눈으로 볼 수 있는 것이 아닙니다. 당신은 그의 내부에 있는 겁니다. 나는 내 모든 에너지를 모아서 그에게 주고 있다고 생각했습니다. 그는 내 생각을 느꼈는지 진정으로 내 시선에 끝까지 매달렸습니다."

그녀는 아마도 선한 일을 하려는 의도에서 환자들이 긍정적으로 삶을 마무리하는 것을 도와주려고 했다.

그 일이 순조롭게 진행될수록 그녀의 의도는 점차 사그라졌으며, 인간 관계에 대한 그녀의 섬세한 감각(그녀가 직면한 것은 많은 개인 환자들이 아니라 전체적인 인간 관계이며, 산 자와 죽은 자 그리고 현존과 부재가 서로 복잡하게 얽혀 있는 관계성이다.)으로 인해 그 일에 대해 갈등을 겪었으며 미완성적인 것을 받아들였고, 부분적인 것에 만족했으며 해답이 없는 질문들을 품게 되었다.

"나는 극단적인 성격의 사람이 아닙니다. 열정적인 사람도 아니구요."

그녀는 말했다.

그러나 자신에 대한 그 같은 평가는 일의 사태라든가 상황이 과도하게 진행될 때 경고음을 발하는 경보장치 같은 역할을 수행한다.

그녀의 사회 참여의 한계는 어디인가? 그 한계는 상대적이며 불확정적이고, 상황에 따라 그리고 환자에 따라 변경된다. 그리고 미레이유의 웃음에 의해 결정된다.

"아니예요. 그것은 정말로 얘기할 거리가 못됩니다."라고 대답할 때, 유감스런 표정과 함께 번지는 미소로 결정된다고 말할 수 있다.

미레이유가 언급하는 이야기 속에는 놀라움과 역설적인 것들이 많이 있다. 또한 그 이야기들은 결말이 없다.

"인간적일 수도 있고, 전혀 아닐 수도 있죠."라고 그녀는 종종 말했다. 그리고는 미소를 지어 보이면서 구스타브 플로베르의 말을 인용한다.

"기필코 결말을 맺으려 하는 것은 바보스런 짓이다."

그녀는 한 장인(匠人)의 이야기를 언급했다. 그는 두 아들에게 가업을 물려 주면서 서로 진정으로 사랑하며 연대감을 갖고 사업을 번창시킬 것을 당부했다. 그는 두 아들을 똑같이 사랑했으며 신뢰했다.

그러나 암벽 등반을 하던 중 한 아들이 절벽에서 떨어져 척추를 다치게 되었다.

이 이야기에서 어떤 교훈을 얻을 수 있는가? 전혀 없을 수도 있고 많은 교훈을 얻을 수도 있다. 그 교훈은 유익할 수도, 무익할 수도 있다.

가령 아버지는 아들들에게 고통을 당하게 하면서 좋은 결과를 얻었을 수도 있다. 하지만 좋은 일이 될 수도 있었던 것에서 불행이 생겨났다. '그것이 인생이야.'라고 말한다면, 바로 그것이 인생인 것이다. 심지어 목숨이 다할지라도 인생은 결론이 나지 않는다.

그녀는 또 투쟁적인 사회 참여에 자신의 인생을 바쳤던 한 환자를 기억했다. 그는 미레이유에게 "나 좀 도와주시오. 나는 소극적인 사람이 아니오."라고 말했다.

그리고 자신에게 부탁해 온 한 여인도 기억했다.

"내가 아이들을 사랑한다고 그들에게 말을 좀 해 주세요. 나는 그 사실을 말할 수가 없어요. 그 말을 못하겠어요."

미레이유는 또한 엄마가 죽음 직전에 있는 순간에도 음식을 찾았던 한 어린 소녀를 기억했다(그녀는 톨스토이의 어린 시절 추억에 관련된 한 문장을 좋아한다. 거기에서 톨스토이는 자신이 7살에 어머니를 잃었다고 진술했다. 그는 7살의 아이들이 대개 그런 것처럼 무척 어리둥절했다. 그러나 그는 죽은 어머니의 시신 곁에서 장난을 치며 놀았다. 그런데 사람들이 문을 열고 들어왔을 때 그는 자기에게로 집중된 시선을 의식하고는 슬픈 모습을 취했다.).

이것은 논리적인 이야기가 아니다. 오히려 무한정적인 색채의 다양함이 반영된 삶의 편린들이며 순간들이다. 그녀의 직감은 감각의 단순성을 통해서 그런 순간들을 예리하게 포착한다.

그 이야기는 과장되거나 화려한 말들로 이루어지지 않았으나 그의 직감은 정확하게 대상을 묘사했다. 여러 문제를 다루면서 심오한 질문을 끊임없이 스스로에게 제기함으로써 그녀의 직감은 문제 해결을 능률적으로 한다는 느낌을 받았다.

그녀를 무겁게 짓누르는 삶 앞에서 일종의 슬픔 같은 것을 못 본 척하고 외면하는 일이라든가, 모든 것들에 대해 마음의 문을 닫아 버리는 일이라든가, 무거움에서 해방된 삶을 꿈꾸는 일이 그녀에게 자주 일어났다.

미레이유는 그런 사실들을 입 밖에 내지 않았다. 그녀는 그것이 불가능하며 말로 표현할 수 없다고 생각했다. 그녀의 입에서는 말이 낯설었다. 그녀는 말과 그 뉘앙스에 대한 감각을 알고 있었으며, 그런 감각을 통해 사물들을 정확하게 표현할 수 있었다. 여하튼 그녀는 끊임없이 그 문제에 맴돌면서 부드러우면서도 고집스럽게 자기 주장을 굽히지 않았다. 그녀는 자신에게 일어나는 일을 표현할 수 없다고, 심지어 표현 불가능한 일이라고까지 역설했다.

그녀는 진정으로 놀란 표정을 지어 보이며 그 '집'의 초기 시절을 상기했다. 당시 의료진들 사이에서와 마찬가지로 환자들과의 관계에서도 서로 융합적이어서 모든 것에 대해 허물 없이 지냈다. 죽음에 대한 애도와 축제, 출생과 죽음 등……, 그녀는 그것이 환자들의 삶에서 얼마나 파괴적일 수 있는가를 보고 느꼈다.

그녀는 지금 어느 정도 거리를 유지하고 있다. 가족과 친구, 지인 등 그들만의 영역에 참견하고자 하는 유혹을 따르지 않고서도, 그 애도에 직접 관여하지 않고서도 도움을 줄 수 있다고 말했다.

뒤로 물러선 그녀의 태도는 단지 자신을 위한 보호책이 아니다. 그 것은 타인을 존중하는 신중함의 한 방식이다.

완전한 물러섬이라기보다는 어느 정도의 간격 유지는 그녀를 타인들에게 더욱 소중한 존재로 만들었다. 사람들은 감동과 동정심을 내포하고 있지만 겉으로는 드러내지 않는 주의 깊은 시선과 정확함을 찾는다.

사람들은 분노, 격한 감정, 의구심, 실패의 느낌을 그녀를 향해 마구 표출한다. 그러면 그녀는 판단을 유보하면서도 그들의 감정에 함께 참여하고, 간접적이면서 끈기 있는 문제 제기의 과정을 통해 그들의 삶에 가능성을 제공한다.

얼마 전 베르트랑이 사망했을 때, 너무나 갑작스런 슬픔으로 인해 그녀의 눈가에는 눈물이 맺혔다.

몇 해 전부터 미레이유는 글을 쓰고 있었다.

말을 허공에 뱉어놓고 자연의 운율을 훼손하지 않는 것을 중시하면서, 조심스럽게 단어 하나하나를 재구성하는 단편적인 글쓰기였다.

"그녀는 자신이 그토록 사랑하던 한 남자를 잃었다. 그녀는 간헐적으로 자신을 엄습해 오는 망각의 시간들에 대해 말한다. 그녀가 잠에서 혹은 연속적인 일상적인 몸짓에서 깨어날 때, 즉각적인 자괴감이,

또한 차갑고 급작스런 허탈감이 그녀를 노리고 있다. 그녀는 모든 것을 기억하고 있으며 마음 속에는 그녀를 관통하는 공허감이 있다. 또 어떤 때는 그가 저만치 일정한 거리를 두고 있다고 생각하는 순간, 그는 불쑥 자신의 모습을 드러낸다. 그는 온전히 거기에 존재하며 부재를 부각시키면서도 매우 강하게 그곳에 현존한다. 한 순간에 그를 다시 만난다는 기쁨과 그를 잃어버렸다는 고통이 동시에 존재한다."[1]

그녀에게 절대적으로 필요한 글쓰기는 자유로운 의사 표현의 도구로 사용되지만 글쓰기라는 행위에 대해 의구심을 품는다. 그녀는 자신이 수많은 인간의 다양한 미묘함을 포착했다고 느꼈던 순간들이 있었다.

"삶을 이루는 모든 요소, 우리의 삶, 모든 미완성적인 것, 실패, 균열, 회복, 행복, 향수 등 모든 사람들이 각자의 인생담을 끊임없이 이야기하는 것을 듣는 것, 그 모든 것의 극단적인 불안정성, 상실된 것과 이상의 극단적인 불안정성, 실패하고 성공한 것의 극단적인 불안정성 등을 보는 것이다."

그녀는 아침 저녁으로 마음 한가득 권태와 그녀를 짓누르는 애도의 슬픔, 그리고 모든 고통의 무게를 더 이상 품을 수 없는지에 대해 자문했다.

"여하튼, 모든 사물이 멈추었을지라도 계속해서 삶이 이어지는 것은 이 기묘함 때문이다."[2]

---

1), 2) 미레이유 데스탕도, 〈세상의 망각〉, 미간

시 작

그들은 이제 막 개원한 '세상 끝집'에 앉아 공통의 화젯거리로 이야기를 나누었다. 채 마르지 않은 페인트칠, 설치하다 만 전기 콘센트 등 얼마나 많은 것들이 미흡한지에 대해 말했다. 그들은 첫 환자를 기다리고 있었다.

전문 산파인 폴이 애완용 개 쥬쥬와 함께 출근해도 되는지 묻자, 모두 기꺼이 동의했다.

쟝 마크, 샹딸, 쟝 루이, 미레이유, 앙쟈, 미셸은 서로의 손을 잡고 있었다. 몇몇은 겸연쩍어 했지만, 다른 몇몇은 다정함을 느끼면서 다소 장난스런 모습을 보이기까지 했다.

그들은 두려워하면서도 한편으로는 자랑스러워 했다. 모두들 마냥 감격스러워 했다.

"예전에 우리 모두 다시는 함께 모일 수 없을 거라고 생각했잖아요."

앙쟈가 말했다.

이 '집'의 설립자들에게 초창기의 이야기를 해달라고 요청하면, 그들은 행복한 공모자의 표정을 드러낸다. 시간을 거슬러 올라가 보면, 그런 공모는 취재 욕구를 언제나 만족스런 성공으로 이끌었다.

저마다 다른 삶의 편력(遍歷)을 갖고 있는 그들은 과거의 욕구를 회상하며, 존재하지 않는 혹은 우연한 만남의 연속에서 필연성을 찾으려는 듯 기억을 더듬곤 했다.

'세상 끝집'의 설립 계획을 구체적으로 세우게 된 때는 1990년대 초쯤이다.

포스토라고 불리는 환자가 있었다. 그는 에이즈 환자로 주치의는 쟝 마크였고, 담당 간호사는 쟝 루이였다. 바로 포스토와 그의 주변 사람들에 의해 '세상 끝집에 대한 계획'이 이루어지게 되었다.

우선 그 '집'을 짓기 위한 대지를 마련하는 것이 급선무였다. 그들은 에이즈 환자에 대한 거부와 멸시를 일삼는 대다수 병원들과는 달리 에이즈 환자 전용으로 모든 에이즈 환자들에게 진정한 평온을 가져다 줄 쉼터를 원했다.

쟝 루이뿐만 아니라 쟝 마크도 처음에는 그 계획을 현실성 있게 생각하지 않았다. 분명 그들이 에이즈 환자들의 애환에 대해 남다른 동정심을 갖고 있었지만, 격리된 특수 병원의 설립에 대해서는 감히 엄두도 내지 못했던 것이다.

그 '집'은 모든 질병의 말기 환자들을 수용하기로 했다. '포스토의 계획'에는 흔들림이 없었다. 비록 포스토가 기증한 부지가 건물 설립을 위해서 이용되지는 않았지만, 또한 쟝 마크와 쟝 루이에 의해 추진된 그 '집'에 대한 계획이 포스토의 계획과 일치하지는 않았지만, 포스토의 염원에 힘입어 그 '집'의 설립이 구체적으로 실현될 수 있었다는 점에서는 찬사를 받을 만한 자격이 있었다.

나는 그 '집'의 건립 초기 근무 지원자들의 채용 방법에 대해 궁금해 한 적이 있었다. 쟝 마크나 샹딸의 말을 빌리자면, 지원자들은 마치 그곳에 오기로 예정돼 있었던 것처럼 "이곳에 오고 싶으세요?"라고 물으면, 거리낌없이 "네"라고 대답했다고 한다.

그 '집'의 근무자들은 매우 다양한 경험들을 갖고 있었다. 쟝 루이처럼 가정을 방문하던 의사나 간호사들이 있는가 하면 입원 병동에 근무했던 사람들이나 마사지 치료사, 그 뿐만 아니라 샹딸이 창설한 전문 가정부 용역업계에서 근무한 경력자들도 있었다.

미레이유의 설명에 따르면, 지원자들 모두가 첫 회의에 모였을 때, 쟝 마크는 행동 양식에 대한 주제부터 언급했다고 한다.

"왜 우리가 이곳에서 함께 일을 하기 위해 모였는지에 대해 알아봅시다."

각자 준비한 지원서를 다른 사람 앞에서 큰 소리로 읽고, 지원 동기와 향후의 행로에 임하는 각오를 밝혔다.

쟝 마크는 사랑의 선택에 대해 언급했다.

샹딸은 어린 시절의 예를 들었다.

미레이유의 지원 동기는 이러했다.

"직업적 신념과 확실성을 좇아 지금까지 정신없이 앞만 보고 달려왔지만 기쁨이 없었습니다. 저에겐 음악 연주회의 막간 휴식이나 긴 대화 이후의 정적, 그리고 모든 것이 정지된 듯한 순간이 필요했습니다. 저에겐 변화의 계기가 필요했습니다. 저는 마치 입 속에서만 맴돌다가 결국 발설되지 않는 말처럼 결여감으로부터 벗어나고자 지원하게 됐습니다."

몇몇은 자신의 사적인 경험이나 마음에 품고 있던 의문점들을 언급하였다.

미레이유는 그 당시를 이렇게 회상했다.

"우리는 잔뜩 겁을 먹었지요. 하지만 그 모임은 열기로 가득 찼어요. 우리는 당시 서로를 잘 알지 못한 상태에서도 이내 속마음을 털어놓게 되었지요. 조금 들떠 있기는 했지만 그런 분위기로 인해 친밀한 상호 관계가 형성되었죠. 우리는 '세상을 구하고 싶습니다.'라고 말로 표현하지는 않았지만, 함께 모이게 된 동기에는 우리를 결속시키는 무언가가 있었고, 해야 할 일이 있음을 알았지요. 그 회의는 매우 진지했으며, 동시에 매우 감동적인 분위기였어요."

그들은 서로의 집을 방문했고, 초여름에는 보리수나무 아래에서 모임을 가졌다. 그들은 감정의 격동 속에 함께 있었다. 점차 신뢰가 형성되어 갔다. 그때까지 어느 것도 이루어지지 않았지만, 그리고 많은 힘든 과정들, 이를테면 여러 번 부지를 변경해야만 했고, 재정 또한 여전히 불확실했지만 그들은 일이 잘 진행될 거라는 확신에 가득 찼다. 의심의 여지없이 그 2년의 세월 동안 특별한 관계가 형성되었던 것이다. 함께한다는 인식은 서서히 그 '집'의 특징으로 자리잡아 갔다.

그 '집'은 각자 다른 능력을 소유한 사람들이 자발적으로 모인 곳이다. 이를테면 다양한 경험과 친분 관계로 맺어진 사람들이었다.

샹딸은 마리 드 엔젤과의 인상적인 만남을 잊지 않고 있었다.

"마리와 함께 실습을 나갔죠. 그녀는 마치 인간의 무의식적인 충동마저 심오한 성찰을 낳게 하고, 일정한 형태의 기능 작용에 이르도록 하는 능력을 지니고 있는 것 같았습니다. 천부적인 재능을 소유한 것이죠."

미레이유가 말했다.

"각자 맡은 역할에 충실했던 우리는 구체적이지는 않지만 신중하게 어떤 결과를 얻어 내려고 애썼죠. 우리 모두는 행동하기에 앞서 간절히 염원했어요. 바로 그것이 우리를 강하게 연대시켜 주었던 것 같아요."

에이즈를 위한 활동 기구 내에서 가사 보조 업체를 운영했던 샹딸은 행정 공무원들과의 친분 관계를 유지하고 있었다.

샹딸과 쟝 마크는 국민 보험 공단에서 그들에게 호의와 관심을 보이는 사람들을 만났다.

"엘렌 프로동의 도움으로 '세상 끝집'은 문을 열 수 있었습니다. 저돌적이었던 그녀는 부슈 뒤 론 지방의 에이즈 전담 의사였어요. 그녀는 행정 처리를 도맡아 하면서도 여러 모임에 참여하는 등 활발히 우리를 지원했지요."

살아가면서 난관에 부딪칠 때마다 피하기보다는 정면으로 대처하는 자세가 필요할 뿐만 아니라, 원활한 인간 관계의 구축 또한 중요하다.

국민 보험 공단의 지부장이 시인한 것처럼 동일한 업무 수칙이 각 지방에 하달되지만, 수행 결과는 다양한 양상으로 나타난다.

즉 공식 지침서가 새로운 가능성을 제시하면서 유용하게 사용되는가 하면, 장애물을 배로 증가시켜 실천 내용을 공염불로 만들기도 했다. 그 차이는 다름 아닌 관련 업무를 맡고 있는 사람의 자질 문제였다.

쟝 마크와 샹딸은 즉각 그것을 간파했다. 그들은 관계 구축 자체에 또는 행정 수칙에 입각한 결재 과정에 큰 비중을 두지 않았다. 그들은 되도록 많은 사람들을 동참하게 하였고, 쟝 마크와 샹딸로 하여금 장애물을 피하도록 도와주었다.

그 기간 내내 매우 조용히 일을 추진했던 사람은 쟝 마크였다.

"'세상 끝집'의 개원식 때 많은 사람들이 나를 의심쩍은 눈으로 바라보면서 어떻게 성사시켰는지 묻곤 했어요."

원대한 꿈을 가진 쟝 마크는 "솔직히 나도 모르겠습니다."라고 덧붙였다.

그 '집'의 건립 때 서로의 개인적 경험들과 2년 동안 업무와 관련된 추억들은 어려움을 함께 한 그들에게 많은 향수를 불러일으켰다.

개원 초기 환자의 대다수를 차지했던 에이즈 환자들과 의료진 사이에는 연대감이 생겨났다. 티에리와 같이 에이즈 환자들에게 특별히 다정다감한 사람들 사이에도 마찬가지였다. 왜냐하면 그들 역시 에이즈 양성 반응자들이기 때문이었다.

미셸이나 브리지트처럼 주변에 에이즈로 희생된 사람이 있는 경우에도 연대감이 생겼다. 그 같은 연대감은 그 '집'의 경계를 넘어 점차 확산되어 갔다.

이 공동체에 활력을 불어넣고 있는 강한 힘에 저항한다거나 그들의 업무 시간과 세심한 간호 행위를 수치로 계산한다는 것은 무의미했다.

의료진들은 그 '집'에서 밤낮 없이 생활했고, 그 '집'을 떠나 있을 때는 그리워하기까지 했다.

파트리시아는 어느 화창한 날 환자들을 데리고 해변으로 산책 나갔던 일을 회상했다. 환자들이 좀더 편안하게 쉴 수 있도록 현관에 놓여 있는 긴 쿠션 의자들을 가져갔다.

실비안이 회상했다.

"우리는 고개를 푹 숙인 채 되돌아왔지요. 웃음이 울음으로 바뀌고, 조리실로 가서 실컷 울었답니다. 그리고 나서 조리실 밖으로 나와선 웃음을 지어 보였죠."

파트리시아가 한술 더 뜨며 말했다.

"바로 그런 점 때문에 우리의 삶이 유지되는 거예요. 학교를 파한 후 함께 귀가하는 아이들이 '엄마, 아이들이 나를 못살게 굴어요.' 라고 말하면, 난 눈물이 나와 아이와 함께 집으로 들어갈 수가 없었어요."

삶의 한 부분에서 균형을 잃으면 나머지 부분마저 쉽사리 조절하지 못하게 되는 것 같다.

부부 관계에서 존재하는 불신, 일반적인 욕구 불만들, 그 모든 것들은 비비 꼬여서 한순간 폭발하는 것이다. 어떤 남편이, 어떤 아내가 이런 삶을 견디어 낼 수 있을까?

미리엘이 말했다.

"당신이 하루에 12시간씩 2~3일 연속 근무를 했다 하더라도, 그것은 다만 그 '집'에서 당신이 돌보는 환자들과 함께 지냈을 뿐이예요. 당신이 아니더라도 당연히 진행될 일들이 당신의 장시간 근무로 좀더 빨리 진척되었을 따름이예요. 왜냐하면 당신은 너무나 고지식해서 돌보지도 않은 환자를 돌봤다고 거짓말 할 수 없기 때문이지요."

쟈지아의 말 그대로였다.

"우리는 서로의 관계를 호전시키는 방법을 배웠답니다. 우리보다 앞서 근무했던 사람들의 경험을 통해서 말입니다."

근무 초기 파트리시아는 초등학생용 공책에 사망한 환자에 대해 짧은 소감을 기록했다. 그런데 '다시 만나자' 라든가 '영원한 이별' 그리고 '잘가라' 는 말과 '조금 후에 보자' 등의 인사말들은 마침내 그녀를 무겁게 짓눌러 왔고, 결국 그녀는 글쓰기를 중단했다.

쟝 루이와 미레이유는 회상했다.

"견디기 힘들었습니다."

견디기 힘들기는 했지만 그것은 아름답기도 했다. 그래서 어떤 이들에게는 이 힘겨운 생활이 몇 년 지난 후 아쉬운 시절로 남게 되고, 그 시절에 대한 향수를 불러일으키게 한다.

어린 시절, 이미 힘겨움의 무게에 짓눌린 적 있는 쟝 마크에게 있어서 그것은 고갈되지 않는 샘물이 되었다.

인생 행로

그 '집'의 의료진들은 저마다의 결별, 애도, 단절, 상실감과 소외감을 간직하고 있었다. 사람들이 이곳에 오는 것은 '우연'이 아니었다. 그것은 근무 지원자들과의 면담 주제 중 하나였다. 1차 채용 면담을 주재했던 샹딸과 미레이유에게 있어서도 마찬가지였다.

어떤 동기에서 이곳에 지원하게 됐습니까?

이 질문에 대한 답으로 도움을 주고 싶은 열망이라든가 헌신하고자 하는 본능적 욕구라는 거창한 말을 할 때는 채용 여부에 신중함을 기해야 했다. 이유는 도움을 주고자 하는 호의를 거절하거나 만류하고자 해서가 아니다. 그 '집'에서 근무하는 사람들은 그곳에서의 근무를 통해 지극히 사적이고 고유한 인간적인 결함을 드러내기 때문이었다.

자신에 대해 고뇌해 본 경험이 있는 사람에게는 그 일에 대한 도전이 쉽겠지만, 그렇지 못한 사람의 경우 자신에 대한 각성은 가혹한 결과를 낳을 수 있다. 그 각성은 내적 혼란을 일으키며, 또한 인생 지표가 없는 삶은 포기로 이끌만큼 심각할 수도 있다. 마침내 환자와 간호인 사이의 경계선이 무너지고 만다.

원하든 원치 않든 중도에서 그만두어야 하는 미완성의 결별로 인한 자책감이 생생히 남게 된다.

따라서 사람들은 타인의 고통과 자신이 갖고 있는 고통의 경중을 쉽사리 분간하지 못한다. 자신에 대한 자각으로 연민의 혼란 속에 있으면서, 오히려 타인에 대한 동정으로 그들과 함께하는 입장에 있다고 생각한다.

진료팀을 떠나는 것은 외로움에 빠지게 하고 바람직하지 않다는 생각이 들지만, 불가피한 일이다.

그곳에서 계속 활동하는 사람들조차 그 일은 언제든지 직면할 수 있는 문제로서 쉽게 끝나지 않는 것이다.

안도감을 느끼게 해 주는 그 '집'에서 환자의 삶의 편린이 가끔 뜻밖의 감동을 주기도 한다. 또한 원인 모를 격한 적대감이나 그 반대로 형제애를 느끼기도 하는데, 그 감정은 내밀한 나머지 고통스럽기까지 하다.

의료진은 개인적 성찰의 수준과 성숙도가 어떠하든 간에 각자가 겪은 일들을 서로 이해하고 공유할 목적으로 그 '집'에서의 경험을 활용한다. 가령 수수께끼 같은 개인의 성격들을 파악했다 할지라도 다시 흩어져 버리는 퍼즐처럼, 끊임 없이 관심을 가져야 한다.

의료진들의 지원 동기서 중 미셸의 동기서는 잃어버렸다.

미셸은 스포츠형의 짧은 머리를 한 금발의 건장한 청년이다. 살짝 미소짓는 표정은 그의 신중함과 잘 어울렸다. 그는 의사 표현이 명확하고, 거리를 두고 사물을 탐색하는 지혜로움도 가지고 있다. 사물을 관찰하는 태도에서나 미래를 위해 현재에 충실하는 그의 생활 방식을 보면, 어떤 경우라도 격렬한 감정에 휘말릴 사람으로 보이지 않았다.

미셸은 그 '집'에서 근무하기 전 슈퍼마켓 매장의 부책임자로 일했었다. 그러다가 에이즈에 감염된 친구를 돌볼 목적으로 간호학을 공부하게 되었다.

그는 감정을 억제하며 인생의 격변기를 회상했다. 노인 병동에서 잠시 근무했던 때를 떠올렸다. 낮 근무시에는 한 명의 간호사가 80명의 환자를, 야간 근무 때는 200명의 환자를 돌보아야 했다.

그 이후, 쟝 마크와의 만남을 계기로 그 '집'의 설립에 참여하게 되었고, 그곳에서 환자들과 이미 고인이 된 사람들 중 몇몇은 특별한 애정을 유지하는 관계이기도 했다.

그는 여러 친근한 얼굴을 떠올릴 때면 감정이 복받치는 듯했다. 그 중 한 사람이 도미니크였다.

미셸은 사전에 아무런 연락도 없이 방문한다는 미안함으로 그 '집'에 도착했다. 미셸이 방에 있는 도미니크를 처음 봤을 때, 그는 몸을 움츠리며 마치 미셸을 보지 않으려는 듯 벽을 향해 있었다.

갸르단느 지방에서 온 조리 담당 자원 봉사자 파트리시아의 경우도, 그녀가 12살 때 남동생의 예기치 않은 죽음으로 인해 죽음에 대한 공포가 생겼고, 그 공포를 극복하고자 그 '집'에 지원 서류를 보낸 것이다.

대부분의 의료진들은 병이나 사별 등으로 점철된 인생 행로를 걸어왔다. 그럼에도 불구하고 의연한 모습을 보여야 하는 내심의 슬픔을 간직하고 있는 경우가 많았다.

아마르는 중앙 공급실에서 근무한다. 이슬람 가정에서 자란 그는 동성연애자라는 사실을 밝히는 것이 매우 힘들었다고 한다. 수치심이나 두려움을 느끼지 않고 동성연애자로 살아가기란 쉽지 않았다. 아마르는 세심한 행동과 부드러운 말투로 자신의 일을 잘 헤쳐나갔다. 그는 자신이 맡고 있는 일에 대한 의미를 알고 있었고, 기도할 때처럼 적절한 표현을 사용할 줄도 알고 있었던 것이다.

쟈지아의 어린 시절은 이별의 연속이었다. 출생하자마자 인큐베이터에서 오랫동안 삶과 죽음 사이를 넘나들던 쌍둥이 동생과의 이별, 그 후 10여 년을 대부분 입원 생활을 한 동생과의 이별, 그녀를 애지중지 돌본 간호사에 의해 양육되면서 맛본 친부모와의 이별, 그녀가 성장했던 가톨릭 소속 공동체 사람들과의 이별, 한 번도 본 적이 없는 아버지와의 이별……. 그녀는 12살 때 아버지의 사망 소식을 들었다.

사람들이 눈물을 흘리는 것을 보면 그녀의 마음 속에는 미움이 일곤한다고 했다. 친절하고 생기발랄한 그녀의 얼굴을 보거나 지혜를 가득 담고 있는 그녀의 생각을 듣노라면 가능성이 있는 한 개인의 변화를 통해서 깊은 감명을 받는다.

의료진들의 지원 동기들이 꼭 개인의 직접적인 체험에 근거를 두고 있지는 않다. 일상에서의 불만족이나 마음의 상처, 때로는 직업 생활에 그 원인이 있기도 했다.

이동 진료반에서 미셸과 함께 근무하는 간호사 미리엘은 예전에 자택 요양 환자를 방문하던 때 에이즈를 앓고 있는 환자를 처음 접하게 되었다.

그녀는 대다수 병원의 에이즈 환자들에 대한 처우에 분개했다고 한다. 병원에서 에이즈 환자들에게 지급하는 것은 일회용 담요, 에이즈 환자용 검사 장갑, 상·하위 위생복, 위생 가운 등이 전부였던 것이다.

"그 불쌍한 사람들의 모습이 아직도 저의 기억 속에 생생하게 남아 있습니다. 그들은 사람들로부터 비하하는 말투로 냉대를 받았습니다. '당신을 보면 진저리가 나요. 어휴, 혐오스러워.'라고 말했습니다."

10여 년의 간호사 생활 이후, 미리엘은 자신이 간호대학에서 배웠던 것이 실생활에 그대로 적용되지 않는다는 사실을 깨닫게 된 것이다.

나디아가 간병인의 세계로 입문하게 된 계기는 바다 항해를 통해서였다. 한창 반항적인 청소년기에 그녀는 한 술집에서 지체장애자 로베르를 만났다. 두 시간 가량 대화를 나눈 후 헤어질 때 로베르가 마르세유 항구에서 만나자고 제안했다.

나디아는 순간 주저했으나 로베르의 세심한 배려, 친절한 태도, 다정다감한 눈빛에 마음이 끌려 그와 만날 약속을 했다. 첫 만남에서 두 사람은 배를 타고 바다 한가운데로 나갔으며, 그곳에서의 만남은 우정과 연대감으로 발전하기에 이르렀다. 유람선을 타고 지중해를 항해하는 동안 그녀는 자기 안에서 일고 있는 뭉클한 무언가를 느꼈다. 그것은 반항심을 한단계 넘어선 그 무엇이었다. 로베르와 같은 처지의 사람들을 돌본다는 것은 세상을 활짝 열린 마음으로 살아가는 것이라 생각했다.

"미스트랄(프랑스의 론강을 따라 리옹만으로 부는 강한 강풍)과 같은 세찬 바람에 맞서는 것은 우리 속에 존재하는 걱정과 두려움을 초월하는 것이죠."라고 로베르가 말했다.

뒤늦게 그 '집'에 채용된 간호사들 중 한 명인 세바스티앙은 청소

년 시절 부모님 친구분들의 갑작스런 죽음에 큰 충격을 받았다. 한 분은 백혈병이었고, 또다른 분은 수혈 도중 에이즈 병균에 감염되어 사망하였다.

그는 간호사가 된 뒤, 병원에서의 연수 기간 동안 하루 일과가 끝나면 암 환자 곁에 가서 그들의 손을 잡아 준다거나 곁에 앉아 있곤 했다.

"한 간호사가 그 병실에 왔다가 저를 보았죠. '여기서 뭐하세요, 빨리 이곳에서 나가 주세요!' 그 당시 제 나이는 20살이었어요. 저는 침착성을 잃었어요. 저는 몹시 괴로웠습니다."

"내가 이곳에서 근무하게 된 이유를 말해보라구요? 잘 모르겠어요."

마리는 그 '집'에 나중에 채용된 간호사들 중 한 명이다. 그녀는 자연스럽게 자신이 있어야 할 곳을 찾아낸 것이다.

"저는 병자들을 돌보는 일에서 많은 희열을 느낄 뿐만 아니라, 성공적으로 마쳤을 때는 많은 것을 깨닫게 되지요."

환심을 사려는 의도 없이 그녀는 자신을 보는 타인들의 시각에 대해 언급했다.

"당신이 간호사라면 사람들은 당신의 직업을 매우 좋게 평가합니다. 실제로 일시적인 간호 행위를 하더라도 당신은 가장 훌륭한 사람이 되는 셈이죠!"

그녀는 자기 도취에 대한 우려를 웃음과 한마디 말로 일소해 버렸다.

"사람들은 제가 가장 저질일 수 있다는 사실을 모르고 있는 거예요."

"이곳에 지원하게 된 중요한 동기가 무엇이냐구요? 사실 난 그런 것에 대해서는 생각해 보지 않았어요."

그 '집'에 근무하는 의사들은 직위나 교육 수준, 사회적 위치 등에서 비롯되는 권위 의식을 전혀 찾아볼 수 없다. 그들은 중앙 공급실 소속의 근로자들이나 간호사 연수생들보다 결코 우월하지 않은, 그저 전문적인 지식의 소유자일 뿐이라 생각하고 있었다. 전문적 능력을 갖춘 연유로 치료 결과가 만족스럽지 못한 환자의 상태를 진전시킬 수 있다거나, 환자들의 상태를 진단하고, 간호사들의 질문에 답변을 해 줄 수 있는 것도 '내가 의사니까……' 라는 권위 의식이 아닌 관련 분야에 종사함으로써 축적된 지식과 경험 때문에 가능하다고 여겼다.

그러한 능력은 환자 개인에 대한 전반적 상황을 파악해야 가능한 것이었다. 이는 쟝 마크의 자연스런 행동으로도 알 수 있었다.

하지만 그는 그 '집'을 거쳐간 의사들에게 그런 삶의 방식을 영위하도록 하는데 많은 어려움을 겪었다.

쟝 미셸은 귀족적인 신분임에도 불구하고 별다른 고뇌 없이 그 '집'의 방식에 자연스럽게 동화된 첫 번째 사람이었다. 물론 오랜 노력과 거듭된 변화 끝에 얻어진 결실이기는 했다.

네 자녀를 둔 쟝 미셸은 의사 집안에서 태어났고, 다소 퇴색해 버린 아프리카에 대한 동경을 갖고 있었다. 그 '집'과의 인연은 에이즈 퇴치 운동이라는 적극적인 태도에서 비롯되었다기보다는 보이스카우트 활동과 전통적인 귀족적 사고에 푹 젖어 있는 의사 직분에 대한 막연한 회의에서였다.

다른 사람들과 마찬가지로 그가 그 '집'에 참여하게 된 계기는 쟝마크와의 만남에서 비롯되었다. 그는 엑상 프로방스에서 개인 진료소을 개원하고, 적극적인 사회 참여 활동을 펼치면서 지역의 요직을 두루 거치는 등 보장된 앞날을 마다하고 새로운 세계에 동참함으로써 자신의 정체성의 한계를 극복할 수 있었다.

그는 애착을 갖고 병원에서 의료 활동을 했을 때와 마찬가지로 그 '집'에서 시간제로 근무하면서 비로소 본연의 모습을 되찾았다.

그는 농담조이면서 다소 도발적인 어조로, 이제는 '학문적'이기를 거부한다는 관점을 피력했다. 그것은 충동적으로 내뱉은 감정 표현이라기보다는 다분히 합리성에 근거한 말이었다.

"환자에 대한 전반적인 간호 행위라는 구실하에 병의 증상을 무시하거나 치료의 기술적 측면을 과소평가해서는 안 됩니다. 병의 고통을 경감케 해 주는 것이 바로 전문 치료 기술입니다. 심한 육체적 병고를 겪고 있는 환자를 치료할 기회를 가져 보세요."

그는 환자의 단순한 감정 표현마저 알아차리기 쉽지 않다고 토로했다.

쟝 미셸은 자신의 태도에는 자기 방어벽이 존재하는데 그 '집'에서의 근무 경험 덕분에 그 방어벽이 조금씩 허물어지고 있다는 사실을 처음으로 고백했다.

죽음의 순간 파생되는 감정의 혼란 상태를 극복하고, 환자들과의 과도한 감정적 유대 관계를 경계하는 그는, 병원에서 진찰시 혹은 그 '집'에서 몇몇 환자들과 맺었던 관계를 조심스러우면서도 겸손하게 이야기했다. 자신이 예상치 못한 일에는 당황했다는 사실도 고백했다.

또한 어떤 상황에 직면해서는 자신의 무력함에 고뇌했던 사실도 인정했다. 그는 여러 환자들이 선물로 준 많은 담배갑들을 보여 주었다.

그는 개인적 변화가 그 '집'이 변화에 직면하는 순간이라고 여겼다. 박애주의자에서 인간에게로의 전환, 간섭주의에서 효능주의로의 전환을 겪었다.

그는 샹딸이 자기를 인정하고 본연의 위치를 찾아주었을 때 안도감을 느꼈다.

자원 봉사자들의 지원 동기는 의료진의 지원 동기와 마찬가지로 확고했으며, 개인적인 사유도 많았다.

뛰어난 화술을 지닌 디디에는 한 동호회에 대해 회상했다. 그는 동호회 회원들과 해마다 이탈리아에 있는 큰 별장에 가서 스키를 타곤 했다. 그는 회원 중 한 명인 지아니와 각별한 사이였다.

어느 여름 날, 그는 지아니에게 연락을 취했으나 헛수고였다. 예상치 못한 불안에 사로잡힌 그는 국경 너머 지아니의 집을 방문했다. 집에는 아무도 없었다. 지아니가 일했던 자동차 정비소에도 가 보았다. 거기에도 지아니는 없었다.

마침 근처 골동품 상점에서 정비소 주인이 손님과 함께 나오는 것이 보였다. 디디에는 그에게 다가가 지아니의 소식을 물어 보았다.

"죽었어요."

정비소 주인은 무덤덤하게 대답했다.

"그게 언제입니까?"

"11월이었죠."

"원인이 무엇입니까?"

그는 대답 대신 유감이라는 표시로 힘없이 어깨를 으쓱였다.

"에이즈로 죽었습니까?"

디디에가 되물었다.

정비소 주인은 고개를 끄덕였다.

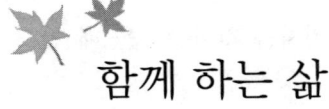

함께 하는 삶

그 '집'에서 생활하며 일한다는 것은 함께 존재하는 하나의 방식이었다. 그것은 자신의 일 속에서 타인과 더불어 자기 본연의 모습을 되찾는 방식이었다. 즉 깊은 내면과의 관계를 맺는 것을 의미했다.

실현 중에 있는 유토피아는 어떤 면에서든 이상적인 공동체를 구현하지 않은 상태이지만, 구성원들간의 유대 관계는 돈독했다. 그 이상 세계는 누구든 불만족이나 반항심에 젖어 들지 않도록 일상의 문제들을 극복할 수 있는 가능성을 제시하는데, 그러한 불만족이나 반항심은 병원에서나 그 밖의 다른 곳에서 많은 의료진이 겪는 공통된 문제이기도 하다.

그 '집'의 근무자들은 다른 곳에 비해 많은 급여를 받는다거나 시간적인 면에 있어서 그다지 여유로운 것도 아니었다. 더욱이 야간 근무 운영은 현 정부가 고수하는 노동 시간인 주당 35시간에 대치되는 것으로, 특히 어린 자녀를 둔 젊은 여성 근무자들에게는 해결하기 힘든, 가정 생활의 불균형을 일으키는 원인이 되고 있다.

다른 일터에서와 마찬가지로 나는 그 '집'에 존재하는 울분, 슬픔, 혼란, 서로간의 알력, 의료진들의 위기 의식 등을 감지할 수 있었다. 그렇지만 그 '집'에서 간호 업무를 맡아보는 근무자들 중 불평을 토로하는 사람을 보지 못했다. 어떤 불평 불만도 겉으로 드러내지 않는 그런 성숙함 앞에서 사실 그것에 대해 굳이 언급하는 것은 오히려 일의 가치를 떨어뜨리는 결과만 초래할 뿐이었다.

"예, 맞습니다. 이곳의 근무자들은 유별난 사람들이죠. 다른 곳의 근무자들과는 다르답니다."

그 '집'의 초기 의료팀에서 간호사로 종사했던 사람 중 하나인 브리지트가 내게 했던 말이 생각났다.

"이곳에서 일하는 사람들은 모두 훌륭한 사람들이죠."

그 말 속에는 간호 업무를 맡은 사람들이나 의료진만을 지칭한 것이 아니었다. 환자들과 그들의 가족들도 포함해서 말한 것이다.

'모든 사람'이 훌륭하다는 것은 그 '집'에서는 어느 한 사람도 특별하지 않다는 사실을 의미한다. 그 장소 자체는 초창기의 모습 그대로, 생동적으로 변화하는 모습 그대로, 모든 인간들이 내재적으로 소유한 훌륭함의 표출을 가능케 하는 능력을 지닌 곳이다.

무엇보다도 그 '집'의 훌륭한 점은 바로 인간적이라는 것이다. 그리고 그 인간적인 면으로 인해 어떤 개인이든 다른 사람들에 비해 우월하다는 의식은 있을 수 없었다.

오후 2시는 교대 근무 회의 시간이다. 쟝 마크와 쟝 미셸이 참석하지만 회의를 주재하는 것은 아니다. 환자를 돌보는 사람들은 저마다 3명의 환자들을 맡게 된다. 그들은 환자들의 정신적·육체적 상태에 대한 오전 진료의 결과를 보고한다. 그리고 나서 그 회의의 모든 참석자들은 의사나 청소 담당자, 자원 봉사자, 급여를 받는 사람 등 구별 없이 환자들에 대한 이해를 극대화하기 위해 도움을 줄 수 있는 정보를 서로 교환한다.

골상 전문의인 에릭, 물리 치료사인 크리스토프는 환자들을 치료했던 과정을 설명했고, 치료 진행상의 편의에 관련된 질문에 대해서 답변도 했다.

쟝 마크는 환자가 잘못 알고 있는 치료 방법에 대해 서로 조정해 볼 것을 제안했다.

그날은 한동안 프레데릭이 주목을 받았다. 이례적으로 처음 사람들 앞에 서게 된 프레데릭은 격한 감정에 휩싸여 있었다. 식사 때 보았더니 그는 온몸이 땀으로 흠뻑 젖어 있었다. 그래서 파띠가 그를 방으로 데리고 갔다.

"엘렌이 그의 옷을 세탁해 줄 수 있겠어?"

파띠가 엘렌에게 물었다.

"왜냐하면 그는 가방 안에 더 이상 여벌의 옷이 없어. 내가 알기로 그의 친구가 내일 방문한다던데……."

환자뿐만 아니라 그 가족과 친구, 그리고 의료진에게까지 세세하게 주의를 기울이는 일에는 어느 정도의 피곤함이 있을 수 있다. 그것은 일상에서 인간적인 참된 진리를 추구하며 살아간다는 것이 얼마나 힘든지를 말해 주는 것이다.

그 '집'에서 '함께 생활한다'는 것은 일상의 생활인 것이다. 그들 모두 모임에 참석하며, 월례 의식이 된 장례식에도 함께 참관하고, 간호전문 양성교육이나 조직 모임에도 함께 참여하고, 주말도 함께 보내며, 파티를 열기도 하였다.

신경정신과 여의사와 미셸은 매주 실시하는 '상담 시간'에 함께 참여했다. 물론 그 상담 전문가는 긴밀한 관계를 통해 그 '집'에 대해 소상히 알게 되었다.

개인 문제나 서로간의 인간 관계, 여러 가지 난관, 의문점 등에 관해 상담을 하고 싶은 사람이나, 단지 경청하고자 하는 사람들도 그 상담 시간에 참여하였다.

미셸은 주의사항인 동시에 보호책이기도 한 몇 가지 규율을 정했다. 이해 당사자와 직접 문제를 해결하려는 시도 없이는 그 당사자와 문제를 언급하지 말 것, 쌍방의 당사자들이 함께 참석하지 않은 상태에서 문제를 거론하지 말 것, 상대방의 말을 경청할 것, 상담시 본인과 타인들을 위해서 이야기한다는 사실을 상기할 것 등이다.

당신은 하나의 섬이고 바다가 많은 다른 섬들로부터 당신을 떼어놓기도 하지만, 또한 그 바다는 당신을 다른 사람들에게 가까이 가도록 해 준다.

지난 6년 동안 미셸은 상담 시간에 한 번도 홀로 참석한 적이 없었다. 어쩌면 한 번쯤은 혼자였던 적이 있지 않았을까? 그 질문에 대해 절대 그렇지 않았음을 자신할 수 있었다. 항상 누군가와 머리를 맞대고 있었다.

"그러면 그 상담이 일종의 고해성사 같은 것으로 변질되지 않을까요?"

"절대로 그렇지 않습니다."

미셸이 웃었다.

"그와는 정반대입니다. 왜냐하면 개별 상담 못지 않게 단체 상담도 많이 이루어지기 때문입니다."

쟝 루이도 자주 상담실을 찾았다. 간호사들과 보조 간호사들도 마찬가지였다. 왜냐하면 그들은 어떤 속임수도 허용되지 않는 사회 참여 활동 속에서 매일같이 전쟁을 치르고 있기 때문이었다.

간호대학 출신으로 높은 직위까지 승진한 졸업 동기들과 그 '집'의 간호사들 사이에 차이점은 무엇일까?

약 10여 년간 정도의 공백이 있을까?

아니다. 미셸, 파띠, 알렉산드로, 아나스타지아, 실비, 마리, 나디아, 마리옹 등 그들은 존경할 만한 헌신의 소유자로서 용기 있는 현대판 영웅들로 추대하는 데 조금도 부족한 점이 없었다.

남성 근무자들은 물론 여성 근무자들도 개인 한 사람 한 사람 모두가 늘 따뜻한 마음과 매력적인 모습이었다. 그들은 온정의 눈길을 건넬 줄 알며, 그런 모습이 너무나 아름다웠다. 친절이 몸에 배였을 뿐만 아니라 타인의 말을 경청할 줄도 알고, 또 시기적절한 말을 할 줄도 알았다.

무엇보다도 가장 큰 장점은, 그들이 서로 끈끈하게 맺고 있는 유대관계였다.

브 리

병원의 많은 사람들은 쟝 마크가 브리지트(브리는 브리지트의 애칭임)를 고용하는 것에 대해 강력하게 반대했다.

그들은 말했다.

"그녀는 정상이 아녜요. 쟝 마크, 당신은 앞으로 어떤 상황에 처하게 될지 모르고 있어요. 그 여자는 위험해요. 뭔가 석연치 않아요."

무슨 이유 때문에?

7월 14일 혁명기념일(1789년 7월 14일 파리 시민이 바스티유 감옥을 파괴한 것을 기념하는 날 : 역자주) 밤, 브리지트는 환자들이 불꽃놀이를 구경할 수 있도록 환자들의 침대를 창가로 향하도록 돌려놓았다.

쟝 마크는 애정이 담긴 시선으로 그녀를 바라보았다.

브리지트는 항상 자기의 생각을 얘기했고, 생각한 바 대로 행동했다. 브리지트는 맨발로 일을 했고 거침없는 목소리로 자유롭게 입원 환자들에게 말을 건넸다. 그녀는 자신이 하는 일에 혼신을 다해 뛰어

들었다. 자중하거나 신중해 달라는 요청을 할 수가 없었다.

쟝 루이가 말했다.

"그녀를 어떤 틀 속에 가두는 것은 불가능해요. 하지만 그녀는 그런 자유 분방함과 조화를 잘 이루는 진솔함과 관용을 지녔습니다."

쟝 마크가 한술 더 뜨며 말했다.

"설령 그녀로 인해 일이 잘못된다 할지라도, 나는 다른 사람들 앞에서 그녀를 손가락질 하지 않을 겁니다. 그녀의 활동을 보면 도저히 나무랄 수 없습니다. 만일 필요하다면, 그녀에게 직접 가서 별도로 얘기할 겁니다. 아마도 그렇게 하는 것이 힘들겠지만요. 그러나 그런 행동은 비밀로 해 둬야겠지요."

그녀는 인디언 계통의 외모를 지니고 있다. 그녀는 실제로 인디언 시우족과 나바죠스족의 피를 이어받은 스콰우족 인디언의 혈통을 갖고 있다.

예전에 어느 조각가가 그녀를 스케치했는데 매끈하고 부드러운 얼굴 윤곽선을 하나도 빠짐 없이 그려냈다. 그림은 화려한 꽃수레와 같았으며 그녀의 얼굴은 변화무쌍한 격동의 장이었고, 두 눈은 밤낮 없이 타오르는 불꽃을 연상케 했다. 그녀는 살아 빛나는 불빛이었다.

예전에 그녀는 은행원이었다. 생기발랄하고 저돌적이며 생동감으로 가득찬 활력 있는 행동으로 볼 때 은행원으로서의 그녀는 도저히 어울리지 않는 듯했다. 항상 쾌활한 그녀의 얼굴은 부드러우면서 호기심어린 눈빛으로 가득차 있었다.

쟝 마크는 그녀의 주치의였으며, 그녀 친구들의 주치의이기도 했다. 그녀의 친구 중 한 명은 에이즈로 사망했다. 브리에게 죽음은 결코 일상사가 아니었다.

그녀는 죽음을 개인에게 가해지는 가혹한 폭력으로 여겼다. 그와 같은 의식은 어떤 면에서 볼 때, 그녀가 천성적으로 죽음에 대한 관심을 외면하지 못하게 했다. 그녀의 상처에서는 더 이상 피가 흐르지 않을지 몰라도 아픔은 여전히 생생했던 것이다.

그녀는 여행할 목적으로 간호사 공부를 시작했다. 뒤늦게 그녀 친구 중 한 명이 여행이 목적이라면 관광전문대학을 선택하는 편이 더 나을 것이라고 말해 주었다.

간호사가 된 그녀는 그 '집'만 알고 지냈다. 다른 병원에서 근무하는 그녀의 모습은 상상하기 힘들었다. 그녀는 열정을 가지고 그 '집'의 업무를 수행해 나갔으며, 자신만의 삶의 방식을 가지고 임했다.

쟝 루이가 다시 말했다.

"환자들은 브리로부터 인간적인 정을 느낍니다. 물론 다른 동료들도 마찬가지이지만 그녀에게서는 관대함과 다정함을 피부로 직접 느낄 정도입니다. 그녀는 항상 모든 질문에 대답할 준비를 하고 있으며, 환자들의 넋두리를 들어줄 준비도 되어 있답니다."

브리지트는 그 '집'에서 가장 오랫동안 입원해 있던 안 마리라는 환자와 서로 하나가 될 정도로 열정적인 관계를 유지하며 지냈다. 브리지트가 그 환자에 관해 말하는 순간, 그녀의 얼굴은 애정이 가득한 표정으로 환하게 빛났으며, 마치 무분별한 행동을 했던 사춘기 시절, 자신을 보호해 주었던 친척 아주머니에 대해 말하는 것 같았다.

그녀는 자기 친구 밀레나에 대한 이야기도 꺼냈다. 두 사람은 13살 때 처음 만났으며, 온갖 짓궂은 장난을 하기도 하고 여행을 함께 다니기도 했다. 그들은 많은 친구들을 사귀었다. 두 사람은 서로 닮은 점이 전혀 없었지만, 사람들은 종종 그 둘을 자매로 착각하곤 했다.

밀레나는 심각한 상태는 아니지만 C형 간염을 오랫동안 앓고 있었다. 그리고 1년 전에 자신이 암에 걸렸다는 사실을 알게 되었다.

자신 또한 병과 인연이 많다고 느꼈던 브리지트에게 그 사실은 매우 충격적이었다. 그렇지만 쟝 마크의 말처럼 그녀는 항상 '체념하기에 앞서 사태를 해결'하려는 쪽을 선택했다.

밀레나는 그 '집'에 한 달 동안 입원해 있었는데, 브리는 그 기간 동안 매일 밤마다 악몽에 시달렸다. 더욱이 상황이 그런 식으로 계속된다면 두 사람 모두 죽게 될 것 같았다.

밀레나는 마치 임신 중인 것처럼 배(밀레나는 복수증으로 인해 배가 끔찍하게 부풀어 있었던 것이다.)가 불러왔다.

브리지트가 그녀에게 말했다.

"너는 내가 복수증을 치료할 수 없다는 사실을 잘 알고 있겠지?"

그 후 밀레나는 그 '집'에서 퇴원했다. 그러나 그녀는 얼마되지 않아 다시 그곳에 입원했다.

브리지트는 그녀가 되돌아오는 순간부터 자신의 악몽도 다시 시작될 것이라는 사실을 알고 있었지만, 밀레나가 되돌아오기를 간절히 원했다.

브리지트는 강박 관념으로 인해 무척 힘겨워 했다. 두 사람은, 보살피는 행위 속에 내포되어 있는 고통스러운 내면의 세계는 물론 서로에 대해 너무나 잘 알고 있었다.

브리지트는 그런 고통을 충분히 감당할 것이다.

처 음

각자 방에 들어가서 '세상 끝집'에서의 첫날밤을 맞았다. 간호사들은 문을 열고 들어가서 '안녕하세요'라고 인사하는 것이 최소한의 예의인 동시에 그들이 안고 있는 두려움을 조금이나마 없앨 수 있다는 것을 잘 알고 있다.

디디에가 자원봉사자로 그곳에서 일을 시작한 지 얼마되지 않았을 때, 이불을 푹 뒤집어쓰고 있는 한 청년의 방에 들어 갔었다.

"제가 그를 방해했나 봐요. 청년은 몸을 일으켜 세우고 저를 쳐다보았어요."

그의 시선 속에는 많은 것들이 스쳐 지나갔다. 정확히 규명할 수 없는 고통, 기대하지 않았던 한 존재에 대한 순수한 기다림 등 다른 초년생들처럼, 그 순간 디디에는 자신의 현재 위치에 대한 일종의 수치심 같은 것을 느꼈다. 마치 친구들과 함께 해변에서 알몸의 여자들을 흘깃흘깃 쳐다보는 것처럼 느껴졌다.

디디에가 처음으로 혼자 들어갔던 병실은 1층 2호실이었으며, 그 방에 있는 젊은 아가씨 소피는 성격이 까다로웠다.

디디에는 작은 음식 쟁반을 들고 들어가서 자신을 소개했다. 그녀는 그를 위아래로 훑어보며 눈대중으로 됨됨이를 짐작하는 듯했다.

그녀는 팔목에 30년대 스타일의 아름다운 금팔찌를 차고 있었으며, 조리실에서는 자기의 햄을 잘라 주면서도 정작 그가 잘라 주는 것은 거절했다.

디디에가 문 쪽으로 가자, 그녀는 그를 다시 불렀다.

"내 햄을 좀 잘라 줄래요?"

그가 미소를 지어 보이자, 다소 쌀쌀하던 그녀의 얼굴은 다소 부드러워졌다.

그녀는 그가 어디에 살고 있는지 물었고 일상생활에 대해서도 물어 보았다. 그는 바닷가에서 주말을 보낸 일, 친구들에 대한 이야기 등이 그녀로 하여금 소외감을 느끼게 하지 않을까 마음을 졸였다.

그러나 오히려 그 반대였다. 그녀는 많은 것을 알고 싶어했고 되도록 많은 이야기를 들려주기를 원했다.

그는 그 다음 화요일에 그녀를 만났다. 그녀가 함께 걷고 싶어했기에 그는 그녀를 부축해서 몇 발자국 걸었다.

"저는 화요일마다 그녀를 보러 갔어요. 어쩌면 그녀와 함께 걷지 못할 것이라는 두려움과 다시 보지 못할 것이라는 두려움에 마음이 아팠습니다."

디디에는 다음으로 4호실에 들어갔다. 필립이라는 이름의 환자와 그의 동생이 있었다.

디디에가 나중에 알게 된 사실인데, 그들은 가족이었다. 비록 진실 여부는 알 수 없었지만 모두들 그렇게 말했다.

필립은 디디에를 쳐다보며 물었다.

"가수 죠니 할리데이를 좋아해요?"

디디에가 그렇다고 대답하자, 필립은 자리에서 일어나 1층 현관 옆의 작은 방으로 그를 데리고 갔다. 그는 한밤중에 디디에에게 '난 당신을 진정으로 사랑해요'라는 노래를 불러 주었다.

디디에가 그곳을 떠난 시간은 새벽 5시였다. 그는 자신이 두려움 없는 행복한 상태에 푹 빠져 있다고 느꼈다. 도움을 주러 왔던 디디에는 인생의 한 가지 교훈을 얻었던 것이다. 어쩌면 몇 가지 교훈일지도 모른다. 그는 피곤하기는 했지만 행복감에 젖어 잠자리에 들었다.

잠에서 깨어났을 때 그의 눈앞에는 필립의 얼굴이 보였다. 그리고 지난 밤처럼 두 사람은 말없이 서로를 바라보고 있었다.

"저는 그 순간의 필립 얼굴을 기억하고 있어요. 그의 시선은 마치 나에게 무언가를 갈구하고 있는 것 같았죠."

'나의 친구여, 그대의 대답이 바람결에 날아갔다오. 그녀는 나를 잊었어요. 난, 당신을 진정으로 사랑해요. 나는 내 삶을 잊고 말았어요.'

순간적으로 시간이 멈춘 듯했다.

"생활의 여유를 누릴 줄도 알게 되었어요. 또한 그 여유를 고갈되지 않게 하는 방법도 알게 되었죠."

애칭

오후 근무 회의 시간에 지난 밤 입원한 여환자 미셸에 대해 이야기를 나누었다. 쟝 미셸이 그녀를 검진했고, 그는 그녀를 미미라고 불렀다.

"미미?"

누군가 되물었다.

"그 환자의 애칭인가요? 내가 듣기로는 그녀의 남편이 그렇게 부르더군요."

모든 사람들의 머릿속에 미셸은 미미가 되어 있었다.

쟝 마크와 샹딸을 제외한 그 '집'의 모든 근무자들은 항상 애칭으로 불리웠다. 쟝 루이는 룰루, 쟝 미셸은 퐁퐁 또는 퐁포네트(쟝 미셸만이 미셸을 비디불이라 불렀다.), 브리지트는 브리 또는 브리브리, 파띠마는 파띠라고 불리었다. 카린은 부클레트(그녀는 그 애칭을 썩 좋아하지 않았다.)로 불리었다. 실비안은 제데옹, 쟈지아는 지톤느 또는 지토네트, 그리스토프는 비께가 되었다.

알렉산드로는 학창 시절 마뇨 혹은 꺽다리라 불릴 정도로 누구에게나 항상 크다는 인상을 주었다.

그곳에서 환자들은 그 동안 따라다녔던 이름을 줄여서 만든 애칭(마누, 나트 ……)을 되찾거나 혹은 뜻밖의 장난기 섞인 새로운 애칭을 얻기도 하였다.

쟝 마크는 이름이 잘 암기되지 않던 한 환자에게, 그의 반대에도 불구하고 엉터리 산타클로스라는 영화에 나오는 주인공과 비슷한 점을 유추해 제제트라는 애칭을 붙여 주었다.

경우에 따라서는 그다지 내세울 만한 배려라고는 할 수 없겠지만, 그런 배려를 통해서 삶은 영위되고, 애정의 말들이 계속 교환되며, 인간적인 신뢰가 싹트게 된다.

입밖에 내기 힘든 두 단어가 있는데, 그것은 '질병과 죽음'이다. 질병과 죽음은 살면서 여러 번 체험하지만 여전히 일상적인 것으로 받아들여지지는 않는다.

그 집에서는 병자라는 말을 사용하지 않으며, 죽어가는 사람이라는 말은 더더욱 사용하지 않는다. 환자 또는 거주자라는 말로 사용한다. 죽었다라는 말 대신 떠나갔다라는 말을 사용한다.

그것은 결코 정숙함에서 기인하는 것은 아니다. 절박한 현실은 늘 그들로 하여금 완곡한 표현을 쓰도록 만들었다.

완곡하게 표현하는 것은 단지 죽음에 직면해서 최후의 평온을 표시하는 것이다. 애칭처럼, 입맞춤과 미소처럼, 농담과 축제처럼 그것은 충격을 완화시키고 고통을 누그러뜨리는 한 방편이었다.

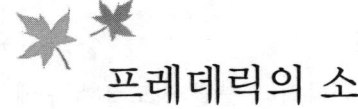

프레데릭의 소

교대 근무 회의 때 샹딸은 탁자 한가운데에 한 마리의 소를 올려 놓았다. 그것은 프레데릭의 동거인이 준 작은 조각상이었다. 프레데릭은 지난 토요일 아침에 사망했고, 그의 시신은 아직까지 그 '집'의 영안실에 안치되어 있었다.

그 조각상이 회의실에 와 있었다. 그것은 프레데릭에 관해서 그 무엇도 의미하는 바가 없지만 모든 시선이 조각상에 쏠려 있었다.

조각상은 한동안 탁자 위에 놓여 있다가 역시 샹딸에 의해 옆에 위치한 진열대로 옮겨졌다. 조각상은 그곳에 계속해서 진열될 것이다.

조각상은 우아한 모습이었으며, 철사로 만들어져서 가벼웠다. 그것은 프레데릭을, 즉 그의 화려한 외모를 연상시켰다.

미레이유는 프레데릭을 '바쁜 사람'이라고 불렀다. 그는 항상 모든 문제를 해결하려 했고, 또 완성하려고 했다. 병의 진행 속도가 빨랐던 것을 감안해 볼 때 프레데릭의 마음 속에 자리잡고 있었던 절박함이 어느 정도였는지 이해할 수 있었다.

병의 진행 속도가 빠르고, 신체 기관이 극도로 악화된 탓에 HIV 바이러스를 보유하고 있는 사람들은 대체로 삶의 애착을 견딜 여유조차 갖지 못한다.

프레데릭이 그 '집'에 도착한 지 며칠 되지 않아 쟝 마크는 그에게 한 번 일어서 볼 것을 주문했다.

쟝 마크는 그가 이전에 입원해 있었던 의료 기관에 전화를 걸어 그가 걷지 못하는 이유에 대해서 문의했다.

쟝 마크는 명확하지 않은 설명 탓에 그 같은 상황을 납득하지 못했다.

"걸어 보고 싶어요?"

그가 프레데릭에게 물었고, 프레데릭은 한 번 시도해 보고 싶다고 대답했다.

쟝 마크와 쟝 루이는 휠체어에 앉아 있는 그를 천천히 일으켜 세우고, 똑바로 일어설 때까지 그의 몸을 쭉 펴 주었다. 그는 받침대 없는 조각상처럼 불안정했다. 곧바로 두 사람은 프레데릭을 잡았던 손을 놓았다. 그러자 그는 자신의 양손을 쟝 마크의 어깨 위에 올려놓은 채, 두 발로 일어서 있는 자신을 발견했다.

다시 의자에 앉자 그는 비록 단 한 번에 불과했지만, 자신이 일어섰다는 사실에 감정이 복받쳐 울음을 터뜨렸다.

그리고 앉아 있는 자신의 모습과 영원히 누워서만 지내는 모습을 상상해 보았다.

잠시 후 그의 입가에는 환한 미소가 번졌다.

그러나 그의 미소는 사라지고 한 마리의 소와 얼마 전 그가 써 놓았던 기도문만 남아 있을 뿐이다.

　오, 전능하신 하나님 아버지시여
　내가 벅스라는 이름의 작은 배였을 때
　나는 내 인생 내내 해류나 순풍을 따라
　고요한 물에서부터 험난한 파도가 치는 곳까지
　항해를 했습니다.
　어느 날 내가 암초에 부딪치는 그 순간
　모든 철 구조물로 지탱되어온
　배의 선체가 양쪽으로 갈라졌습니다.
　내 안에 잠자고 있던 영혼은 파멸되지 않았고
　퍼렇게 멍만 들었습니다.
　내 영혼은 새로운 삶의 계획을 향해
　당신을 따라갈 준비가 된 듯합니다.
　날이 밝았을 때 내 날개가 펴지지 않는다면
　내 수호천사가 나에게 날개를 전해 주러 올까요?
　나는 꿈을 많이 꾸었으니 날개를 퍼덕이며 날 수 있겠죠?
　나의 두 팔로.

　프레데릭의 기도문은 그 '집'의 자유기록록에 기록되어 있으며, 그의 소 조각상은 산 사람들의 마음 속을, 그리고 프레데릭의 일화 속에 담겨져 있는 사랑(또는 좌절, 분노, 분투, 고독, 격렬한 아픔)을 알지 못한 채 그곳을 스쳐 지나간 사람들의 마음 속을 유영할 것이다.
　소 조각상은 많은 환자들을 기억나게 하는 액자들과 그림들, 그리고 그 밖의 10여 점의 다른 물품들 곁에 진열됐다.

어제 어느 부인이 예전에 자기 아들과 함께 심었던 올리브 나무를 보러왔다고 샹딸이 말했다. 그 나무는 마치 현세를 떠난 사람과 우리를 가깝게 연결해 주는 매우 압축된 상징인 셈이었다. 다시 말해 부재 속에서 왜소한 실존, 시간의 고리, 고독 속에서 맺어진 관계를 상징하는 것이었다.

너도 이곳에 있고, 당신도 이곳에 있고, 일반 대중 모두 이곳 현세에 머물고 있어, 땅속에서 발굴된 중국 기마병 토우처럼 대중의 실재성은 결코 부인될 수 없는 것이다.

현관에 놓여 있는 자유기록록에는 짧은 몇 마디의 말이나 여러 시구·문장들이 기록되어 있었고, 이동 진료반 사무실에 놓여 있는 사진첩 속에는 사진들이 있었으며, 이 모든 것들이 퇴색되어 없어지더라도 추억이나 삶의 일상적인 편린들은 남아 있게 될 것이다.

과거의 회상은 가끔 불현듯 찾아왔다. 집사 크리스토프(물리 치료사 크리스토프와 혼동하지 말 것)는 리샤르를 회상했다.

그는 입원 당시 장님이었으며, 주방에서 근무하는 롤라의 남편과 함께 기타 교습을 받았다. 서로 같은 쟝르의 음악에 심취했으며, 롤링 스톤즈, 데이빗 보위, 피터 가브리엘 등과 같은 가수를 좋아했다.

크리스토프는 언젠가 리샤르가 가족 연회장에서 블루스곡을 연주했던 일을 기억했다.

크리스토프는 모습을 드러내지 않고 벽에 기대서서 그의 감동적인 연주를 감상하면서 연주에 실린 감정, 틀린 음율, 옷소매가 기타에 긁히는 소리, 죽음을 눈앞에 둔 맹인 블루스 연주자가 내뱉는 '제기랄' 이라는 말 등을 놓치지 않고 듣고 있었다.

크리스토프가 자신의 발을 내려다보면서 내게 말했다.

"자, 보세요. 내가 지금 신고 있는 것은 그의 신발입니다."

간혹 개인 소지품이라든가 특별히 아끼던 애용품 등 그 어떤 것도 남아 있지 않는 경우가 있다.

그러나 그가 머물렀던 장소와 공간 그 자체가 존재의 증거가 되며, 혹은 소 모양의 조각상을 대신한 이름을 통해서 현존하게 된다.

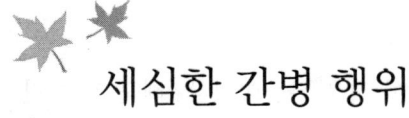

세심한 간병 행위

"**행**위는 하나의 관계이다."

이 말은 쟝 루이가 좋아하는 문구 중 하나였다. 그는 진료 과장이라는 직책을 맡고 있어, 그 '집'의 거주자들과 친밀한 관계를 소홀히 할 수도 있다는 것 때문에 아쉬워했다.

그 친밀한 관계라 함은 환자를 진료하고, 수치를 재 보고, 그들을 진정시키고, 붕대도 감아 주며, 그들의 고통을 덜어 주는 부드러우면서도 세심하며 인내심 있는 보살핌을 말한다.

그 '집'에서 일어나는 일을 조금도 과장됨 없이 당사자의 입장에서 체험하는 방법이 있다. 그것은 간병하는 사람들의 간병 행위들을 쫓아가 보는 것이다. 그런 행위에서 진정한 감동을 받게 될 것이고, 간병인의 위대함을 알 수 있게 될 것이다.

또한 환자와의 접촉에서 비롯되는 심층적이고 미묘한 관계를 감지해낼 수 있을 것이다. 그리고 그 가식 없는 유대 관계에 말문이 막힐 것이다.

근무자 가운데 삐에르는 가장 말이 적은 사람이었다. 해군 소속 간호병이었던 그는 정식 자격증이 없다는 이유로 보조 간호사로 일하고 있다.

주위에서 내게 귀띔해 주기를 삐에로는 거의 한마디 말도 하지 않는다고 했다. 그러나 사실이 아니었다. 그는 하나의 개별적인 말에 부여할 수 있는 의미를 결부시켜 최적의 의미를 찾았을 때 그것에 만족해서 웃음을 지어보이며 침묵으로 대신했던 것이다.

그것은 다른 사람들의 말에 비해 지나치지도 부족하지도 않으며, 바로 그 자신의 말이 되었다.

왜 불필요한 말을 해야 할까? 왜 과도하게 말을 해야 할까?

그는 토론이 주제에서 벗어났다고 판단될 때는 장황한 말보다 웃음으로 더 엄격하게 비판했다.

삐에로는 단체 대화에 끼는 적이 드물었다. 그가 스트레스를 해소하는 방법으로는 자전거를 타고 약 15km에 이르는 출퇴근 거리를 달리는 것이다.

환자들은 자주 그를 찾았다. 그가 매우 친절했기 때문이다. 이를테면 단순한 기본 동작을 비롯한 모든 몸놀림 속에는 더할 나위 없는 부드러움이 있었고, 그와 함께 있을 때는 그 부드러움이 손놀림을 통해서 전달되었던 것이다.

"당신은 병실에서 누군가에게 마사지를 해 주고 있는 그를 목격할 겁니다. 그리고 그러한 행위에서 상호간에 마음이 교류하는 듯한 느낌을 받을 것입니다."라고 쟝 루이가 말했다.

그는 덧붙여 말했다.

"의료팀의 입장에서는 그의 경험이 되도록 많이 공유되기를 바라죠. 하지만 그것이 조직적으로 체계화할 수 있는 것일까요? 또 그것이 그가 원하는 방식일까요? 저도 잘 모르겠습니다."

손놀림, 몸동작, 미소, 숨결 등으로 '간병 행위를 통한 상호 관계'에 온전히 동참하는 것, 모든 간병 행위에서 섬세하고 완벽한 주의(무성의하게 붕대를 감아 주는 것은 육체적 고문일 수도 있다.)를 기울이는 것, 이런 모든 행위는 실상 짧은 몇 마디 말로 장황한 설명을 무의미하게 만들 수 있는 것과 같다.

이동 진료팀의 간호사 중 한 명인 미셸은 세심한 간병 행위를 끝없이 해야 하는 의무라고 여기는 생각은 옳지 못하다고 언급했으며, 오히려 처해 있는 현재의 순간에 능동적으로 참여해서 성의를 다한다는 신념을 갖는 것이 상호 관계에 올바로 참여하는 길이라고 강조했다.

"그렇게 하면 당신의 일에 충실하게 되는 것이죠. 그리고 당신은 한 환자의 치료가 끝났을 때 비로소 다음 환자를 돌볼 수 있게 되는 겁니다."라고 미셸은 덧붙여 말했다.

접촉하는 것, 이를테면 말없이 행하는 간병 행위를 통해서도 서로 간의 이해는 가능하다. 물리 치료사 크리스토프는 신체 근육의 수축 또는 이완을 통해서 여러 감정을 감지할 수 있다고 말했다.

청결 유지를 위한 목욕, 그것은 병원에서의 의무 사항들 중 하나이다. 그러나 그 '집'에서 목욕은 의무 사항이 아니다. 목욕은 환자의 몸 상태나 혹은 스스로의 욕구에 따라 행해진다.

"환자 개인의 자유로운 의사가 존중되면서 공동체가 발전하기 위해서는 지나친 규율은 삼갈 필요가 있습니다. 타인을 인정함으로써 상호간에 좋은 관계가 형성되는 것입니다. 바로 그것이 간호사의 업무죠. 단지 우리가 병원에서의 관계만으로 끝나는 것이 아니죠."라고 간호사 까린이 말했다.

붕대를 새로 감아 주거나 체온을 재는 데는 여러 가지 방법이 있다. 간혹 올바르지 않는 방법도 있지만, 그 어떤 방법도 최고의 방법이라고 단언할 수는 없다.

"세심한 간병 행위는 모든 것의 기본입니다. 그 같은 간병 행위를 통해 세상과 그리고 타인과 연결이 되는 것이죠."라고 도미가 말했다. 마음에 들지 않는 환자일지라도 그와 같은 행위를 통해 사랑하게 되는 것이다.

제롬이 편지 쓰는 일에 도움을 받고자 샹딸을 만나고 싶어 했다.

샹딸이 그의 방에 들어갔다. 그가 비록 조리있게 말을 하였지만 보다 잘 알아듣기 위해서는 그에게 가까이 다가가야 했다.

"동정적인 이 손을 치워 주세요."라며 그는 샹딸의 호의를 뿌리쳤다.

미셀(퐁포네트)은 간호사가 되기 전에 근무하던 프낙 서점에서 알게 된 소년을 그 '집'에서 다시 만났다. 그녀는 그 소년을 한눈에 알아볼 수 있었지만 그는 그녀를 알아보지 못했다. 소년은 맹인이 되었던 것이다.

결국 그녀는 소년에게 자기 소개를 하게 됐다.

"안녕. 나는 미셸이야. 생각나니? 내가 일했던 곳이 ⋯⋯."

소년은 그녀에게 손으로 얼굴을 만져봐도 되는지 물었다. 소년은 비로소 그녀를 알아보았다.

나중에 그녀가 그의 목욕을 도와줄 때,

"아줌마가 내 엉덩이를 만지게 되리라고는 한 번도 생각해 본 적이 없었어요."

그가 말했다.

"나도 마찬가지야."

미셸이 대답했다.

도미는 불면증을 겪고 있는 어린 환자를 돌보고 있었다. 그녀는 그 아이에게 수면제를 주사하려던 순간 이렇게 물었다.

"혹시 먹고 싶은 것이 있니?"

그 아이는 따뜻한 음료와 케이크를 먹고 싶다고 했다. 운좋게도 그 날 낮에 어떤 사람이 케이크를 가져온 것이 있었다.

훗날 그의 엄마는 기억할 것이다.

"그 아이에게 케이크를 가져다 준 사람이 바로 당신이었군요."라고.

파트리시아와 샹딸은 마리 클로드가 탁구를 칠 수 있는지의 여부를 놓고 내기를 하였다. 마리 클로드는 하반신이 마비된 환자였는데 식사 때 외에는 병실 밖으로 나온 적이 한 번도 없었다.

파트리시아는 마리 클로드에게 탁구 시합에 대해 설명했다. 그녀는 좋아했다. 몇몇 간호사들 간의 시합 때 파트리시아와 샹딸은 그녀를 테라스로 데리고 나갔고 즉석에서 탁구 시합을 하기로 했다.

그 시합에서 마리 클로드는 다른 사람의 도움을 거의 받지 않았다.

다음 날 샹딸은 사무실에서 전날의 탁구 시합 때 찍은 사진을 흐뭇하게 보고 있었다.

간병의 세계에서 삶의 안락함이나 온화함과 같은 여유는 그 어떤 상황이나 외부적 요인에 의해서도 전혀 구속 받지 않는다. 오직 자유로움만 있을 뿐이었다. 그것은 행복감이었다.

쟝 마크와 파트리스가 서로 말했다.

"걱정하지 말아요. 곧바로 마사지를 받게 해 줄테니까."

"누가 해 주시는가요? 하이리야예요?"

"당신은 하이리야를 매우 좋아하죠? 그렇죠? 아마도 하이리야가 올 거예요."

파트리스는 아무 말도 하지 않았지만 그녀의 표정은 환히 밝아지고 있었다.

한밤중에 질(멋지게 생긴 남자 환자)이 호흡 장애를 일으켰고, 나디아와 쟈지아가 그의 방으로 급히 달려갔다. 나디아가 산소통의 마개를 열려고 애썼지만 마개는 쉽게 열리지 않았다.

그녀가 마침내 힘겹게 마개를 열자, 두 사람은 미친 듯이 큰 소리로 웃어댔다. 질도 따라 웃었다.

급박한 순간이 일순간에 무너져 버렸다.

세바스티앙이 말했다.

"한 남자가 있었어요. 그의 몸무게는 140kg에서 150kg 정도 되어 보이더군요. 그 사람을 욕조 안에 넣어야 했는데, 다행히도 거기에는 삐에로와 내가 있었죠. 힘이 필요한 곳에 남자 간호사가 있다는 것은 유용한 일입니다."

집사로 일하는 크리스토프는 베르트랑이 좋아하는 음악을 틀어 놓고 향을 피운 채, 그를 목욕시킬 수 있는 '특권'을 누렸다.

클로딘느가 말했다.

"간호 행위를 통해서 폐부 깊숙한 곳을 감동시키는 연대감과 육체적 친밀감에 빠져드게 되는 상황이 자주 발생합니다. 우리는 두 팔로 환자들을 부축해 주기도 하고, 어떤 때는 그들을 번쩍 들어 안아 주기도 하며, 단순히 그들이 몸을 돌리도록 도와주기도 합니다. 그들의 몸을 마사지해 줌으로써 ― 당신이 환자들의 몸을 마사지하면 당신과 타인과의 구별이 없어지는 것처럼 ― 당신은 그 사람 자체를 느낄 수 있습니다. 밤이면 피곤함으로 인해 누구나 자기 방어 본능이 무뎌지는데 바로 그 순간 그들을 가장 진실하게 느낄 수 있어요."

의사인 쟝 미셸은 처음에는 환자의 손을 잡을 수 없을 것이라고 생각했는데 지금은 거리낌없이 손을 잡는다. 그는 그것을 환자를 돌보는 '최선의 행위'라고 주저 없이 말한다.

골상 전문의 에릭은 환자와의 관계에는 규정할 수 없는 어떤 한계선이 있다고 말했다. 손을 통한 간병 행위에서 느낄 수 있는 마음의 긴장 및 이완 상태, 그리고 환자들과의 몇 마디 말로 위안, 혹은 가벼운 초연 상태, 그리고 자연스런 평화 상태 등을 짐작할 수 있다.

하지만 서로 이별의 시간이 가까워 오면, 긴장 및 이완 그 자체가 고통의 원인이 될 수 있고, 불안감을 야기시킬 수 있으며, 어떤 경우에는 그 불안감으로 인해 실존에 대한 분노와 삶에의 거부감이 나타나기도 한다.

그런 상태에서의 환자는 그저 두 손을 포개 놓은 채, 모든 것을 체념한 듯한 허탈한 상태에 머물게 되는 것이다.

쟈지아는 섬세한 행동의 소유자였다. 하지만 오늘 그녀의 마음 한 구석에는 자신을 혼란스럽게 하는 무언가로 인해 간병 행위를 하는 데 있어서 섬세하거나 정확한 행동을 하지 못했고, 진실하게 행동하지 않은 듯한 느낌이 들었다. 그래서 그녀는 예전에 생을 마감한 어떤 여환자의 눈을 감겨 주었던 순간을 회상하며, 마음을 가다듬었다고 한다.

쟝 마크는 병실에 들어가면 어떤 때는 환자들과 포옹을 하고, 어떤 때는 악수를 하며, 또 어떤 때는 단순히 환자의 손에 자신의 손을 포개 얹는다. 훌륭한 행동이라고 단정지을 수는 없지만 그것은 마음 속에서 비롯된 것으로, 따뜻한 감정의 외부적 표현이었다.

지속적으로 한결같아야 하는 것 중 하나가 시선이다. 우리는 누구에게든 온정 있고 세심한 시선을 건네야 한다.

여 행

그 '집'을 상징하는 노래로는 샤를르 아즈나브르가 부른 '나를 데려가 주오'라는 제목의 노래이다.

'땅끝까지 나를 데려가 주오. 저 신기한 나라로 나를 데려가 주오.'

그 '집'은 언제나 여행자들로 가득차 있다. 그들은 몇 달 동안, 어쩌면 영원히 그곳에 배낭을 내려놓을지도 모른다. 비록 그곳에 영원히 머무를 사람일지라도 그들은 방랑자의 영혼을 간직하고 있으며, 그곳 사람들의 꿈과 수많은 모험담을 향해 열려 있는 마음을 간직하고 있다.

말하자면 그 '집'은 여행자들만이 투숙하는 호텔로서 밤마다 파라마리보, 아가데즈, 루앙 프라방, 바탕방, 보고타, 아틀라스에서 겪은, 반쯤은 지어낸 추억들로 이야기 꽃을 피우는 곳이다.

대부분의 이야기는 항상 먼나라와 관련된 것이며, 사람들은 끝없이 펼쳐진 바닷가, 상상할 수 없이 아름다운 깃털을 가진 새, 빠져 나올 수 없을 정도로 울창한 숲에 대해 이야기하며, 그리고 다른 사람들의 이야기 속에서 꿈을 키워 자신들의 꿈을 풍요롭게 함과 동시에 영롱한 빛으로 빛나게 하는 등 타인들의 꿈 속으로 푹 빠져 들기도 했다.

모든 여정은 그 '집'에서 완성된다. 침대에 누운 채 움직이지 못하는 환자는 이동이 불가능하기 때문에 흔히 배로 형상화한다.

그는 가본 적은 없지만 방문하는 그 순간 그 장소를 한눈에 알아볼 수 있으며, 상상 속에서나 보았음직한 낯선 얼굴들이지만 순식간에 가까운 형제들의 얼굴로 보이고, 그가 살고 있는 세계는 넓은 동시에 좁기도 하다. 여행은 온갖 풍요와 빈곤에 대한 또다른 모습이다.

영원히 되풀이되고 끝없이 다시 찾아오며, 구토를 일으키는 순간까지 반복되는 극도의 고통은 그 고통 이외의 또다른 것을 생겨나게 한다.

그곳으로 나를 데려가 주오.

꿈

카린느가 말했다.

"마린느라고 불리는 여환자가 있었어요. 나는 그녀와 매우 좋은 관계를 유지했죠. 우리는 서로 말이 통했어요. 그런데 그녀가 매우 두려워했어요. 악몽을 반복해서 꾸었던 거예요. 어릿광대가 그녀에게 재주를 넘어 보라고 했고, 그 요구 때문에 그녀는 무척 힘들었다는 거예요. 왜냐하면 그녀는 펄쩍펄쩍 재주넘기를 할 수 없었기 때문이었죠. 그러자 어릿광대는 그녀를 바보 취급했어요. 그녀는 그 꿈 때문에 혼란스럽게 하루를 시작하곤 했어요."

"그녀와 이야기를 나누면서, 나는 그녀가 자신의 신앙 안에서 수호천사를 갖고 있다는 것을 알게 되었고, 그녀가 정신이나 영혼 등을 믿는다는 사실을 알았죠. 그래서 나는 영혼에 대해 언급하면서, 꿈속의 어릿광대가 그녀를 비웃는 까닭은 영적 세계에서의 그녀의 육체는 결코 병들지 않았고, 다만 물리적 육체만이 마비되어 있기 때문이라는 사실을 그녀로 하여금 인식하도록 했죠. 그녀는 스스로를 위해 나의 꿈해몽을 받아들였습니다. 그녀는 더 이상 악몽을 꾸지 않게 되었고, 차차 안정을 찾았습니다. '그래, 맞았어, 내 영혼의 육체는 순수한 것이며, 자유자재로 움직일 수 있어요.' 라고 그녀가 말했죠. 그녀의 두려움은 사라졌고, 이제는 다른 일에 몰두하고 있어요. 그 꿈해몽은 바보 같은 소리였지만 그녀를 회복시켜 주었습니다."

베르나르는 해외 파견을 지원한 젊은 선교사였으며, 볼리비아에 오랫동안 머물러 있었다. 그는 자신이 경험했던 첫 우기를 회상했다. 당시 폭우로 외출하기 힘들 때는 떨어지는 빗소리를 들으며 똑같은 신문 기사를 읽고 또 읽었다고 한다.

그는 볼리비아 원주민들에게서 발견했던 설명조의 단조로운 말투를 습득하고 있었다.

또한 꿈 이야기를 이웃에게 말했을 때는 꿈을 꾼 당사자가 어느 정도 성숙해야 하며, 그래야 그 꿈 이야기가 그에게 어떤 내적 불안감을 조장하지 않는다는 것도 배웠다.

"이웃은 꿈의 '동향'을 파악하도록 당신을 도와줄 겁니다. 하지만 그 꿈의 사적인 의미, 즉 당신과 직접적인 관련이 있는 의미를 부여하기 위해서 말을 해야 하는 사람은 바로 당신입니다."

베르나르는 자신이 곡예를 하기에는 너무 몸이 무거웠고, 그래서 어릿광대가 자기를 도와 재주를 넘게 하는 꿈을 꾸었다.

그 꿈에 대한 해몽은 이렇다.

"당신을 짓누르는 강박관념을 제거하려고 하는 대신, 그 강박관념을 이용해서 당신을 홀가분하게 하고, 그리고 그것과 더불어서 살아가야 합니다."라고.

클로딘느가 말했다.

"폴이란 이름을 가진 환자가 있었어요. 그는 부종을 앓고 있어서 얼굴 전체가 일그러져 보였죠. 그는 자주 밤에 발작을 일으켜서 간호사가 항상 곁을 지켜야 했어요. 저는 자신에게 말했죠. '예전에, 이가 몹시 아팠던 적이 있었지. 그것이 얼마나 아픈지 알고 있겠지. 그런데 저 사람의 고통은 그것과 비교한다면……' 그래서 나는 양손으로 그의 얼굴을 잡았죠. 그 비정상적인 경련을 억제시켜 보자는 의도에서요. 그런데 정말로 천천히 진정되어 갔어요."

"얼마 후에 그는 사망했고 나는 잠을 자다가 꿈을 꾸었어요. 꿈속에서 나는 그 '집'에서 일을 하고 있었죠. 밤이었어요. 그런데 '삐익' 하는 소리가 들리더군요. 나는 복도를 가로질러 소리가 나는 방으로 갔어요. 사실 그 복도는 그 '집'의 복도와 같지 않았어요. 그곳은 다른 집이면서 동시에 그 '집'이기도 하다는 생각이 들었어요. 방문을 열었죠. 그 방은 어딘가 조금 달랐어요. 누군가 거기 있었는데 그 사람이 바로 폴이라는 것을 알게 되었지요. 폴은 상처 하나 없이 광채를 발산하고 있었어요. 방안이 모두 환하게 빛나고 있었죠. 그 방에서 발산되는 것은 모두 빛과 같은 것들이었죠. 그리고 호쾌한 웃음소리가 들렸어요."

한밤중

밤이 되자 불빛들이 하나둘씩 꺼져 갔고 야간 교대를 위해서 간호사와 보조 간호사로 이루어진 야간 근무조만 남아 있었다. 나는 그 '집'이 하룻밤 동안 바다 위에 떠 있는 배로 변하는 것을 상상해 보았다. 더불어 진료실을 축소된 조종실로 상상했다. 갑자기 나약해져 버리는 느낌을 받았다.

도미는 저녁 7시 30분에서 8시 사이에 출근하면서 밤의 무게를 느꼈다. 대개 사람들이 귀가하거나 귀가하려는 때가 그녀에게는 이제 막 하루를 시작하는 시간이었다.

화티와 쟈지아에게 있어서 가장 힘든 일은 어린 자녀들을 뒤로 하고 출근해야 한다는 점이었다. 그러나 곧 아침이 찾아오듯이 지난 일이 되어 버린다.

8시 30분, 교대 시간이다. 주간 근무조가 열두 명의 환자들, 오후에 결정된 진료 처방의 변경 사항, 의사 회진 결과 최종 의견들, 식사

진행 현황 등에 관한 정보를 전해 주었다. 저녁 교대 회의는 오후 회의와 같은 성격으로, 회의 진행 속도는 더 빨랐다(흔히 듣게 되는 간단한 대화를 주고받는 식의 회의였다.).

처방전의 약품명에는 처음 듣는 이름과 에이즈 관련 백신들의 목록도 있었고, 뿐만 아니라 온갖 종류의 진통제, 지사제, 신경안정제 등도 있었다. 의사들(쟝 마크, 쟝 미셸, 나타샤) 중 한 명이 간호사들의 의견이나 자신들이 회진 후 내린 판단을 수렴해서 처방전을 세밀히 살필 때는, 곡예사들이 자기가 갖고 있는 재주 중 한 가지를 바꾸어 보여 주거나 두 손으로 던지는 작은 공들이 공중에 잘 머물러 있는지 보려는 것 같았다.

세부 사항은 이렇다.

아메드는 오늘 저녁 식사를 잘 하지 못했다. 코린느의 엄마가 무척 불안해 했다. 누리아의 자녀들이 방문했다. 쟈클린이 구토를 했다. 나탈리에게 텔레비전을 켜 주었다 등······.

농담들이 가끔은 신경질적으로 확산되기도 했다.

"내가 파트리스에게 필요한 것이 없냐고 물었더니, 500프랑이 필요하다고 말하더군(업무적으로 도움을 주려고 한 것인데 엉뚱한 대답을 함)."라고 미셸이 말했다.

모두가 웃었다. 우리 모두는 말없이 스스로에게 질문을 해 보았다.

'오늘밤 누가 평온히 잠들 수 있을까? 리샤르가 몸에 감긴 붕대를 혼자서 풀어낼까? 그리고 또 오늘밤 누가 떠나갈까?'

로리타도 밤새도록 야근을 한 다음 자리로 되돌아갔다. 로리타는 붉은색의 고양이인데 나이가 아마 그 '집'의 설립 연수와 같을 것이다. 고양이는 낮에는 하릴없이 이리저리 왔다갔다 하면서 지냈다.

그러나 밤이 되고 교대 근무 시간이 될 무렵이면 진료실로 가서 창틀이나 의자 위에 앉는다.

고양이는 무엇을 기다리는 걸까? 그 무엇도 기다리지 않았다. 아니, 아무도 몰랐다. 고양이는 환자들과 함께 밤을 보내기도 했다. 가끔은 거칠게 울면서 복도를 지나갈 때도 있었다. 때로는 문 앞에 자리잡고 누워서는 비키려 하지 않을 때도 있었다. 고양이 로리타는 자기 집(병원)에서 죽음과 함께 살고 있어 죽음에 대해 초연함을 갖고 있는 듯했다.

불안감으로 인한 긴장감은 밤 11시까지 거의 중단 없이 지속되는 분주한 활동 속에서 차츰 사라져 버린다.

몸의 장애로 인해 식당으로 저녁 식사를 하러 가지 못하는 사람들의 식판을 거두고, 저녁에 복용해야 할 약을 전달하고, 환자의 잠자리를 돌보아 주고, 음악을 틀어 주기도 하며, 따뜻한 차를 배달해 주고, 붕대를 감아 주는 등의 활동……

불빛은 점점 소멸해 가고 그 '집'은 빈 공간으로 변한다. 야간 근무자들은 그 시간에 유일하게 자기들만 깨어 있다는 사실을 알고 있다. 그때 도미는 자신의 위 속에서 흥분과 불안이 뒤섞이는 특이한 감정을 느낀다.

화요일이 되면 야간 근무자들은 즐거워했다. 디디에가 방문하는 날이기 때문이다.

그 '집'에 오는 많은 자원 봉사자들 가운데 디디에만 유일하게 정기적으로 야간 근무를 했다. 그는 음율 있는 부드러운 목소리를 가졌고, 갸름한 얼굴을 소유한 키 큰 청년이었다.

그는 인생의 순간순간에 관한 단막극을 연출해 내는 놀라운 능력을 갖고 있었다. 관련 단체에 소속되어 있지도 않고 사례금도 없이 그 모든 일을 해냈다. 4년 전 그는 연출 자격을 얻었고, 그 동안 많은 연출을 하였다.

사람들은 그를 '디디에 의사'라고 다정스럽게 불렀다.

11시 경, 시간이 멈춰 버린 것처럼 느껴졌다. 그것은 밤새도록 이어질 수도 있고, 단지 요란스런 호출음이 울리기 전 몇 분 동안의 소강 상태일 수도 있다. 또한 전화벨이 울리기 전까지 1시간 또는 2시간으로 연장될 수도 있다.

때를 같이하여 다른 일이 벌어진다. 환자들의 신음 소리, 간혹 비명 소리, 이 방에서 저 방으로 한 층 전체를 술렁이게 하는 동요가 발생하기도 한다.

간호사들은 몇 분마다 "여기에 문제가 있어요."라고 외치며, 마치 카지노 직원의 손에 의해 끊임없이 돌려지는 룰렛판 위에서 사방으로 튕기는 구슬로 변한다.

시간이 흘러감에 따라, 야간 근무자들은 첫 번째 호출 신호에 대한 나름대로의 예측을 하게 되었다. 그들은 첫 신호음이 울린 이후 그 뒤로 이어지는 호출 간격을 예상할 수 있게 되었다. 그것은 근거 없는 것이 아니었다.

안 마리는 잠들기 위해 자정에 한 번 호출음을 울리고, 3시에는 몸을 돌아 눕기 위해 호출음을 울린다. 물론 예기치 못한 경우의 호출음도 있었다.

7호실은 리샤르의 방이었다. 리샤르가 무엇이 필요한 걸까? 디디에는 그의 방으로 가서 투덜대는 리샤르의 불평을 들어주었다.

디디에가 되돌아왔다.

"그가 원하는 게 뭐예요?"

"지금 당장 컴퓨터가 필요하답니다. 나는 그에게 소리치지 말 것을 부탁했어요. 그랬더니 그는 작은 목소리로 나에게 '내가 말한 컴퓨터를 지금 갖다 줄 수 있겠어요?' 라고 말하더군요. 그래서 나는 여자 간호사들에게 가서 물어 보겠다고 말했어요."

밤이 너무 조용할 때는 이상야릇한 분위기마저 들게 했다. 만물은 깨어 있으며, 사람들은 조금씩 은밀한 시간 속으로 빠져들어 갔다. 이야기를 하거나 추억을 떠올리거나 인생의 편린들을 두서없이 회상했다.

가벼운 도취 탓에 근처의 따뜻한 곳에서 다른 사람들과 함께 어울리는 축제의 밤을 연상하기도 했다. 그들은 서로 묻고 대답한다. 공기 중에는 부드러운 기운이 감돌고, 오고가는 말들은 비단 종이처럼 바삭바삭 하는 소리를 냈다.

화티는 노인 병동에서 야간 근무했을 때를 회상했다. 그녀는 환자들에게 어떤 안도감도 가져다 주지 못할 것이라는 생각에 불안감을 느꼈다. 문득 양로원에 버려진 외소한 체구의 노인들을 보고 혼란에 빠졌던 일을 회상했다.

미셸 역시 같은 일을 경험했다. 그녀는 병원에서의 야간 근무를 회상했다. 어떤 일도 일어나지 않았으며, 호주머니 속에서 울리는 호출음은 귀찮은 듯한 한숨만 나오게 했다.

"이곳에서는 당신이 의자에 앉을 시간조차 없는 밤들이 많답니다."

린다는 그런 생활에 전혀 익숙하지 않았다. 서인도 제도 출신으로 항상 미소를 머금고 있는 그녀는 그런 생활로 기분이 언짢았고, 결국 견디지 못했다.

룰루뿐만 아니라 모든 사람들이 그 사실을 알고 있었다. 특히 그녀는 여름에는 그런대로 지냈으나 겨울이 되면 매우 힘들어 했다.

린다와 종종 함께 근무했던 마리옹은 그녀의 습관에 익숙해졌다.

두 사람의 대화는 서서히 환자들에 대한 얘기에서 자신들의 두려움, 은밀하고 사적인 순간에 대한 얘기로 옮겨갔다.

린다는 아주 아름다웠던 한 부인을 떠올렸다. 그녀의 이름은 잊었지만 초록색 눈에 여윈 얼굴을 하고 있었다. 그 부인은 '대리석'이라는 말 이외에는 달리 표현할 수 없을 정도로 창백한 모습으로 눈을 크게 부릅뜨고 죽은 채로 린다에 의해 발견되었다.

린다는 또한 바베트에 대해 회상했다.

그날 밤 바베트는 쿠션, 어깨숄, 양말 등 온통 빨간색 물건이 놓여 있는 자신의 방에서 역시 빨간색 옷을 입고 붉은 핏덩어리를 토한 채 죽어 있었다.

같은 장면들이 자꾸만 떠오르곤 했는데 그 장면들은 그녀가 당시에 느꼈던 두려움과 함께 반복되었다. 마치 숨돌릴 여유도 없이 매섭게 폭행을 당하는 기분과 같았다.

안쟈는 식도암을 앓고 있는 환자와의 친밀한 관계에 대해 애정을 갖고 이야기했다. 그 사람의 병은 시간이 지나도 호전의 기미가 보이지 않았다. 그는 의지할 사람마저 없이 오로지 비참함과 슬픔만 간직한 듯했다. 하지만 그는 기쁨이라 칭할 만한 삶을 살았다.

그녀는 말했다.

"그는 평범했고 미남이었으며, 또한 관심을 끄는 행동을 했습니다. 그는 부산스럽게 행동하지 않았고, 아주 조심스럽게 행동하곤 했지요."

밤이 깊어가면서 대화가 점점 줄어들었다. 대화는 가끔 휴식과 숨 넘어갈 듯한 웃음 등으로 중단되었다. 어느덧 피곤함은 사라지고 더 이상 시간의 흐름을 감지할 수 없게 되었다. 새벽 2시, 그리고 4시. 각자의 얼굴 위에는 긴장감이 사라졌다.

간혹 근무 교대시 뜻하지 않은 소동이 발생한다. 바로 환자들의 불안감에서 비롯된 호흡의 급격한 변화 등이다. 그럴 때면 숙직 의사(쟝 마크, 쟝 미셸, 나타샤)를 호출한다.

첫 번째 호출, 두 번째 호출, 그리고…….

그리고 나면 밤이 막을 내리고, 낮의 따스함은 또다시 차가운 밤으로 변하며, 그 밤에 맞서기 위해서는 온몸을 무장해야 했다. 그렇게 새벽까지 또 전쟁을 치른다.

주간 근무팀들이 도착하여 그들은 동료의 움푹 들어간 눈과 시선을 발견하게 된다. 시선 저 깊은 곳에서 밤에 일어났던 일을 대충 읽을 수 있다. 고통스러운 위기의 순간들, 죽음 — 한 명, 두 명, 때로는 한밤중에 세 명씩…….

당시 아침의 대기는 매우 얇은 유리 형태를 이루고 있는 듯했으며, 슬픈 말이나 급격한 행동으로 쉽게 깨어질 수 있다는 생각마저 들었다.

모두들 침묵하고 있었다. 서로 시선만 주고 받았다. 혼자서 울든가 아니면 조리실에서 롤라, 실비와 함께 눈물을 흘릴 것이다. 낮은 소리로 얘기를 나눈다. 하나, 둘…… 사람들은 상투적인 말들을 했다.

"갑작스럽게 그런 일이 일어났어요. 그렇게 되리라고는 예상치 못했어요. 그의 시선은…… 그의 모친이 도착했어요."

어깨 위에 손이 올려지기도 하고, 슬픔에 겨워 다소 세차게 서로를 부둥켜 안기도 했다.

　사람들은 쟝 마크의 온정 있는 시선으로 위안을 삼기도 했다. 대기실 안, 수족관 옆에는 사람들이 서 있었다. 거기에는 엄숙한 분위기가 서려 있었다.

　지난 밤에는 마린느가 세상을 떠났다. 마린느와 제르트랑의 장례는 그 '집'에서 행해지지 않았다.

　그 '집' 사람들은 때로 슬픔과 감사가 뒤섞인 말로 자신들의 사연 속으로 끌어들이는 유가족들의 애원을 외면할 수 없게 되고, 그렇게 되면 감정을 자제하기란 쉽지 않았다.

　한 사람 한 사람씩 그 '집'의 근무자들이 도착했다. 그들은 알고 있었고, 또 어느 정도 감지하고 있었다.

　밖에는 구름 한 점 없는 파란 하늘 위로 태양이 떠오르고 있었다. '세상 끝집'에도 아침은 오고 있었다.

　이제 밤은 끝났다.

AIDS (후천성 면역 결핍증)

그 '집'은 에이즈(AIDS)에 감염된 동성연애 환자들을 위한 특수 집단으로, 또는 정치가의 정치적 목적으로서의 숙원 사업인 에이즈 환자 전용 치료 센터로 사용되기를 결코 원치 않는다.

그렇지만 에이즈란 새로운 질병으로 인한 충격과 그 병으로 파멸한 삶들에 대해 떠올리지 않고는 그 '집'의 설립 의도를 이해하기 어렵다.

에이즈로 인해 어찌할 바를 몰라 막막했던 환자들이 병원이나 개인 진료실로 몰려왔던 때는 그다지 오래되지 않았다. 그들은 이상한 증상을 전파시켰으며, 원인도 모른 채 자신들의 죽음을 맞이했다.

다만, '건전한 보균자'는 있을 수 없다는 사실과 백신을 발견하기까지는 임시 방편의 의료 행위만 가능하다는 것을 알고 있을 뿐이었다.

의학계에서도 이 걱정스러운 전염병의 진행 속도를 저지하는 방법을 모른 채, 그 공포는 사회 전체로 퍼져 나가면서 불안과 거부로 추방당한 사람들의 공동체가 형성되어 갔다.

자신들의 성적 편애로 인해, 피부가 썩어 들어가는 피부암 증세로 인해, 나치 수용소 관리들처럼 동료들의 목숨을 위태롭게 할 수도 있는 자신들로 인해, 또는 삶에 대한 희망을 잃고 자신들에 대한 보살핌과 약간의 상냥함을 기대했던 사회로부터의 멸시와 반발 등으로 인해 사회의 주변으로 쫓겨난 그들은 가능한 능력 내에서 모임을 갖기 시작하였다. 마침내 자신들을 기피하는 의사들보다 그 병에 대해 더 정통하게 되었다(어쨌거나 이 잔인한 역설로도 그들은 병으로부터 벗어날 수 없었다. 그들의 병은 유례가 없었고, 병의 원인은 바로 그들 내부에 있었기 때문이다.). 또 그들은 자신들의 이야기가 무관심과 망각 속에 묻혀지지 않도록 쉬지 않고 호소하기도 하고, 때로는 분노를 터트리기도 했다. 자랑스럽기도 하고 불안하기도 하고 비참했던 그들은 죽음에 맞설 전투 무기를 만들어내려고 애썼다.

그들의 집요함과 저항으로 병은 정복한 듯 싶었다. 그러나 그 병은 음흉하고 유별난 집요함과 예측을 불허하는 기습, 그 실체를 드러내지 않는 잔인함 등으로 그 같은 사실을 불허했다.

병원에서는 서류에 붉은 점을 표시함으로써 그들을 일반인과 구별했다. 장갑을 끼고 에이즈 환자들을 다루었고, 간호사들은 마스크를 꼭 착용하고 환자들에게 다가갔다.

그들이 사망하게 되면 납으로 된 관 속에 넣었다.

도시에서 자란 의사 쟝 마크와 사회 복지과의 샹딸, 가정 방문 간호사 쟝 루이는 사회로부터의 냉대로 힘겹게 살아가는 그들의 애환을 공감했다.

그들은 환자들이 육체적 고통 속으로, 정신적 고통 속으로, 가족과의 단절과 사회적 격리 탓에 더욱 격한 고통 속으로 추락하는 것을 보았다.

비록 에이즈 퇴치 운동에의 참여(쟝 마크, 샹딸)로 힘찬 발걸음을 내딛었으나 그들은 자주 분노와 무력감을 느꼈다. 운동을 펼치는 동안에도 질병이나 공포스러운 바이러스의 번식은 그들 모두에게 씁쓸함을 안겨주기에 충분했다.

언제였던가? 60년대는 아니었다. 대략 8년이나 10년 전 일이었다. 20살 이하의 젊은 사람들도 기억할 수 있는 때였다.

어느덧 그 때를 잊으려 하고 있다. 그러나 …….

혈우병의 참담한 결과를 두고 몇몇 의사들의 가식적인 뉘우침(파퐁 같은 의사들의 사과)이 있었다. 그렇지만 동성연애자들의 상황을 두고는 그저 그들의 형제와 연인들이 죽기만을 기다리고 있을 뿐이다.

나는 요셉 스크보레스키가 쓴《에모크의 전설》이란 책의 첫 구절을 자주 떠올렸다.

"이야기는 발생해서 완성되며, 그러면 그 무엇도 그곳에 남아서 이야기를 들려 주지 않는다."

보통 사람들은 게이(gay)의 세계에서 행해지는 과도한 행동, 부당함, 부조리 등을 제대로 이해하지 못한다. 게이들이 감수하고 있는 씁쓸한 울분, 무관심 속의 방치라는 현실을 모르기 때문이다.

그들을 치료해 줄 수 없었을까? 어쩌면 치료할 수 없었을 것이다. 하지만 적어도 그들의 고통을 덜어주고자, 도와주고자, 돌연변이가 아닌 정상적인 인간으로 대우하고자 하는 시도는 할 수 있었을 것이다.

그들은 '까다로운 존재들이었을까?', '우리와 다른 존재들이었을까?' 항상 타인은 그렇다. 타인은 까다롭고 우리와 다르다.

쟝 마크나 샹딸, 쟝 루이, 그리고 그 외의 사람들에게 있어서 그들을 위해 무엇인가를 해야했다는 강박관념은 예전 친구들의 얼굴, 친구였던(또는 친구가 아니든 그다지 중요하지 않다.) 사람들의 얼굴을 마주 대하거나 지긋지긋한 고통을 지닌 그 존재가 거부된 환자들을 마주 대하면 나타나는 그런 부끄러움에서 비롯되었다.

내가 알고 있는 용이함, 그리고 츠베탕 토도로프[3]의 마지막 저서에서 정확하게 묘사된 '도덕주의자들'의 진영으로의 무감각적인 치우침 같은 것을 그처럼 표현하는 것은 위험스럽다.

에이즈에 감염된 모든 사람들이 사망했을 때, 그들의 편이 된다는 것은 투쟁을 한다기보다는 누에고치 속으로 들어가는 것과 같다. 즉 스스로 억눌리고 무기력하다고 믿고 무관심이라는 누에고치 속으로 들어가 현실로부터 숨어 버리는 것이다.

어쨌든 희생자들은 모두 죽지 않았으며, 투쟁하기는 했지만 승리하지 못했다.

말한다는 것은 추억의 시간보다 앞서 일어나는 행동의 시간에 속하는 것이다.

당신이 어떤 남자 옆을 지나간다고 하자. 당신은 무심히 지나치기보다는 그를 한 번쯤 쳐다볼 수 있고, 스쳐 지나가기보다는 만져 줄수도 있으며, 악수하는 대신 포옹할 수도 있다. 당신이 그를 그냥 지나친다면 반드시 후회하게 될 것이다.

멈추어 서라.

---

3) 츠베탕 토도로프, 〈악의 기억, 선의 유혹〉, 로베르 라퐁, 2000

안락사

그 '집'에서는 안락사를 허용하지 않는다. 그것은 현실을 도외시해서도, 그렇다고 도덕적 태도를 견지해서도 아니다. 단지 의료진의 입장이었다.

이것을 둘러싸고 벌어지는 토론에서 어느 편에도 치우치지 않는 중립을 지키기란 힘들다. 죽을 권리를 외치는 투사들에게나 절대 반대론자들(종교상의 이유로)에게나 균형 있는 의사 표현의 기회는 많이 마련되지 않는다.

이해를 돕기 위해 그 '집'에서의 경험담(나는 경험담이라 칭했다. 왜냐하면 그 주제에 관해서 취재했던 모든 사람들이 거의 같은 용어로 표현했기 때문이다.)을 경청해 볼 필요가 있다고 생각한다. 즉, 토론을 벌이기 전에 그 '집'의 경험담을 숙고해 보는 것이 좋을 듯 싶다.

"계단 아래로 나를 밀어 주세요."

이 말은 불치병이나 지체장애로 인해 환자가 삶을 마감하려 할 때, 쟝 마크를 비롯한 의료진들이 던지는 농담이었다.

그 '집'에서는 안락사를 허용하지는 않지만 그에 대한 요구는 금기시하지 않는다. 누구든 그러한 상황에 놓일 수 있을 거라는 전제하에서 언제든 안락사에 대해 말할 권리가 있으며, 그에 대한 개인적인 입장을 취할 수 있다.

마리 드 헨젤이 안락사에 대해서 다룬 저서에서 반복하여 언급했던 것처럼, 혹은 대국민 토론에 상정된 것처럼 안락사는 흔히 산 자와 건강한 자들의 요구였다. 그 요구는 법률 지지자들의 정치적 교섭 밑바탕에 깔려 있는 철학적 근거에 기초하여 옹호자들에 의해 제출되었다.

세계에서 처음으로 안락사를 허용하는 입법안이 통과된 네덜란드에서는 관련 법안에 대한 여론의 지지율이 80% 이상으로 나타났다. 프랑스 여론 조사에서도 그 유사 법안에 대다수가 찬성(70%)하고 있음을 알 수 있었다.

"나는 현재 건강하다. 만일 내가 어떤 병, 즉 참을 수 없는 고통을 수반하는 불치의 병에 걸렸다는 사실을 알게 된다면, 내 요구에 동의하는 사람이 없어도, 내 요구가 명백하게 표명되고 법적으로 기소되지 않는다는 조건하에서(왜냐하면 그것이 현재로서는 법에 저촉되므로) 나는 타인의 도움을 받아 죽을 권리를 행사할 수 있기를 바랄 것이다." 현실적으로 볼 때 대다수의 입장은 이러할 것이다.

사용하는 개념의 복잡성, 특히 용어의 정의(수동적 또는 능동적 안락사, 타인의 도움에 의한 자살)에 따른 문제의 복잡성이 어떠하든지 간에, 안락사를 요구하는 입장에 대한 순수한 철학적 해석은 실천의

용이함과 반대하기 어려운 어떤 힘을 갖고 있다는 것이다.

즉, 안락사는 마지막 순간까지 자신의 삶을 자유로이 선택할 수 있는 자유와 크게 다르지 않다는 점이다. 누구든 '내 인생에서 자살할 권리를 갖고 있다'는 것이다.

물론 나의 아내도 이러한 권리 이행에 도움을 줄 것이다. 왜냐하면 아내는 내가 내리게 될 결론(게다가 그녀는 나의 뒤를 따를 생각도 갖고 있다.)을 충분히 이해하고 있기 때문이다.

그렇다고 해서 그런 행위를 부추기거나 혹은 비난할 필요는 없다.

과연 육체적 · 정신적 고통이 극에 달했을 때, 혹은 인생의 의미가 없어질 때, 나에 대한 가족의 부양이 부담되고 견딜 수 없을 정도가 될 때, 이 권리를 박탈당해야 하는 걸까?

그에 대한 논쟁은 매우 격렬하다. 법의학적으로, 그리고 현실적으로 결코 비난할 수 없다는 주장과 죽음 방조, 생명의 존엄성 등의 이유를 들어 안락사를 반대하는 주장 중 어느 것이 더 윤리적인지 판가름하기란 쉽지 않다.

최근 안락사의 대안책으로 임종 간호법이 자주 거론된다. 이것은 베르나르 쿠슈네가 하원에서 임종 간호법의 발전에 관한 법안을 채택하도록 한 방침에 따라 일어났다.

윤리적 견지(또는 종교적 견지)에서 한 발짝 물러서서 현실의 문제(말기 환자들의 격심한 고통)로 눈을 돌린다면 쟝 마크의 말대로, "환자들이 겪는 고통에 대한 우리의 인식은 거의 동일합니다."(안락사 찬성론자들이 내세우는, 이른바 고통 경감의 차원에서 안락사를 허용해야 한다는 해석과도 동일하다.)라고 할 수 있다.

표현은 다양하지만 한결같이 동일한 갈망을 담고 있는 것이다. 그것은 고통을 제거하려는 갈망, 개인의 존엄성을 확립하려는 갈망, 끝까지 개인을 총체 속에서 파악하려는 갈망들인 것이다.

이러한 관점에서 볼 때, 안락사의 가(可)·불가(不可)를 두고 행해지는 설문 조사의 수치는 이제 더 이상 실증적 자료가 될 수 없다. 왜냐하면 곧 죽게 될 사람을 접하게 되면, 그러한 논쟁은 한낱 부질없는 것임을 알 수 있기 때문이다.

그것은 다음과 같은 결과로 확인할 수 있다. 앞서 언급한 설문 조사 응답자 중 자신들의 '죽을 권리'를 주장했던 70% 또는 80%가 과연 끝까지 그 주장을 고수하였을까? 병에 관한 근원적인 진단은 불확실하지만 중병에 걸렸다고 판단된 환자들을 상대로 실시한 또다른 설문 조사에 따르면 그 수치는 50% 이하로 떨어진다.

그 '집'의 경우, 쟝 마크는 (설문 조사의 결과는 다른 동료가 나에게 제공한 수치와 동일하다.) 안락사를 명확하게 요구한 희망자들이 모두 10명 정도였다고 했다. 지금까지 이곳을 거쳐간 650명의 환자 중 10명만이 안락사를 희망했던 것이다.

이상으로 두 가지 결론을 내릴 수 있었다. 첫 번째 결론은 철학적이기보다는 오히려 생물학적인 관점이 될 것이다. 우리는 죽음 가까이로 다가가면 갈수록 결코 죽음을 원하지 않는다는 사실이다. 그 어느 때보다도 더 강렬하게 살기를 원하는 것은 바로 죽음이 가까워 오는 순간이라고 한다. 세상 끝에서, 우리를 빈 공간으로 떠밀어내는 힘이 얼마나 강한 것이든 간에, 우리 중 대부분은 발길을 돌려 이 일시적 정지의 순간을 가능한 한 오래 지속시키고 싶을 것이다. 그 삶의 한 부분을 이루고 있는 순간들의 질, 비참할 수도 있고 때로는 매우 아름다울 수도 있는 그 순간들의 질에 관해 내려지는 비판이 어떠하든지 환자 대부분은 어떤 때는 아무도 없는 채, 또는 상상할 수 없는 힘을 총동원해서 그 순간들에 매달릴 것이다.

두 번째 결론은 단순히 의학적인 측면이다. 말기 환자를 돌보는 행위의 가능성, 육체적 병고의 경감이라는 현실, 정신적 고독의 동반, 환자 가족에 대한 배려 등 이것들은 대부분 안락사 요구를 현저히 줄어들게 한다.

그러므로 사회학적 용어를 빌려 얘기한다면, 자연스러운 진행 과정을 지켜보며 죽음에 이르기까지 함께하는 것이 가능하다면 그렇게 하는 것이 모든 사람에게(환자와 그 가족뿐만 아니라 의료진에게도) 가장 평온한 방법이 될 것이다.

때로는 절대적으로 명백하지 않은 상황이 있을 수 있다.

"안락사의 요구를 포기한 후 갈팡질팡하기도 하고, 결심을 굳히지 못하고 있다가 시간이 지나면 자연히 수그러들기도 합니다. 안락사의 요구는 그날 그날의 마음의 변화에 달려 있는 것 같아요."라는 미레이유의 말처럼……

또한 어떤 치료 방법도, 어떤 인간적 동반 행위도 그들의 생각을 바꾸지 못할 열렬한 안락사 희망자들이 있다. 솔직히 말하면, 그들의 실존, 명확함, 단호함을 부인하기란 쉽지 않다. 그 환자들은 의학적인 모든 노력이 실패임을 체험했기 때문에 그 감정을 없애는 것은 불가능하다.

미레이유는 한 환자를 기억하고 있었다. 그녀는 환자가 10살인 손자와 관계를 지속하며 살도록 용기를 주려고 애썼다.

"나는 산에 걸어 올라가는 방법을 손자에게 알려주는 것보다는 내

아들과 함께 산을 걸어올라 가고 싶어요. 각자 나름대로의 방식이 있는 겁니다."라고 환자는 미레이유에게 단호한 어조로 대답했다.

달리 할 말이 없었다. 하지만 그 의견이 반드시 옳은 것이어서 그랬던 것은 아니었다.

의료팀으로서의 생활은 견디기 힘들다. 의료팀은 진정한 경청의 자세를 갖고 있어야 한다. 물론 경청의 순간이 부정의 의미를 뜻하는 '아니오'를 의미할 수도 있다. 하지만 법안에 근거를 둔 '의학적 권위'로부터 나오는 냉소적인 거부가 아니다. 끊임없이 새로운 대답을 찾도록 노력하게 만드는 창조적 거부인 것이다.

더 이상 '절대적인 선'이나 '영원히 만족스러운 해답'을 찾고자 애쓸 필요는 없다. 우리는 상대성과 불확실성을 가진 인간인 것이다. 언제나 향상되면서도 가끔은 최악의 상태에 놓인다. 어떤 때는 견딜만하고, 아주 드물게 만족스러운 순간들의 연속선상에 있기도 한다. 혹은 무능력 상태에 있기도 한다.

그렇지만 안락사에 대한 대답은 역시 '아니오'이다.

"우리는 환자의 안락사 요구를 들어주지 않습니다. 법에 예외가 있어서는 안됩니다. 예외를 두는 그 순간부터 위법이 생기게 되는 것이죠. 위법의 재발은 일반화를 허락하게 되고 맙니다. 만약 오늘 심한 병고 중에 있는 한 사람이 입원했다고 합시다. 넓은 의미에서, 그것이 어떤 고통이든지 막론하고 종지부를 찍을 자유가 있다는 것을 알았다면, 우리는 더 이상 창의적이지 않을 것입니다. 내게 관심 있는 것은 새로운 발견을 위해서 가능한 한 더 멀리 가 보는 것입니다. 종종 열리는 문이 있고 우리는 해답을 찾을 수도 있습니다. 가끔은 그 어떤 결과도 획득하지 못하고 더 이상 진행되지도 않을 수 있습니다. 썩 좋은 것은 아니지만 어쨌든 해결책은 있다고 봅니다. 그런 시도를 함으로써 실패의 위험을 줄일 수 있는 것이죠."라고 쟝 마크가 설명했다.

쟝 마크는 '회색 지대'의 존재를 부인하지 않았다. 프랑스의 법률이 치료받지 않을 권리를 인정하지 않을지라도, 치료받기를 중단한 환자를 최후까지 돌보아 주는 행위는 법률로 규정하고 있다. 수동적 안락사인가? 그럴지도 모른다. 그것을 가리켜 '타인의 의견 존중'이라고 한다.

"사람들이 타인에게 개입하는 순간부터, 타인의 자유는 어느 정도 '침해'를 받는다. 그렇지만 치료받지 않을 것을 결정할 수 있다."

그것을 위선이라고 부르는 것은 부당하며, 더군다나 그 같은 입장이 의료진의 입장인 것처럼 검증되지 않았으면서도 핵심사항으로 의미를 부여하기 때문에 더욱 그렇다.

미레이유의 말대로 어떤 주제에 관해서 환자의 입장을 고려한다면, 다양한 개별적 입장이 있을 수 있다는 것은 당연했다.

"그렇지만 어떻게 의료팀이 개인의 의지에 따른 행위에 동의할 수 있는지 저는 모르겠어요."라고 미레이유가 덧붙여 말했다.

반안락사는 좋은 해결책이 아니었다. 다만 나쁘지 않은 해결책일 뿐이다. 우리는 '죽을 권리'의 인정으로 초래하게 될 의료진들의 심각한 혼란에 대해서, 그리고 환자들과 그 가족에게서 발생할 수도 있는 극도의 고통스런 돌발 상황에 대해서 한번쯤 재고해 볼 필요가 있다.

위선에는 위선으로 대처해야 한다. 병원 의료진들 사이에서 자주 거론되던 문제, 그러나 제대로 논의해 보지 못했던 문제들은 확실히 깊이 파고 들어가 볼 만하다. 이를테면 실제로 행해지면서도 한편으로는 부인(침묵)되고 있는 안락사에 대한 문제, 신경활동 억제용 혼합 약물에 대한 문제, 그리고 심장 박동의 멈춤을 유발시키는 포타슘(칼륨)의 투여에 대한 문제 등이다. 특히 포타슘 투여는 환자와 그 보호자들의 무지 상태에서 가끔 시행되기도 하고, 또는 어디에서도 사용 금지를 하고 있지 않아 의료의 사각지대인 셈이다.

사람들이 나타샤에게 그 '집'에 있는 이유를 물었다. 짧은 커트에 붉은 빛이 도는 금발을 가진 50세 가량의 여의사는 지난날을 회상하며 얘기를 이어갔다.

"1973년경 어머니에게 세포 용해 현상이 일어났습니다."

당시 나타샤는 젊은 의과 대학생으로 어머니가 입원한 병원의 외래 의사였다. 그녀는 어머니의 수술을 담당한 외과 의사와 종종 마주쳤다.

어느 날 아침, 의사가 나타샤에게 말했다.

"들으셨죠. 지난밤 당신의 어머니는 너무 고통스러워 하셨어요. 해결책을 찾아야만 해요. 당신 어머니에게 신경 억제 혼합 약물을 투여할 예정입니다."

비록 학생이었지만 나타샤는 부연 설명이 필요하지 않았다. 그녀는 승낙했고 아버지에게 그 사실을 알렸다. 아버지가 병원에 도착했을 때 그녀의 어머니는 이미 잠들어 있었다. 어머니는 30시간의 수면 상태 후 사망했다.

"나는 그 전까지 사람이 죽은 것을 한 번도 본 적이 없었어요. 어머니의 죽음이 처음이었죠."

여러 해 동안 나타샤는 말 그대로 안도와 죄의식이라는 무거운 짐을 지고 살았다. 그 감정은 어머니에 대한 것이기도 하지만, 아버지에 대한 것이기도 했다. 가까웠던 부녀는 새 어머니에 의해 멀어졌다. 나타샤와 새 어머니의 관계는 그다지 우호적이지 못했다.

나타샤는 병원 응급실에서의 위급 상황이나 1994년 체첸 사태로 인한 수많은 난민을 보면서, 그리고 치명적인 각종 전염병의 심각성을 일깨우고자 국제민간의료구호 단체인 '국경 없는 의사회'에 자원했다.

그 후 파리에 살면서 의료 봉사 사절단 등을 관리하기도 했다. 그 와중에 그녀는 한 남자와의 깊은 만남을 가졌다. 그녀는 대학에서 임종 간호법 학위를 취득한 후 갸르단느 지방에서 실습 기간을 거쳐 정식 의료팀에 합류했다.

2000년 12월 그녀는 그 해 마지막 당직 간호를 끝내며 사망진단서에 사인을 한 후 긴 안도의 한숨을 내쉬었다. 그녀는 연속 3일 근무를 수행해야 했을 때, 자신에게 불운의 낙인이 찍혀 있다고 생각했고, 일종의 자기 연민(왜 항상 내가 해야 할까?)에 빠졌다. 그녀는 자기 연민과 늘 싸웠지만 끝내 떨쳐 버릴 수 없었다.

5일 후, 그녀의 아버지는 병원에 입원했다.

"나는 이제 더 이상 서명할 사망진단서가 없을 것으로 여겼는데 또 한번의 사망을 겪어야 했던 거죠."

나타샤는 이제 외과 의사 앞에서 자신의 의사를 표현하지 못하던 젊은 학생이 아니었다. 그녀는 아버지가 입원해 있던 병동에 가서 아버지의 고통을 덜어줄 수 있는 필요한 약품들을 가져왔다.

그녀의 아버지는 어머니와 동일한 병으로 사망했다. 나타샤와 아버지 사이의 30여 년에 걸친 침묵도 종지부를 찍었다.

"'거울을 들여다보았는데, 꼭 백합꽃 같더라.' 라고 아버지가 나에게 말했죠. 그 말이 나를 자유롭게 해 주었어요. 어머니의 죽음으로 항상 큰 슬픔을 갖고 있었죠. 하지만 내가 한 행동에 대해서 후회하지는 않아요. 나는 안락사를 도울 수도 없고, 신경억제약물 투여도 할 수 없는, 다만 임종 환자의 최후를 지켜 주는 역할만 할 뿐이예요."

알랭 다낭은 자신의 병이 말기가 되어서야 그 '집' 에 입원했다. 그는 쟝 마크의 오랜 친구로 나와는 3년 전부터 알고 지내던 터였다. 우리는 솔엔시 단체를 위해 단편 소설[4]을 함께 저술하기도 했다. 그 소설의 출판기념식에는 많은 프랑스 문인들과 각국의 작가들이 참석했다.

이미 몸이 많이 상했지만 그의 시선에는 강인한 결단력으로 생기가 있었고, 자신에게는 낭비할 시간이 없다는 사실을 단호하면서도 거칠게 피력했다.

나는 그 의지의 표출 속에서 자신의 운명에 대해 초연한 태도와 무언가를 끝까지 꾸준히 수행하려는 단순하지만 강렬한 욕망을 느낄 수 있었다.

알랭이 그 '집' 에 입원했을 때, 쟝 마크는 습관처럼 매일 저녁 그의 방에 가서 몇 분 동안 앉아 있곤 했다. 쟝 마크는 알랭을 '환자' 처럼 대우할 이유도, 또한 알랭 자신도 그것을 원하지 않는다는 것을 알고 있었다.

쟝 마크는 그를 그 '집' 의 경영자로서 대우하지 않았다(그는 자신의

---

4) 〈어린 시절의 이야기〉, 로베르 라퐁 출판사, 1999

사양 의사에도 불구하고 쟝 마크의 거듭된 요구로 몇 년 전부터 그 '집'
의 경영자가 되었다. "자네에게 경고하겠는데, 만약 자네가 실질적 권한
이 없는 이름뿐인 경영자를 원한다면 내게 부탁하지 말게나!"라며 그는
알랭의 요구를 받아들였다.).

쟝 마크와 알랭은 경영상의 어려움과 일상생활의 여러 가지 문제
들에 대해 이야기를 나누었다.

어느 날 저녁, 알랭은 만일의 경우라도 자신을 끝까지 믿고 도와줄
것을 쟝 마크에게 부탁했다. 쟝 마크는 고통스러웠다. 그는 알랭의 요
구를 모른 체 할 수 없었고, 그렇다고 동의할 수도 없는 처지였다.

쟝 마크는 총기 있는 상태에서 자신의 생각을 표현하는 알랭의 이
야기를 끝까지 들어주었다. 그는 좋은 친구였다. 옳지 않다는 것은
알았지만, 쟝 마크는 자신이 그의 바람을 이해하고 있다고 설명했고,
적당한 시기가 오면 함께 위안과 무고통을 위한 모든 방법을 찾아보
자고 말했으며, 그리고 그의 존엄성이 존중될 것이라는 점도 잊지 않
았다.

알랭이 그를 쳐다보며 말했다.

"자네는 내가 듣고 싶어했던 말을 해 주었네."

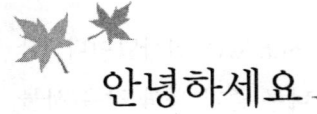

안녕하세요

이 말은 가장 간단한 인사말이다. 우리는 이 인사말을 통해서 피상적으로나마 새로운 관계를 맺기도 하고, 이별의 아쉬움을 달래기도 한다. 하지만 일일이 그 같은 의미 부여 없이 인사말을 주고 받는다.

대부분의 병원에서는 인사로 건네는 말 한마디가 환자의 회복에 어떤 영향을 미치는가에 대해서 간과하는 듯하다. 마찬가지로 회사의 경우 일상적인 인사말을 주고받는데 인색하다. 따뜻한 인사말은 돈 한 푼 들이지 않고서 물질적인 선물 이상의 감동을 줄 수 있다.

"안녕하세요!"

그 '집'에 도착한 환자들이 가장 먼저 접하는 놀라운 일은 바로 그것이었다. 간호사가 아침에 방에 들어서면서 인사부터 건넨다.

"안녕하세요. 나딘느", "안녕하세요. 아메드", "안녕하세요. 부인" 등.

'안녕하세요', 이 말은 사람 사이에서만 사용되는 인사말이다. 다시 말해 상대방을 스탠드 받침대, 커피잔, 나무 줄기 등과 같은 사물들과 구별해서 취급한다는 의미이다.

당신은 생명체이고 나도 마찬가지이다. 어느 날 우리는 처음 만나게 되고 '안녕하세요'라는 인사말을 계기로 관계를 맺는다.

'안녕하세요'라는 말과 함께 밤이 막을 내린다. 밤 동안 잠을 잘 잤던 그렇지 못 했던 간에, 또는 평온하게 실컷 잠을 잤건 고통과 불안 속에서 밤을 지새웠건 간에, 새 날이 시작되었고 새로운 일이 예정되고 있다.

'안녕하세요, 저는 크리스틴이예요. 저는 실비예요. 안녕하세요, 코린느, 쟈클린, 그리고 알랭.'

나는 '잘 지내요?'라며 되묻지 않는다. 왜냐하면 상대방이 그럭저럭 지내고 있다는 사실, 즉 그렇지 않다면 그곳에 있을 수 없다는 것을 알기 때문이다. 다른 사람이 아닌 바로 내 자신이 거기에 있다는 사실을 상대방에게 말하는 것이다(다른 사람이 방에 들어갈 때는 그 사람 역시 당신에게 '안녕하세요'라고 인사하게 된다.).

'안녕하세요, 즐거운 하루 보내세요(좋은 여행이 되기를 바라는 것처럼 당신이 즐거운 하루를 보내길 바랍니다.).'

뜻밖의 사고나 걱정거리가 생길 수도 있지만 조금 운이 좋다면 기분 좋은 일, 당신이 기다리던 방문, 많이 위축되어 있는 당신의 몸을 풀어 줄 목욕, 특별 음식 등이 있을 수 있다.

당신은 '안녕하세요'라며 내게 대답할 수 있고, 이어 내가 무엇을 하는지 물어 볼 수도 있다. 그러면 나는 당신에게 기꺼이 설명할 것이다. 당신은 또 당신의 기분이나 당신이 필요한 것 등에 대해 얘기해 줄 수도 있다. 그렇게 서로의 유대관계가 싹트게 된다.

마리암이 말했다.

"간호 대학 졸업 후, 근무했던 모든 병동에서 나는 항상 긴장 상태를 유지했죠. 출근하면 먼저 '안녕하세요' 라고 인사를 건넵니다. 그런 후 업무를 시작하죠. 인사는 때로는 어려운 일을 잘 감당할 수 있도록 도움을 준답니다."

'안녕히 가세요' 라는 인사말은 '안녕하세요' 의 반대 의미를 담고 있다. 이 인사말은 이별이나 헤어짐 등을 의미한다.

심지어 '다음에 또 만나요' 는 훗날 만날 것을 의미하지만, 그에 대한 확신은 미지수이다.

"내가 '다음에 또 만나요' 라고 인사하는 것은 며칠 후에 되돌아오기 때문입니다. 그들은 '인샬라(In Sha Allah ; '신의 뜻이라면' 을 의미하는 아랍어. 즉 다시 만남을 확신한다는 의미이다. – 역자주)' 라고 답례하지요. 때론 그들도 '다음에 또 만나요' 라고 인사하기도 하는데 그 말은 진심에서 하는 말이죠."

마리암이 말했다.

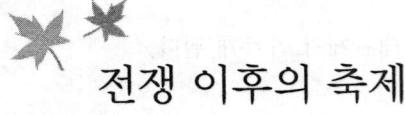

전쟁 이후의 축제

"**이** 곳에서의 하루하루는 전쟁입니다."
부드러운 목소리로 쟝 루이가 말했다.

승리는 없이 항상 후퇴하고 언제나 패하기만 하는 끝없는 전쟁이었다. 그 전쟁에서 간호사들과 보조 간호사들은 최전선의 병사들이다.

그들은 전쟁을 수행하면서 진흙과 먼지와 피로 뒤범벅이 된 상태이다. 후방에 있는 사람들은 그들을 영웅이라 부르면서도 정작 최전선에 있는 그들과의 합류를 꺼린다.

때로는 교전 상태가 일시 중단되기도 한다. 비로소 웃을 수 있는 순간이며 축복 받은 순간이고, 어떤 사망자도 발생하지 않을 때이다.

그러나 평온의 순간은 잠시, 또다시 전쟁이 발발한다. 몸이 녹초가 되게 하는 막중한 책무, 사방에서 울려대는 호출음, 환자와 보호자가 터트리는 분노 …….

간호사들은 모두 마음 깊숙이 간직하고 있는 끔찍한 모습이 있었다. 나는 신중한 태도를 통해서 '말로 형용할 수 없는 것'을 말로 표현하는 일에 성공할 수 있었는데, '말로 형용할 수 없는 것'을 직접 보지는 못했지만, 일부는 간혹 내게 살짝 문을 열어 보인다.

곰곰이 생각해 봤지만, 내가 걱정하는 것은 은밀한 것을 훔쳐보는 괴벽이 아니었다. 단순히 거기에서 최소한의 의미를 찾으려 애쓰는 상황이나 모습일 뿐이다.

우리가 그 상황이나 모습에 대해 언급할 수 있다는 사실은 그 상황이나 모습이 존재하기 때문이다. 그것(더러움) 역시 우리 삶의 일부분인 것이다.

밤낮으로 끊임없이 고함을 질러대는 남자 환자가 있었다. 그는 모르핀의 주사에도 불구하고 육체적 고통에 못이겨 고함을 질렀다(하지만 그 사실을 어떻게 알 수 있는가. 그가 아무런 말도 안하고, 고함만 지르고 있는데).

그는 세포마다 달라붙어 있는 공포심과 정신적 파탄에서 비롯된 듯한 고함을 질러댔다. 그는 아무것도 요구하지 않았고, 어느 누구도 원망하지 않았으며, 어떤 욕구도 표시하지 않았다. 그의 괴성은 근본적이고 완전한 거부의 표출이었다. 그 거부는 어떤 형태의 대답도 요구하지 않았으며, 어떤 것도 위안이 되어 줄 수 없는 것 같았다.

고함을 통해서 그는 어떤 말을 하고 싶은가? 어떤 행위를 하고 싶은가?

그는 인간애를 가지고 간병 행위를 하기를 원한다. 그는 완전히 알몸으로 완벽한 고독에 직면해 있는 것이다. 그래서 그는 고독을 통해 자신의 내부에 도사리고 있는 극도의 공포심을 보았다. 그리고 간병 행위는 눈앞에 있는 사람과 연관시킬 뿐만 아니라, 내부에 실제로 존재하는 타인과의 관계와 연관시켜야만 했다.

간호인에게는 타인은 없고 상대방만 있을 뿐이다. 바로 그 사람에게 간병 행위를 베풀어야 하는 것이다.

그 남자는 지켜보는 이들에게 자신의 지독한 마비 증세의 흔적을 남긴 채 고함을 지르며 죽어 갔다.

무슨 이유로 그랬던가?

그 해답은 찾지 못했으며 찾을 수도 없을 것이다. 그렇지만 계속해서 찾아야 한다.

또한 가슴에 응어리진 채 남아 있는 이미지들이 있다. 그 이미지들은 불면의 밤이면 머릿속을 떠나지 않고 괴롭히거나 병실문을 열려고 하는 순간에 망령처럼 스치고 지나간다.

플로랑스는 50살 가량의 한 환자에 대해 회고했다. 그녀는 그 환자의 임종을 지켜보며, 그의 마지막 순간을 평온케 해 주었는데 그때 커다란 어려움을 느꼈다.

플로랑스는 그의 곁을 잠시 떠났다가 되돌아온 순간 경련 탓에 입술에 거품을 물고 죽어 있는 그를 발견했다. 그는 예전에도 욕실을 가려고 일어서는 순간 경련을 일으킨 적이 있었고, 열린 동공에서 흘러나온 피로 그의 얼굴은 온통 피투성이었다.

붕대나 링거를 잡아뜯는 사람들도 있었다. 혈흔과 용변도 있었다. 거기서 나오는 악취와 아물지 않는 상처들이 있었다.

'자, 보세요. 그 얘기를 털어놓는 것은 아무 소용도 없다구요.' 라고 미레이유가 말할지도 모른다.

이 모든 것이 끝난 후 전쟁이 시작되기도 있다. 그것은 죽은 투병자를 둘러싸고 일어나는 이상한 전쟁이다. 투병자들은 미이라처럼 굳어 버렸다. 산자들은 슬픔으로 안절부절 못하며, 죽은 투병자들에게 헛되이 말을 걸어 보려고 하거나 자신들이 겪는 아픈 현실에서 벗어나고자 희망을 늘어 놓으며 넋두리한다.

간호사들은 고통스럽게 이 광경을 바라보다가 때로는 어쩔 수 없이 끼어 들어 만류하기도 한다.

쟈지아는 누리아의 죽음을 회고했다(쟈지아가 그 환자의 이름을 말했을 때, 나는 누리아의 얼굴과 함께 "나는 심판받기 위해 하나님께로 급하게 달려갔어요."라고 말했던 그녀가 생각났다.).

누리아의 어머니는 그 '집'에 도착하자마자 땅바닥에 엎드려 머리를 바닥에 박고서 마치 말 위에 올라타고 앉아 말고삐를 움켜쥐는 사람처럼 자기 딸 위로 올라가 앉더니 딸의 옷을 벗기기 시작했다. 그녀와 함께 온 문상객은 친척 아주머니들과 여자 사촌들로 오로지 여자들만 있었다. 왜냐하면 그 가족은 여자들만 살아남아 있었기 때문이다. 그녀의 어머니는 자기 딸을 부둥켜 안고 가슴, 음부, 입술 등에 입맞춤을 했다.

쟈지아에게 그 광경은 너무나 충격적이었지만, 그런 관행은 이슬람 종교와는 전혀 상관이 없는 듯했다. 그 종교의 교리에 따르면 유해는 잘 보존된 채 안치해야 했다.

쟈지아는 애써 그 어머니를 만류했고, 어머니는 죽은 딸에게 '얘야 죽지 말아라!' 라며 소리쳤다. 그 광경은 정말로 충격적이었다.

"이제 그만 하세요! 여기서는 그런 행동이 허용되지 않습니다!"라며 상딸이 어머니의 행동을 중단시켰다.

다음 날, 교대 근무 회의가 없는 기회를 틈타 영안실에 있는 누리
아의 유해 앞에서 20년 동안 서로 말을 하지 않았던 어머니와 누리
아의 여동생 사이에 가족 전쟁이 벌어졌다.

"나를 용서해라! 나를 용서해라!"

여인들은 서로 욕설을 하면서 고함을 질렀다.

그 광경은 마치 누리아의 비참한 인생 — 마약 중독, 에이즈, 암으
로 고생하던 삶의 단면을 보는 것 같았고, 그녀는 아직도 세상을 떠
나지 않은 듯 했다.

"그런 이유 때문이군요."

단체 상담을 주도하고 있는 신경정신과 의사 미셸이 말했다.

"그래서 그들의 축제가 그 같은 의미를 갖게 되었군요."

그녀가 맺는 유대 관계는 처음부터 쉽고 명확하다.

설립 이후 줄곧 그 '집' 은 축제의 장소가 되었다. 기회 있을 때마다
축제가 열리고, 각종 명목으로 축제 계획이 논의되었다. 그 특별한
순간인 축제가 끝난 이후에는 모여 앉아 오랫동안 얘기를 나누었다.

생일, 결혼, 출생, 그리고 여러 행사가 있을 때마다 항상 그 축제를
헌신적으로 준비하는 누군가가 있었다.

축제 중에서 협회 기금 마련을 위한 파티나 보건성 고위 관리자,
정치 지도자들의 방문 등 매우 공식적인 파티에서조차 그 '집' 의 정
신은 이어졌다. 다시 말하면, 고위층 접대를 위한 특별 식당도 없었
고, 공식석상과 홀 사이의 경계도 없었다. 모두 춤추며 노래하고, 서
로 포옹하고 손을 잡기도 하며 즐거운 한때를 보냈다.

"그 사람들은 점점 전문가가 되어 갔어요."

미셸이 웃으며 말했다.

파티 광경을 찍어 놓은 비디오를 보면서, 죠세핀 베이커처럼 분장한 린다의 우아한 모습, 인기 가수들의 가창력을 흉내낸 티에리와 쟝미셸, 그리고 아마르의 맘보 춤 실력에 놀랐다.

무대 뒤의 일화와 오랜 기간 연습 장면 등 사소한 일까지 추억하고 싶을 정도로 그 축제가 사람들의 기억 속에 잊을 수 없는 흔적을 남겼던 것은 여러 가지 질병과 치열한 투쟁을 벌이는 와중에 행해졌기 때문이었다. 그 투쟁이 쉼없이 이어지는 밤이면 사람들은 축제를 즐기면서 잠시라도 잊어보려고 했다.

질병과 사투를 벌이는 가운데 야기된 고독(왜냐하면, 자신이 겪은 것을 홀로 견디어 내야 하는 것에 대한 근심, 일그러진 얼굴들을 기억해야 하는 것에 대한 근심, 자신들의 온몸으로 그들의 손이 굳어져 있음을 느껴야 하는 것에 대한 근심들이 각자의 몫으로 남아 있기 때문이다.)은 축제가 진행되는 동안 연기되었다. 마술, 연극 등이 펼쳐지면서 축제의 막을 내리는 피날레가 있기까지 내내 기쁨과 행복, 감동의 눈물만이 있었다.

최근 그 '집'에서 가졌던 공연(그 공연에 출연했던 사람들과 그 공연을 관람했던 사람들 모두 오래도록 전율을 느끼게 하는 추억이었다.)은 대중 가요로 시작되었다.

한 사람씩 무대 위로 등장했고 이어 모든 출연진이 붉은 리본을 풀어 펼쳤다. 그들이 무대 밖으로 사라지자 조명이 무대 위에 떨어져 있는 리본을 클로즈업 했다.

붉은 리본은 에이즈와의 투쟁을 상징하는 것이었다.

축제가 한창 진행되는 중에도 병과의 전쟁이 계속되고 있음을 사람들은 알고 있었다.

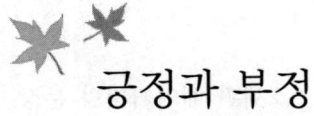

긍정과 부정

사람들은 언제나 '예'라고 말하고 싶어한다. 그곳 사람들의 일반적인 태도는 '예'라고 대답하는 모습이다. 환자의 말에 대해서도 '예'라고 대답하고, 그의 요구를 들어주기 위해, 환자의 상태나 변화 등을 감지하기 위해 '예'라고 대답한다. 환자의 보호자들이나 친구, 내방객에게도 '예'라고 말한다. 새로운 치료를 시도할 때도 '예'라고 대답한다. 그 시도가 가끔은 모호해 보이고, 복잡하게 느껴지고, 위험스러울 때마저도 '예'라고 대답한다. 모든 것에 '예'라고 대답한다. 그 이유는 순행이든 역행이든 '예'라는 대답은 현재는 물론 앞으로도 계속 진행될 삶에 대한 긍정이기 때문이다.

아마르는 매우 자유분방한 어떤 환자의 일을 회고했다. 어느날 그 환자는 관상수 화분을 현관에 깨뜨려 버리고는 보는 사람이 없나 사방을 살피고는 아무 일 없었다는 듯이 식당으로 들어가 버렸다. 아마르는 그 환자 곁에 가서 최대한 다정하게 말했다.

"당신이 식사를 할 정도로 건강이 좋다면, 저기 창고에 있는 삽과 빗자루를 가져다가 현관에 흩어져 있는 흙을 치울 수도 있을 겁니다."

아마르가 나에게 덧붙여 말했다.

"그 환자는 나의 말에 수긍했어요. 왜냐하면, 내가 그에게 진실을 말했기 때문이지요. 나는 필요 이상으로 그 환자를 동정하지 않았습니다. 나는 그 환자와 대화를 나누면서 그를 성인으로, 독립적인 살아 있는 존재로, 그리고 자신이 저지른 일에 책임을 질 줄 아는 인간으로 대우했던 겁니다."

때로는 어떤 환자들, 특히 마약 중독자들은 습관적으로 난폭한 행동을 한다.

"어느 날, 한 환자가 나의 머리칼을 잡았어요. 나는 그의 팔을 잡아 뿌리쳤지요. 그 후 그 환자는 나와 마주칠 때면, '안녕하세요 쟈지아, 어떻게 지내세요?'라고 인사해요. 어제 저녁에는 '오, 맙소사, 당신은 정말 아름다우시군요!'라고 말하기도 했어요.'"

쟈크는 계속 얼음 조각을 가져다 달라고 요구했다. 그의 보챔은 끊임없는 요구의 또다른 연장선에 있었고, 무엇으로도 그 요구를 중단시킬 수 없었다. 그는 조금전 사망한 유해와 유가족들이 있는 복도 끝 영안실까지라도 쫓아가 자신의 요구를 관철시킬 사람이었다.

"의사 선생님을 만나게 해 주세요."라고 하루에 네 번씩 졸랐다. 또 하루에 네 번씩 얼음 조각을 가져다 달라고 졸랐다.

보다 못해 조리실에서 일하는 실비안이 그 환자가 간절히 원하는 얼음 조각을 가져다 준 일이 있었다. 보조 간호사인 알렉상드로는 실비안의 행동을 나무랐고, 어떤 환자에게든지 담당 간호사만 접촉해야 한다는 사항을 재차 설명했다.

그 후로는 쟈크가 얼음 조각을 요청해도 실비안은 거절했다. 그러자 쟈크는 마리옹 간호사를 찾아가서 졸라댔다. 한 번, 두 번……. 결국 마리옹 간호사는 끈질긴 그의 요구를 견디지 못하고 얼음 두 조각을 가져다 주었다.

실비안이 그 광경을 목격했고 감정이 상했다.

"나에게는 얼음 조각을 절대 주지 말라고 해놓고 당신은 그에게 얼음 조각을 주는군요. 저는 이해하지 못하겠어요."

마리옹은 그 사태를 애써 진정시켰다.

"당신은 쟈크가 어떤 사람이라는 것을 잘 알잖아요."

이 작은 소동이 교대 근무 회의 시간에 보고되었을 때 모든 사람들은 웃고 말았다. '쟈크의 상태로 보아 얼음 조각을 더 주고 덜 주고는 문제가 되지 않습니다.'라고 쟝 마크가 좋은 뜻으로 친절하게 말했다. 쟝 마크는 이 소동이 간호사들 사이에 분쟁거리가 아님을 분명히 말했다.

기본적으로 지켜져야 하는 원칙이 필요하지만, 이 경우처럼 미묘한 상황에서는 원칙의 가변성도 감안해야 했다.

결국 '예', 그리고 '아니오'는 둘 다 같은 것이라 할 수 있다.

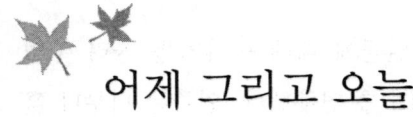

어제 그리고 오늘

어제 이자벨이 식당에 들어와서 텔레비전 시청실의 긴 소파에 앉았다. 그녀의 시선은 겁에 질린 것 같았고, 몸은 더할 나위 없이 가냘팠다. 그녀는 한기를 느꼈는지 소파 위에서 몸을 동그랗게 웅크리고 있었다.

그녀는 눈물을 흘렸다.

"길어요. 너무 오래 걸려요. 제 몸이 빨리 회복되었으면 좋겠어요. 조금이라도 좋아요. 고함을 지르고 싶어도 그렇게 할 힘이 없어요."

나는 그녀 옆에 앉아서 아무 말도 하지 못했다. 어쩌면 두려웠기 때문이며, 그저 가만히 있어야만 한다는 것을 본능적으로 느꼈을 뿐이다. 나는 한 손을 그녀의 어깨 위에 얹고, 다른 한 손으로는 그녀의 작은 손을 잡았다. 그녀는 밤중에 엄마를 찾는 아기처럼 내 손에 자신의 손을 맡겼다.

간병 자원 봉사자 욜랑드는 그녀의 다른 한쪽 손을 잡고 분위기를 바꾸어 보려는 생각에서 사소한 일들에 대해 이야기를 들려 주었고, 쟌느와 그의 맹인 남편은 피아노를 연주했다. 연주는 너무나 훌륭했다.

"나는 한 남자의 품에 안겨서 나를 사랑한다는 말을 듣고 싶어요. 한순간이라도 좋아요."

이자벨은 계속 얘기하면서 유행가 노랫말을 들려 주었는데 진부한 내용이었다. 그녀에게 사랑한다고 말하는 것은 아무 의미도 없다고 느꼈다. 오히려 그녀의 얘기를 끊임없이 들어 주고 가끔 손을 잡아 주거나, 아니면 계속 흐느끼도록 내버려 두는 것이 나을 듯 싶었다.

단지, 점심 식사를 하기 위해 식당에 들어오는 환자들이 그녀로 인해 의기소침해지지 않을까 염려되었다(다행히 환자들은 의기소침해지지 않았다. 쟌느와 그녀의 남편은 계속해서 피아노를 연주했고, 이름이 기억나지 않는 한 노인은 청바지 차림으로 아주 천천히, 그리고 폼을 내며 우리들 옆을 지나갔다. 식당 안에는 실비안이 만든 카레 냄새가 풍기고 있었다.).

이자벨은 서서히 진정되고, 자신의 고된 직업과 과거의 일, 정신과 병동에서 4개월 동안 입원해 있었던 일과 교도소에서 보낸 몇 주, 그리고 치사한 남자들에 대한 에피소드에 관해 얘기했다.

이자벨은 자기가 간절히 원했던 남자에 대해 회상했다(그 남자와의 관계가 어떠했는지에 대해서는 능히 짐작할 수 있었다. 그녀에게 HIV 바이러스를 감염시켰음은 물론이고, 현재의 무기력함이라든가 아픈 사랑의 기억들을 남겼다.).

그녀는 두려움에서 벗어났다가는 다시 그 두려움에 휩싸여 허우적거리곤 했다. 그녀를 두려움으로부터 벗어나게 할 방법은 전혀 없는 듯 했다. 언제나 다정하게 그녀의 말에 귀기울여 주는 의사 나타샤도 오늘만큼은 소용이 없었고, 그 어떤 위로의 말도 그 어떤 침묵도 도움이 되지 않았다. 그녀는 눈에 눈물이 가득 고인 채 머리를 들었다.

그녀는 긴 소파에 다시 자세를 고쳐 앉았고, 우리는 잡았던 손을 잠시 놓았다.

그녀가 말했다.

"일어나야겠어요. 식사 시간이잖아요."

욜랑드가 그녀를 데리고 식탁 앞으로 갔다. 그녀는 상추를 씹어 먹기 시작했다.

어제 나는 욜랑드가 이자벨 옆에 앉도록 배려했다. 나는 쟌느와 그녀 남편의 맞은편에 있는 샤를르 옆에 앉았다.

샤를르는 흑인이었고 끊임없이 무언가를 주절거렸다. 그것은 고약한 성격으로 변할 수도 있는 병적 다변증으로, 보는 이로 하여금 안쓰러움을 느끼게 했다.

그는 자신의 증세가 어쩌면 이자벨보다 더 심각할 수도 있어 두렵다고 말했다. 끊이지 않는 그의 잡담 속에는 마르세유에서 보낸 어린 시절의 추억, 포장 공사용 모르타르와 마늘 넣은 마요네즈용 절구공에 대해 자세히 묘사하기도 했으며(프랑스의 마르세유 지방 노동자들은 주로 이런 일을 했다.), 자신의 음악적 취향(세미 클래식 바이올린 연주가 앙드레 리유, 론도 베네치아노를 좋아했다.), 그리고 앞뒤가 이어지지 않는 이야기들을 머릿속에서 떠오르는 대로 단숨에 털어 놓았다.

도중에 사람들이 말을 걸면, 고개를 약간 갸우뚱거리며 듣고 나서는 짤막하게 대답을 했다. 그리고는 자신의 이야기를 계속 이어갔다.

샤를르 옆에 앉아 있는 쟌느는 조용히 별다른 표정 없이 그의 말에 주의를 기울이고 있었다.

암환자인 그녀는 강인했다. 휴양을 위해 그 '집'에 온 것이다. 자신의 피아노 연주에 사람들이 갈채를 보내자 그녀는 빈축을 살 정도로 새침하게 대답했다.

"시간 낭비야. 나는 시간을 낭비한 거야".

어제 두 명의 새로운 환자가 도착했다. 쟈크와 마걀리였다. 나는 도미를 도와 쟈크가 방에 입실하도록 도와주었다. 쟈크는 모자를 푹 눌러 써서 모자 아래의 두려움에 떠는 듯한 검은 시선을 감추려고 했다.

쟈크는 그의 방에 이미 텔레비전이 있음에도 불구하고, 자신이 가지고 온 텔레비전을 설치해 줄 것을 요구했다. 그의 텔레비전은 침대 맞은 편에 있는 벽장에 놓여졌다.

사람들은 몸이 쇠약한 개를 데리고 도착한 마걀리에 대해서도 염려를 했다.

어제 저녁, 나는 쟝 마크와 함께 회진을 돌았다.

바바라는 매우 아름다운 여인이었다. 조금 진지해 보이는 그녀의 얼굴은 종종 아이와 같은 해맑은 웃음을 보이며 밝아졌다. 그녀의 생기와 섬세한 감성을 보는 것은 즐거운 일이었다. 그녀는 매우 재치가 있었다. 맑고 큰 두 눈에는 기쁨과 슬픔이 동시에 깃들어 있었다.

그녀의 상체는 갸름했으며, 섬세한 선의 얼굴과 긴 팔, 가냘픈 손을 지니고 있었다. 그녀의 하체는 복부와 다리, 발 등이 모두 복수가 차서 부풀어올라 있었고, 심지어 변형도 일어나 보기 흉했다.

쟝 마크는 그녀가 격심한 고통을 겪으면서도 약물 치료를 거부하는 이유를 물어 보았다.

바바라는 주의깊게 쟝 마크의 말을 들었고, 이해하지 못한 말은 되묻기도 하고, 답변은 정확하게 하는 등 자신의 문제로부터 회피하려고 하지 않았다.

며칠 전 쟝 마크는 그녀와 대화 도중 그녀가 생의 마지막에 와 있을 수도 있다는 가능성에 대해 처음으로 언급하였다. 그녀에게 쟝 마크는 충격을 주지 않도록 조심하면서 임박했을지도 모를 임종으로 인해 그녀 안에 자리잡을 공포가 고통의 원인이 될 수도 있다는 사실들에 대해서도 이야기했다. 바바라는 미소를 띠며 말했다.

"나는 그렇게 생각하지 않아요. 그렇지만 나에게 그런 이야기를 해 주니 기쁘군요."

쟝 마크는 여러 문제점과 모르핀도 별 효과가 없다는 점, 그녀의 놀라운 명철함 등에 대해 목소리를 높여가며 설명했다.

"내 의식이 또렷한 것이 문제가 되나요?"

바바라는 농담조로 물었다.

"당신은 진통제의 효과를 빌어 일시적으로나마 고통을 느끼지 않을 수도 있습니다."

바바라는 새로운 진통제가 자신을 깊이 잠들게 하는 것을 못마땅했다. 쟝 마크도 동의했다.

그녀는 자신을 난처하게 하는 '병 문안'에 대해 말했다. 쟝 마크는 그녀가 원한다면 근무자들에게 요구해서 면회를 거절함으로써 문병으로 인한 번거로움에서 벗어날 수 있다고 귀띔해 주었다. 대답 없이 웃는 그녀의 아름다운 시선이 그에게 고정되었다.

휴게실에서는 한 사람이 바바라를 방문하려고 기다리고 있었다. 바바라를 닮아 갸름했으며 다소 불안한 기색을 하고 있는 지적인 남자였다.

두 사람은 예전에 10여 년 동거하다가 이별한 사이였다(우리가 그병실을 떠날 때, 쟝 마크는 그 남자의 문병도 그녀를 난처하게 하는 것인지 물었다. 그녀는 활짝 웃어 보였다. "오, 아니예요. 전혀 그렇지 않아요.").

두 사람은 매우 가까운·사이였던 것으로 겉으로 보기에도 그랬다. 그는 과거 속의 현재인 그녀, 현재 속의 과거인 그녀에 대해 얘기를 했다. 그는 비록 최근에 그녀의 병에 대해 알게 되었다고 말하지는 않았지만, 나는 그럴 거라 생각했다. 그는 이제서야 그 사실을 알게 된 것을 마음 아파 했을 것이다.

그는 자신이 계속 남아 있어야 하는지, 아니면 떠나야 하는지 몰라 전전긍긍했다. 쟝 마크는 그에게 바바라의 병세가 위중하지 않다고 말해 주었다. 그 남자는 마침내 시원스레 웃었다. 그에게 잘 어울리는 웃음이었다.

어제 로제를 만나기 위해 1층으로 내려갔다.

아침부터 모두 로제의 임종이 가까워졌다고 말했다. 사실 그의 임종을 예측하는 것은 대단한 직감이 필요치 않았다. 그의 얼굴에서 핏기라고는 전혀 찾아볼 수 없었으며, 생기도 전혀 없었다.

오후 내내 그는 안락의자에 앉아 있고 싶어했다. 그는 자신이 다시 일어날 수 없으리라는 무언의 확신으로 누워 있기를 완강히 거부한 것이다. 부인이 그의 곁에 있었고, 동그랗게 뜨고 있는 그의 눈에는 초점이 없었다. 그는 손에 무엇인가를 쥐고 있었는데, 자신도 그것이 무엇인지 몰랐다. 그가 하는 말은 숨결처럼 들렸으며, 자신은 무엇 때문에 공허만을 부여잡고 있는지 물어 보려는 말조차 입술 사이로 새어나갔다.

"많이 고통스러워하지 않나요?"

쟝 마크가 부인에게 물었다.

"아니요. 많이 아파하지는 않는군요."

부인이 대답했다.

특히 그는 병을 앓으면서도 이상하리만치 단정한 모습이었다. 울부짖거나 괴성을 지르지도 않았고, 무분별한 행동도 하지 않았다. 단지 허공을 향해서 펼쳤다 오므렸다 하는 손동작만 했을 뿐이다. 부인은 작은 체구로 겸손하고 예의발랐으며, 항상 의사에게 감사해 했다. 부인은 남편의 임종이 멀지 않았음을 알고 체념한 상태였다.

"아니예요. 저는 이제 집으로 돌아가지 않겠어요. 기다리겠어요."

부인은 말했다.

어제는 라치드의 방도 방문했다. 그 환자는 최근까지 그 '집'에 입원하고 있는 환자 중 한 명이었다. 그는 침대 위에서 알몸의 상체를 드러낸 채 앉아 있었다. 창문은 활짝 열려 있었다. 턱이 앞으로 돌출된 그는 조금도 알아들을 수 없는 이야기를 장황하게 늘어놓았다. 그는 '나는 섬유랍니다'라는 식의 기이하고 시적인 표현을 사용했다. 그는 나에게 저술하고 있는 책이 보고서 형식이냐고 물었다. 내가 선뜻 대답을 못하자, 그는 "아, 알았어요. 그 책은 문학 보고서이군요."라고 말했다.

그렇다. 그는 마르세유의 부두 노동자로 가정을 버린 사람이었다 (그래서 부인과 자녀들은 그와의 만남을 거부했다.). 무주택자인 그는 선적 노동을 그만두면서 고난에 빠지게 되었고, 마약에도 손을 대기 시작했다. HIV 바이러스가 몸 전체에 퍼져 있었지만 그는 전혀 한기를 느끼지 못했고, 텔레비전에서 방영되는 공포 영화를 시청하기까지 했다. 그는 사람들이 자신을 귀찮게 하지 말고 홀로 내버려두기를 원했다.

어제 마지막 회진 환자는 파트리스였다. 파트리스는 여자 친구와 함께 있었다. 그는 어디서나 화제를 이끌고 주도하는 사람이었다. 농담을 하거나 다음 주에 있을 정기검진 일정, 또 이번 주말로 예정되어 있는 '토요일의 포옹'이라는 축제에 관해 얘기하고 있었다.

나는 오후에 갈색머리의 젊고 예쁜 그의 또다른 여자 친구를 보았다(지금 그의 방에 있는 여자는 금발의 젊고 예쁜 아가씨였다.). 파트리스는 HIV 바이러스 보균자였기에 몸무게는 40킬로그램에도 못 미쳤으며, 아물지 않은 환부들이 곳곳에 있었다. 그렇지만 그는 생동감 있고 활기찬 모습이었다.

"휴가 잘 보내세요. 우리는 함께 투쟁해 나갈 겁니다. 그렇죠?"

그가 쟝 마크에게 말했다.

우리가 그의 병실에 있을 때 이자벨이 심술을 부렸다. 쟝 마크는 "알았어요, 이자벨. 당신을 곧 만나러 갈게요."라며 그녀를 달랬다.

그렇게 어제 하루 일과가 끝났다. 쟝 마크는 회진이 끝날 무렵 얼굴이 창백했고 많이 지쳐 있었다. 그답지 않았다. 그는 휴가를 떠날 예정이었다("쟝 마크는 일주일 휴가를 어떻게 보낼까? 사람들은 그가 3

일 동안 잠자고, 3일 동안 아파 누워 있다가 다음날 그 '집'으로 되돌아온다"고 농담조로 말했다.).

업무 기간 동안 그에게 활력을 공급하던 힘이 서서히 빠져나간 것이었다. '이제 나는 손을 떼겠어.'라고 가끔 농담조로 말했다.

어제는 그렇게 흘러가고 있었다.

오늘 로제가 임종했다. 아침 8시 30분경이었다. 간호사들은 숙직하던 나타샤를 다섯 번씩이나 깨웠다. 엘레나는 창의 덧문을 활짝 열고 침대를 정리했다.

로제는 이제 영안실에 누워 있다. 그의 가슴 위에는 강아지 털인형과 성모마리아상이 있었고, 잠시 후면 그의 세 번째 애용물이었던 노래하는 물고기 인형이 도착할 것이다(이집트왕 파라오들이 그런 식으로 입관되었고, 잉카족은 온갖 보물들과 함께 지하 세계에 묻혔다.).

오늘 바바라는 친구들과 함께 아래층으로 내려갔다. 그녀는 일광욕을 하며 화사하게 웃었다. 나는 그녀의 안부를 물었다.

"이제 아프지 않아요."

그녀가 대답했다.

얼마 후 실내에서 그녀와 또 마주쳤다. 그녀는 붉은 고양이 로리타를 쓰다듬어 주고 있었다. 고양이는 현관에 있는 안락의자에 앉아 졸고 있었다.

"이 고양이는 이 '집'의 여왕이예요. 모든 다른 고양이들은 왕이죠. 고양이들은 모두 멋지답니다."

내가 말했다. 그녀의 가느다란 손가락들은 고양이 털 속에 묻혀 버렸고, 얼굴의 희미한 미소는 앞으로 있을 긴 여행에 대한 예고를 하는 듯했다.

오늘 정오 무렵 나는 마걀리의 애완용 개가 수의사의 품에 안겨 지나가는 것을 보았다. 안락사를 시켰어야 했는지도 모른다.

오늘 나는 샤를르와 한 식탁에서 점심 식사를 하지 않았다. 쟝 미셸 의사가 그의 옆에 앉아 있었다. 나는 멀리서 1초도 쉬지 않고 끝임없이 말하는 샤를르의 옆모습과 곧게 세우고 있던 쟝 미셸의 머리가 점차 아래로 기울어져 가는 광경을 보았다(나중에 그는 샤를르의 중단 없는 연설이 자신에게 강한 최면제 효과를 주었고, 마침내 완전히 잠이 들었다고 설명해 주었다.).

오늘 으젠느 신부가 방문했다. 환자와 보호자 등 거의 모든 사람들이 그를 만나고 싶어했다.
"으젠느 신부는 어디 계신가요. — 신부님은 자신의 손님을 다 계산에 넣고 있답니다."

오늘 나는 활짝 열려 있는 라치드의 창가를 지나치다 굵고 우렁찬 그의 목소리를 들었다. 그의 입안에서는 조약돌 굴러가듯이 많은 말들이 쉴새없이 흘러나왔다. 주로 자신에 관한 말로 스스로도 웃음을 자아내게 했다.

오늘 블랑슈 미용사가 처음으로 이자벨에게 화장을 해 주었다. 이자벨은 만족스럽게 웃으며, "이처럼 예쁘다고 생각해 본 적이 한번도 없었어요."라고 말했다.

　마침 지나가는 이자벨을 보았는데 시선은 반짝반짝 빛났고 공주와 같이 우아한 걸음걸이로 걸어갔다.

　그 '집'에는 불변의 진실은 없다고 쟝 마크가 말했다. 많은 부류의 사람들과 하루하루를 어우러져 살아가는 날들이, 순간들이 있었다. 현재가 있었다.

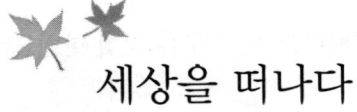

세상을 떠나다

이 세상에 오는 것과 떠나는 것의 전과 후가 있을까?
세바스티앙은 그 전후가 확연하다고 생각하지 않는다.

세바스티앙은 키가 큰 간호사였으며, 고개는 항상 아래로 기울어져 있었는데 마치 만족할 만한 머리의 각도를 찾고자 하는 호기심으로 인한 것 같았다. 입가에는 미소가 끊일 날이 없었고, 단시간에 보통 사람에 비해 몇 배의 성장을 한 것처럼 기이한 은총을 받은 듯한 모습이었다.

간혹 매우 광대한 세계가 갑자기 작은 세계로 축소되는 듯한 이해할 수 없는 현상으로부터 분노와 불만족이 아닌 감탄과 경이로움을 경험한다.

세바스티앙은 불교 등 동양의 정신 세계를 통해 자신의 반항적 기질을 삶에 대한 열정으로 승화시키는 계기를 찾았다.

그것은 바로 윤회(개미, 돌, 나무, 그리고 인간으로의 환생) 사상이었다. 무릇 삼라만상은 생사를 거듭한다는 윤회 사상은 그에게 정신적 위안을 주었다.

이생에 존재하는 것은 전생에 이미 존재했던 것이고, 현재 이생에 존재하지 않는 것은 앞으로 존재하게 될 것이라는 윤회의 믿음을 통해서 그는 흘러가 버리는 시간 속에서의 마지막 순간들을 직시하게 되었다. 물리적인 마지막 호흡은 진정 마지막이 아니다. 이생의 혼이 남아 있기 때문이다.

불교 전통에 의하면, 이생의 혼은 육체를 감싸고 있는 일종의 빛이나 후광이 되어 시신 주위에 3일 정도 머문다고 한다.

떠나가는 시신은 수면 위로 미끄러져 가는 나룻배와 같이 갑자기 사라지는 것이 아니라 수평선 너머로 서서히 그 모습을 감추며 멀리 사라진다고 한다.

육체가 완전히 소멸한다 하더라도 존재하지 않는 것은 아니다. 마음이 열려 있으면 모든 생각과 꿈이 가능해진다.

또한 해저나 우주로 이어지는 놀라운 통로를 열어 준다고 상상해 볼 수도 있다. 그리고 동틀 무렵, 우리의 머릿속에 최초의 환영이 떠오를 것이고, 그때 머리가 약간 기울어져 있고 반짝이는 눈동자를 지닌 어린아이 같은 세바스티앙은 정체를 알 수 없는 그 누군가로 환생할 것이다.

이러한 일련의 믿음이 죽음이라는 끔찍한 폭력과 부글부글 끓어오르는 분출을 어떻게 견디어 내는지, 그리고 더 이상 육체에서 나오는 것이 아닌, 불분명하지만 분노 섞인 반항과 노호 소리가 들려오는 땅의 심연으로부터 새어나오는 듯한 그 숨결을 어떻게 견디어 내는지 생각해 보았다.

나는 질문을 던지지 않았다. 세바스티앙의 제안처럼 이 세상 끝에서 조바심 내지 않기로 했다. 이 세상 끝은 바람에 의해 단련되고, 허공 속에 공포스러운 혼란만을 제공하는 편평한 원반 모습을 하고 있으며, 뿐만 아니라 빛이 물질들을 소멸시키는 평원의 모습이며, 우리의 환영들이 미지의 약속들을 간직한 채 떠돌고 있는 무지개를 통과하는 안개의 땅이다.

죽음 직전 여러 징후가 보이기 마련이다. 이를테면 시선과 거동 양태(어떤 사람들은 심지어 죽는 날 저녁에도 식사하러 식당으로 가기 때문이다), 평소와는 다른 거친 호흡 등이 그것이다.

어떤 환자들은 이미 고인이 된 주위 사람들에 대해, 마치 자신들도 고인이 되어서 그들과 함께 있는 것처럼 말한다. 그러나 차츰 그러한 대화마저 뜸해진다.

사람들은 대답을 듣기 위해 말을 하고, 평생 동안 다른 사람들과 관계를 맺으면서 발생하는 오해를 풀기 위해 말을 하는 것인가? 물론 아니다. 결국 누구나 자신의 입장에서 자신에게 말을 할 뿐이다.

실존만을 인정하는 이곳 사람들에게는 대답이 없다. 아마도 몇몇 행위만 있을 뿐이고, 그 행위마저 항상 있는 것이 아니다.

입가에는 숨소리나 헐떡거림 같은 몇 마디의 말들이 남아 있다.

"나를 말려 주세요. 내 속이 텅 비어 있는 듯 합니다. 나는 이곳을 떠나고 싶어요. 이곳을 나가고 싶어요. 나를 데리고 가 주세요. 창문을 좀 열어 주세요. 무서워요. 떠나갈 시간입니다."

때로는 "무슨 일이 일어나고 있어요. 어떻게 좀 해 보세요."라든가, "무슨 일이죠? 내게 무슨 일이 일어난 건가요?"

종종 이 세상을 떠나가는 사람들이 기도문처럼 반복하는 물음들이 있다. 이 질문은 근본적으로 새로운 차원의 감각에 대한 표현이고, 전달하기 불가능한 또다른 차원의 인식(나무의 실과를 너희는 먹지도 말고 만지지도 말라. 너희가 죽을까 하노라.)에 대한 계시인 것이다.

살아 있는 시간 내내(왜냐하면 우리는 아직 이곳에 있고 생명이 충분히 남아 있으며, 호흡과 혈액이 정상 상태에 있고 육체와 영혼의 온갖 동요가 있기 때문이다.) 말을 하고 싶었던 사람들, 그리고 할 말이 많았던 사람들은 점차 말을 잃어버렸고, 매우 간단한 말, '예'와 '아니오', 그리고 '도와주세요', '혼자 내버려 두지 마세요'라는 말만 간직했다.

말하고 싶지 않았던 사람들은 항상 말의 주변부를 맴돌던 침묵 속으로 빠져 들어갔다. 수다쟁이와 과묵한 사람도 그곳에서 서로 만날 것이다. 존재는 말을 떠나 자신의 내부에 있는 은밀한 곳으로 숨어 버렸다.

몸짓과 오열이 있다. 몸을 일으켜 조금씩 움직이면서 떠나가는 남자가 있다. 침대보의 가장자리를 움켜잡은 채 수의를 꿰매는 여자가 있다.

지켜보는 우리들에게는 그들을 향한 시선만 있을 뿐이다. 우리는 그들을 끊임없이 탐색하고 있다.

그들은 우리를 더 이상 쳐다보지 않는다. 그들은 애정이나 분노의 감정과 더불어 우리를 대면하는 태도와 세심한 주의력을 이제는 더 이상 갖고 있지 않았다. 부분적으로 타인을 비추고 있는 그들의 시선 속에는 내적 표현 이외에는 달리 가능한 것이 없었다. 그것은 마치 존재가 자신을 스스로 내부에 완전히 폐쇄시킨 것 같았다.

사람들은 부드러움과 공포, 가혹함, 분노라는 일반적인 표현을 사용할 수 있다. 그러나 이것도 여전히 일상의 감정과 언어를 사용하는 것이고, 우리 곁을 떠나는 사람을 잡아끄는 것이며, 물론 인식 가능한 감정을 그의 소유로 여기면서 우리 자신 스스로를 안심시키는 것이다.

말하자면, 그 시선에 내재하는 것은 순수한 실존, 즉 존재 속에 축소되어 들어가 있는 실체, 바로 그것이다. '축소'라는 단어는 비어 있는 것에 규모를 부여하는 것이다. 존재는 그 기능 작용의 한계에 이르렀고, 그 같은 사실은 마치 근본적인 그 무엇이 소멸 직전 그 내부에서 표출되는 것과 같다.

그런데 근본적인 그 무엇은 존재의 육체도, 체험도, 그리고 인성도 아니며, 단지 존재한다는 그 자체인 것이다.

그렇지만 근본적인 것은 그 남자 자체이거나 그 여자 자체로 머지않아 사라지게 될 대체될 수 없는 유일한 존재인 것이다.

간혹 시선마저 없는 경우도 있다. 시선은 이미 초점이 풀려 멍한 상태에 놓여 있거나 또는 단순히 눈만 감겨져 있다.

말들이 사라져 버리게 되면 울부짖음과 괴성, 신음 소리마저 사라져 버린다. 숨결만이 남아 있게 된다.

숨소리는 조용할 수도 있고 거칠 수도 있다. 때로는 긴 호흡 정지가 있다. 그 호흡 정지 동안, 겨우 생명을 부지하고 있는 난파당한 사람처럼 존재는 자기 자신 속으로 깊이 침잠했다가 다시 밖으로 나오는 것이다.

평생 투사 같았던 그 존재들에게는 커다란 바다가 질고를 겪는 사람들로부터 자신들을 갈라놓고 있는 것처럼 여겨진다. 하지만 바로 그 순간 모두 동일한 하나의 존재가 되는 것이다.

더 이상 할말이 남아 있지 않은 것과 마찬가지로 (그렇지 않으면 가끔 중얼거리는 자장가나 노래만 있을 뿐이다.) 이제는 더 이상 할일도 남아 있지 않다. 관념이라고 할 수 없는 시작도 끝도 없는 단순한 몸짓만 있다. 만지고 쓰다듬어 주는 행위와 어쩌면 단순히 같은 리듬으로 호흡하는 것만 남아 있다.

밤이건 낮이건 주위의 삶은 계속된다. 형성되어지는 기포 한가운데에서 소리의 강도와 다양한 빛깔이 느껴진다. 우리는 타인을 상대할 때 자신을 너무도 강하게 느끼며, 그들로부터의 멀어짐은 하나의 미혹함이 된다. 그렇게 해서 그 존재는 이 세상을 떠나는 것이다.

사랑, 많은 사랑이 존재하다가 사라진다.

그는 조금 전 임종했다. 그녀는 그의 이름을 계속 불렀다. 누군가의 손이 등에 닿았을 때 그녀는 막혀 있던 그 무엇이 비로소 활짝 열리는 것을 깨닫게 되었다. 그녀는 고인의 옆에 누웠고, 간호사는 방을 나갔다. 두 사람만 남아 있었다.

한참 후에 그녀는 생각했다. 누가 내게 손을 얹었을까? 자신의 등에 얹혀졌던 그 손 외에는 아무 실체도 느낄 수 없었다. 그 손이 말했다. '나는 살아 있고, 당신 역시 살아 있어요.' 라고.

다시 활동하기 시작하는 몸놀림이 있다. 세면, 가벼운 마비 증세, 첫 마디 말, 눈물 혹은 그 반대 …….

당신을 고독에서 빠져 나오게 하는 타인의 존재가 있다. 당신은 생존하고 있다. 당신은 이곳에 있다. 타인의 얼굴이 있기에 당신은 살아 있다.

조리실에는 티에리와 파트리시아가 있다. 그곳에는 커피향과 가벼이 주고받는 농담이 있다.

병실에 누워 있다가 곧바로 영안실에 있게 되는 육체가 있다. 노트에는 몇 마디 말 '안녕 피에르, 안녕 모니크'라고 적혀 있다.

가끔 유해를 옮기기 몇 분 전 유가족들은 평생 흘린 양 만큼의 눈물을 흘리면서, '고맙습니다'라고 정중하게 인사를 한다.

오랜 시간이 지난 후, "생각나니, 루이라는 사람? 5호실에 있었던 그 환자. 6호실에 있지 않았니? 아냐, 5호실에 있었어. 확실해. 아, 그래, 생각나고 말고. 날씨가 포근할 때는 삼나무 아래 앉아 휴식을 취하는 것을 좋아했지." 등 그와 관련된 추억들을 떠올린다.

그리고 그가 힘겹게 심호흡하며 당신에게 남겨 준 카세트테이프를 들을 것이다.

"흔히 내게 남아 있는 것은 그들의 미소죠."

클로딘느가 말했다.

입 구

클로딘느의 시선 속에는 명확하지 않으며 굳이 그럴 필요 없는 의구심들이 스쳐 지나갔다. 그것은 제법 고요한 강렬함과 그 어떤 특별한 일을 기대하지 않는 막연한 기다림이었다. 그 기다림은 앞으로 일어날 일을 받아들이기로 한 기꺼운 동의로서, 침묵일 수도 있고 되돌아오는 또다른 시선이거나 심지어 몇 마디의 말일 수도 있었다.

그녀는 자신이 '경계점을 넘어갔던' 순간을 회고했다.

그녀는 전문 실습의 과정을 위해 자신의 집을 떠나 있었다. 실습이 끝나기 전날 그녀는 막연한 불안감을 느꼈다. 일과가 끝날 무렵에도 그 불안감이 사라지지 않자, 클로딘느는 동료들의 만류를 뿌리치고 혼자 자동차를 몰고 떠났다.

마침 묘지 앞을 지나갈 때 그녀의 불안은 점점 심해졌다. 급기야 가던 길을 되돌아오게 되었다.

그녀는 길가에 차를 세웠다. 저만치 모퉁이에 샛길이 있었고, 그곳에 큰 바위가 놓여져 있었다. 한낮의 햇빛이 여전히 이글거리고 있었다.

그녀는 크고 모양이 아름다운 바위로 다가갔다. 그녀는 바위 위에 페인트로 쓰여져 있는 글씨를 발견했다.

'입구'

그녀의 불안은 절정에 달했다. 그녀는 바위를 지나 울타리 너머, 그 입구 가까이로 나아갔다. 그리고는 곧바로 되돌아오면서 말했다.

"안돼, 있을 수 없는 일이야. 나는 이 세상 끝, 이 경계 지점을 넘어가면 안돼."

그녀의 심한 혼란으로 자신이 긴급히 해야 할 일, 즉 가족에게 전화를 걸어야 하는 일을 잊어버렸다.

그녀는 한동안 시골길을 따라 걸으며 자연을 감상하였다. 우선 마음을 진정시켜야만 했다. 마침내 평온을 찾은 그녀는 집으로 돌아갔고 가족에게 전화를 걸었다.

그녀는 어머니가 조금 전 임종했음을 알게 되었다.

그 이후에도 클로딘느는 여러 번 그 '입구'에서 막연하게나마 이 세상 끝 경계 지점에 와 있는 듯한 느낌을 받았다.

그녀는 말했다.

"사람은 어느 한 순간 살아 있다가도 이내 사라지게 됩니다. 돌이킬 수 없는 일이죠. 마지막 호흡을 내쉬었던 겁니다. 그렇지만 미세하게나마 무슨 일이 일어나고 있는지 알지요."

그녀는 그 현상을 굳이 설명하려고 하지 않았다. 그녀가 말했던 '입구'는 한 개인과 맺어진 관계로부터 얻은 미묘한 경험의 연장선상에 있는 단순한 실재였으며, 그 관계는 언어의 한계를 초월하는 한 존재에서 다른 존재로의 공명인 것이다.

죽음이 가까워짐에 따라 목소리의 변색 또는 실어증을 동반한 신체적 활동 능력의 상실, 그리고 일상적 지표나 의사 표시의 상실 속에서 개인적인 어떤 것은 손상되지 않은 채 그대로 남아 있다.

언어는 그 개인적인 것을 그 자체에 접근케 할 뿐이므로 근본적인 경험을 어떤 해석으로 축소시키지 않기 위해서 신중을 기해야 한다.

이상화시킬 필요는 전혀 없다. 근본적으로는 환자의 고통에 관계된 것이고, 간호사들에게는 실패감을 초래한다.

"우리가 이런 상황에 처해 있는 사실을 인정해야만 해요. 더 이상 환자를 이해하고 도와주려고 애쓰는 간호사가 아니예요. 우리는 까다로운 관계 속에 있는 겁니다. 모두 난처한 지경에 놓여 있는 것이죠!"

"우리의 무능력을 인정해야만 해요. 이곳에 있다는 사실을 받아들이고, 그 상황에 적합한 대처 방안이 우리에게 없다는 사실과 무엇보다도 희망이 없는 상황에 관여할 수 없다는 사실을 인정해야 합니다. 그것은 낙타가 바늘구멍을 빠져나가는 것과 같은 셈입니다."

그녀는 교대 근무 회의 시간에 있었던 일을 회상했다. 그녀가 돌보던 환자가 죽어가고 있었는데, 그 환자는 "오, 하나님, 나는 죽음에 다다를 수 없을 것 같습니다. 나는 이 상황을 통제하지 못하겠어요."라고 말했다고 한다.

호출음이 울리면 그녀는 자신의 심적 상태와 근심, 발생할 일에 대한 무지 등을 신체적 감각을 통해 느끼고 의식하면서 병실로 향한다.

"그것은 단순한 불안이 아닙니다. 무엇인가를 상대로 해서 싸우면서도 그 싸움을 인정하고 싶지 않을 때 느끼는 극도의 불안이죠. 하지만 내가 그 모든 것을 인정하는 순간부터, 아마 창조 행위와도 같다고나 할까요? 이를테면 백지 한 장과 같은 것으로써, 다만 그 백지를 지우는데 필요한 지우개를 갖고 있지 않고, 그리고 새로 시작할 또다른 백지를 갖고 있지 않는 거와 같죠. 병실에 들어서는 그 순간부터 나는 제한적 조건에 구속된 한 인간에 불과하며, 현재의 삶을 충실하게 살아가는 여느 사람들과 다를 바 없는 것이죠.”

비로소 상황은 자연스럽게 전개되고, 그러한 가운데 불가피한 일들은 모습을 드러낸다. 클로딘느가 느낀 불안은 이를테면 행위 속에 녹아 저절로 소멸되는 것이다.

그리고 사람들은 서서히 ‘입구’ 근처에서 저마다 평온의 상태에 잦아들게 되는 것이다. 그들은 떠나간 사람과 큰 바위 바로 옆, 길가에 남아 있게 될 사람들 말이다.

클로딘느가 말했다.

“나에게 속해 있지 않는 경험 저편의 세계가 있는 듯 합니다. 크리스티앙 보벵이 말했듯이 ‘사랑한다는 것은 어떤 한계에 도달할 때까지 그곳에 있는 것이고, 그 다음에 한 발짝도 움직이지 않고 제자리에 머무는 것이다.’ 라고나 할까요.”

망령들

가끔 그녀는 무언가에 휩싸인 듯한 느낌이 들곤 했다. 그 같은 느낌을 경험해 보지 않은 사람에게 묘사하기란 어려운 것이다. 그것은 갑자기 큰 소리로 울려 퍼지는 음악과도 같이 너무도 명확해서 그녀는 복도 한가운데 멈추어 서서 귀를 기울이곤 했다. 바로 9호실에서 나는 소리였다.

이틀 전, 그 사람을 목욕시키고 있을 때, 그가 듣고 있던 바로 그 음악이었다. 그녀는 출근하면서 그 환자가 떠나갈 때 곁에 없었던 것을 후회했다(어쩌면 그 환자를 조금 원망했는지도 모른다. 당신은 나를 기다려 줄 수도 있지 않았나요? 그렇게 해 달라고 당신에게 말하지 않았나요? 그들은 서로 많은 얘기를 나누었고, 공감을 느끼기도 했다.).

그녀는 그곳에 꼼짝할 수 없이 붙박혀 있었다. 다른 사람들은 모두 병실에 들어가 있었기 때문에 복도에는 아무도 없었다. 거기에는 그 음악만 있었으며, 그녀 혼자 듣고 있었다. 음악은 그 환자가 매우 좋아했던 재즈로, 가수의 목소리는 위스키와 담배로 인해 쉰 듯한, 그리고 나이든 사람의 목소리였다.

음악은 그 방의 문 반대편에 있는, 그가 항상 휴대하고 다녔던 카세트에서 흘러나왔다. 그 음악을 들을 때 그는 매우 흡족해 하는 듯했고, 마치 여행을 하는 사람처럼 자유로워 보였다. 그녀는 그 순간 그의 시선 속에 담겨 있던 것을 도무지 말로 설명할 수 없었다.

그녀는 문을 열고 들어갔다. 아마르와 엘렌느는 아직 다녀가지 않은 듯 했다. 야간 근무자들이 깨끗하게 단장시킨 그는 인디언풍의 스카프를 맨 채 편하게 누워 있었다. 습관이 된 일이라 할지라도 환자의 얼굴을 마지막으로 보는 그 순간은 매우 고통스러운 일이었다.

그의 안색은 이미 많이 변해 있었고, 목소리와 웃음소리는 작은 속삭임으로 사그라 들었으며, 그가 늘어놓던 음담패설들은 중도에서 멈추어 버렸다. 그는 평온해 보였고, 살아있을 때 그토록 가고 싶어했던 어느 한 곳, 아주 먼 나라의 종려나무 아래로 떠나간 듯이 보였다.

갑자기 음악이 멈추어 버렸다. 그녀는 그의 얼굴을 보았다. 납빛이 아니었다. 미세한 움직임조차 전혀 없는 그의 머리칼은 흰새의 깃털로 변했고, 두 눈은 감겨 있었다.

아니, 그렇지 않았다. 그의 얼굴은 살아 있었다. 냉소적으로 웃으며 공간과 시간을 종횡무진 헤집고 다니는 서부 총잡이와 같았던 그 '집' 에 처음 도착했을 때의 얼굴이었다.

아무 말 없었지만 웃고 있었다. 불량기나 반항기 어린 매력적인 웃음이었고, 모든 것으로부터 벗어난 자유로운 웃음이었다.

그녀는 설명할 수 없었다. '상상하는 것' 과 실제 '보는 것' 에는 미묘한 차이가 있었다. 그녀가 그를 본 것은 관념 속에서가 아니라 벽 위 조금 왼쪽에 알록달록한 여러 색으로 '사랑해요'라고 조카가 쓴 듯한 글씨 바로 옆에서였다.

마치 하나님이 그녀만을 위해서 영사기를 돌리는 것 같았다. 음성 테이프와 엇갈려 있기는 하지만 그래도 재미있는 옛날 무성 영화 같 았다.

그녀는 눈을 감았다. 그는 여전히 그곳에 있었다.

간호사들은 그런 일에 대해 자주 얘기하지 않았고 쉽게 이야기를 꺼내지도 않았지만, 여행 같은 경험을 하고 돌아왔을 때는 시선을 통 해서 짐작할 수 있었다. 옛 추억(꿈과 달리 기억 속에 오래 남아 있고, 하나하나의 일들은 시간과 더불어 더욱 또렷하게 남아 있다.)은 머뭇거 림이나 어색한 미소로 알 수 있을 뿐이었다.

일종의 소심함이나 조롱받을 것 같은 걷잡을 수 없이 확산되는 막 연한 두려움이 있었음은 물론이다. 다른 사람들도 환상과 비슷한 것 을 경험했다는 사실과 어떤 이들의 망령은 다른 이들의 망령처럼 환 영과 유사한 상태로 존재한다는 사실을 깨달았던 것이다.

현실적으로 공유하기에 너무 애절한 이유는 그런 환영들이 어느 정도의 친밀한 관계를 형성하기 때문일 것이다. 다시 말하면, '바로 당신이 나에게 말하고 있군요. 나의 아버지, 낯설었지만 나의 친구 가 된 당신, 당신은 내가 함께 농담하기를 좋아했던 그 부인이군 요.'라는 식이다. 이런 것들은 몇몇만 알 수 있고, 또 그렇게 되어야 만 했다.

아마도 이 세계와 멀리 떨어지지 않은 곳에 찡그린 모습의 망령들

과 함께 미소짓는 망령들이 존재하기 때문일 것이며, 그리고 실제의
삶에서처럼 우리를 현혹시키고 우리의 감정을 달래 주는 것이 갖고
있는 그 놀라운 연약함은 우리 깊숙한 곳에 잠재해 있는 공포 속으로
우리를 빠트리는 난폭함과 별 차이가 없기 때문일지도 모른다.

크리스토프가 말했다.
"서광이 비추기 시작할 때부터 새벽이 끝날 때까지 나는 영혼들이
자유롭게 드나들게 놔둡니다. 외떨어져 있는, 놀라우리만치 단단한
경계선이 기억납니다. 나는 밤이면 귀신이나 장난꾸러기 요정들과
함께 종종 그곳에 가보곤 했습니다."

안쟈의 편지

　녀의 이미지(전형적인 네덜란드 사람의 이미지)는 루벤스 가
의 여인처럼 황금색 머리카락을 지닌 행복하고 쾌활한 모습
이었다. 아메리가 감독한 영화 속에서 쟈크 뒤트롱이 맡은 인물은 꿈
속에서 어린 시절로 되돌아간다. 그는 많이 노출되어 있는 누군가의
가슴에 바싹 붙어 안겨 있었다. 언제나 정숙한 안쟈는 그 장면을 생
각만 해도 얼굴이 붉어졌다.

　우리가 처음 만났던 때는 밤이었다. 휴식을 취하고 있을 때 그녀는
클로드라는 한 남자 환자에 대한 자신의 혼란스런 마음에 관해 이야
기했다.

　클로드는 이곳에 올 때 한 권의 일기장을 갖고 왔는데, 그 속에서
자신을 클로디아라 불렀다. 그는 호르몬 요법을 받고 있었고, 화장을
하곤 했다. 하지만 발병으로 인해 그를 여자로 만들어 줄 수도 있었
던 성전환 수술을 받을 수 없었다. 그는 긴 머리를 하고 있었지만 가

슴은 나오지 않았다. 그의 부모는 그를 클로드(간호사들도 그를 그렇게 불렀다.)라고 불렀고, 그의 친구들은 클로디아라고 불렀다.

안쟈가 말했다.

"여자로서의 클로드는 이전에 하고 싶었던 모든 것을 해 보고 싶어했어요. 그리고 자신이 남자였을 때 잃어버렸던 모든 것을 만회하길 바랐죠."

종종 우리는 어떤 태도를 확립하는데 필요한 시간을 충분히 갖지 못한 채 자신만만해 한다. 그녀는 사물의 장막이나 인간들이란 장막 반대쪽으로 자진해서 큰 어려움 없이 건너가는 듯이 보이는 그런 유의 사람들에 속했다. 그녀는 단순한 일이나 뜻밖의 일들만 거론했다.

이 책의 저술이 거의 끝나갈 무렵, 나는 그녀의 존재를 드러내는 일면들이 충분치 않다는 것을 깨달았다. 하지만 또 한번 취재하기에는 시간이 충분치 않았다.

나는 그녀에게 편지로 답장해 줄 것을 요청했다.

안녕하세요. 앙뜨완

내가 다섯 살 때 목격한 할머니의 갑작스런 죽음과 모친을 잃은 나의 어머니의 슬픔이 나를 감성적으로 만들었을까요?

어쨌든, 그때부터 죽음이 내 삶에 실존하기 시작했습니다. 내가 여섯 살 때, 또래였던 놀이 친구를 눈앞에서 잃었습니다.

"괜찮아. 그 아이는 죽은 게 아니란다."라고 사람들이 나에게 말했습니다. 나는 사람들이 왜 그런 식으로 나를 속이려 했는지 자문해 보았습니다.

어느 날, 아버지와 함께 자동차를 타고 어디론가 가고 있었습니다. 나는 우리 차보다 5미터 앞서서 길을 건너고 있던 소녀가 맞은 편에서 오는 차에 치는 것을 목격했습니다. 27년 전 겪은 그 일은 늘 나를 따라다니며 괴롭혔습니다.

외동딸을 잃은 부모의 절망은 죽음보다 더 깊었습니다. 이 글을 쓰고 있는 지금도 소름이 돋을 정도로 여전히 무섭습니다.

그 소녀는 나와 동갑인 11살이었어요. 어느덧 나는 거의 11살이 다 된 한 아이의 엄마가 되었지요.

이상한 일은 근무 첫 해에 그 '집' 이외의 다른 장소에서 사람들이 죽을 수도 있다는 사실을 까맣게 잊고 있었다는 거예요.

내 친구 로랑이 1996년 3월 13일 33세가 되는 생일날 아침 사망했을 때, 나는 큰 충격을 받았지요. 그렇게 되리라고 생각지 못했거든요. 나는 이제 늘 죽음을 염두에 두고 있답니다.

당신은 내게 기억하는 환자가 몇 있느냐고 물었지요.

자주 생각나는 환자로는, 30살 정도 되어 보이는 한 헌병이었는데 간호사들에겐 '거물'로 통했지요.

마르세유 병원으로부터 이송된 그는 에이즈 환자였어요. 그는 거동이 불편했을 뿐만 아니라 시각 장애, 언어 장애를 갖고 있는 상태였죠. 그래서 항상 침대에 누운 채 생활했습니다.

그를 안락의자에 앉혀 주고, 음식을 먹여 주는 등 우리는 그가 일상의 모든 행위를 하도록 도와주었습니다.

그러던 어느 날 예상치 못한 일이 벌어지고 말았습니다. 이를테면 호감을 느꼈던 것이죠.

그가 내 손과 손톱을 만지며 아내처럼 손톱이 길다고 말했습니다. 나는 부인이 아니라 간호사 안자라고 말해 주었습니다. 이후 그의 손톱을 짧게 깎아 주는 등 매우 특별한 우리의 관계는 지속되었습니다.

연초에 눈이 내리자 그에게 눈을 만져 보도록 해 주었습니다. 그는 차가운 느낌에 대한 반응으로 움찔 뒤로 물러섰는데, 감각이 있다는 것이 놀라웠습니다. 그는 내 몸을 더듬어 보았고, 비로소 아내가 아니라는 사실을 직감하였습니다.

그의 임종을 하루 앞둔 날, 나는 이별의 슬픔으로 목이 메였습니다.

크리스티앙과 베로니크라는 한 젊은 부부가 있었지요. 남편이 사망하던 날, 베로니크는 바람을 쐬고자 나에게 크리스티앙 옆에 남아 있어 달라고 부탁했습니다. 나는 그녀의 요청을 특권이나 선물 또는 신뢰의 표시로 받아들였습니다.

라방드 꽃은 6월에 꽃을 피웠고, 나는 해마다 6월이 오면 라방드 꽃을 다시 보았습니다. 그리고 크리스티앙도. 나는 활짝 웃으며 라방드 꽃을 딸 수 있었습니다.

많은 환자들이 기억납니다. 그 중 어떤 환자들을 생각하면, 아직도 마음이 너무 아파요. 환자들에 관해 얘기를 나누고 글을 쓸 수 있게 되기까지 우선 내 머릿속이나 추억 속에서 정리를 해야만 했습니다.

어떤 사람의 임종을 지키고 있을 때면, 나는 종종 그 사람이 살아 있는 지인들과 이미 떠나간 부모 혹은 친구들 사이에서 방황하고 있다는 생각이 들곤 했습니다. 그는 외줄에 몸을 의지한 채 좌우로 몇 시간, 몇 날 그러다가 며칠을 흔들거리고 있는 거와 같은 거죠. 그러다가 경련을 일으키거나 혹은 평온하게 떠나갑니다. 그 사람은 안정이나 타협을 찾았을까요? 나는 자신있게 대답하지 못하겠어요. 나는 내가 말 없고 무능한 관람인, 입회자라는 것을 알고 있답니다.

사랑하는 사람들이 떠나가도록 내버려 두는 일이 내겐 힘들지만, 죽음이 두렵진 않습니다. 죽음은 평온하고 고요한 느낌마저 들기도 합니다.

그렇지만 지난 몇 년 동안은 집착하거나 애정의 관계를 맺는 것이 두려웠고 누군가를 잃는다는 것, 다른 사람이 죽는다는 것이 공포스러웠습니다. 잘 알고 있는 고통이었기에 사전에 나는 마음을 굳게 먹고 준비를 한답니다. 즉 상처받기 전에 한 발짝 뒤로 물러서는 것이죠.

내가 당신에게 편지를 쓰는 것도 바로 그 이유 때문이기도 해요. 임종 간호가 나를 변하게 만들었다는 것을 말하기 위해서입니다. 그리고 사람들은 결코 죽음에 익숙해지지 않는다는 것을 알리고 싶었습니다. 사람들은 자신들의 역량대로 살아가기 마련입니다.

나는 종종 땅에 깊이 뿌리를 내리고 하늘의 별을 향해 솟아 있는 나무들은 운이 좋다고 생각합니다.

내일, 나는 먼 나라로 여행을 떠나고 싶어요. 특히 산 자와 죽은 자들이 동거하고 있는 갠즈를 보러 가고 싶어요.

마지막으로 모든 사람들이 내 인생에 얼마나 많은 것을 가져다 주었는지 말하고 싶군요. 나에게 있어서 이런 마음의 표현은 '존경'의 의미로 남아 있답니다.

안쟈로부터

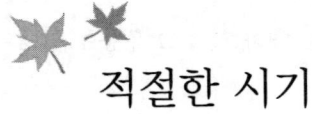

적절한 시기

천하의 일에는 기한이 있고, 모든 목적은 이룰 때가 있나니…
…. 이는 구약 성서의 전도서에 나오는 시구로, 삶에서 '때'
가 얼마나 중요한가를 대변해 준다. 즉, 기다리던 때가 왔을 경우에
는 그 때를 놓치지 말 것이며, 때를 놓치는 것은 세월을 놓치는 것이
므로 다시 잡으려 한들 소용이 없다는 말이다.

어떻게 한 가지 감정에만 치우칠 수 있겠는가? 비탄? 비탄은 현재
체험하고 있고, 그 감정의 부드럽고 씁쓸한 맛은 입천장에 바짝 붙어
서 목구멍을 타고 내려간다.

그러나 기쁨은 어떠한가? 그 감정은 눈으로 보기에 가볍고, 심장을
두근두근 뛰게 만든다. 그 기쁨이 사라져 버리면 연주가 끝난 텅빈
무대 위처럼 허망하다.

비탄의 감정이 우위를 차지할 것인가? 물론 그렇지 않다. 왜냐하면
기쁨이 지나가더라도 우리는 결코 잊을 수 없고, 머지않아 예기찮게

되돌아오기 때문이다.

그렇다면 기쁨의 감정이 승리를 한 것인가? 물론 그렇지 않다. 왜냐하면 슬픔이란 주머니 속에는 여러 가지가 있기 때문이다. 인생은 비탄인 동시에 기쁨인 것이다.

시간의 역사 …….

"이곳 사람들은 모두 훌륭해요."

브리지트가 말했다.

"이곳은 끔찍한 곳이예요. 이곳은 살아 있는 게 아니예요."

펠리세트가 반발했다.

자원 봉사자인 그녀는 자신의 언니가 이곳에서 사망했고, 그로 인한 고통으로 번민했지만 이곳으로 되돌아왔다. 둘 중 하나를 거부하기 위해, 즉 비탄과 기쁨이라는 두 진실 중 굳이 하나를 선택할 필요는 없었다. 두 가지 모두를 받아들여야만 했다. 천하의 모든 일에는 기한이 있기 마련이므로…….

도미는 다람쥐처럼 활기찬 얼굴을 하고 있다. 빈틈 없는 배려, 상대방을 압박하지 않는 눈길과 몸놀림.

쟝 루이가 말했다.

"그녀는 항상 놀라운 정확성을 갖고 있었어요. 상냥하지만 일부러 꾸민 건 아니었습니다. 그녀를 빛처럼 돋보이게 하는 내적 작용이 있다는 것이 느껴졌습니다. 가끔 이성을 잃을 때가 있지만 항상 신중했습니다!"

그 '집' 에서 근무하기 시작했을 때, 도미는 자유 직업인으로서 가정 간호를 했던 작은 마을에 거처했다. 그때가 5년 전이었다. 그곳의 노약자 대부분은 아직도 생존해 있다. 하지만 약 5년 사이 그녀가 그 '집'에서 근무를 시작한 이래 500여 명이 떠나가는 것을 보았다. 이는 그 마을 전체 인구와 맞먹는다.

물론 그 '집'에서 500여 명의 사망자가 있었다는 것은 아니다. 간호사들 누구나 적어도 한 번씩은 500여 명의 환자를 상대해야만 했다는 것이다. 그들은 매일 죽음을 염두에 두고 생활할 정도로 일상적인 것이었다.

도미가 말했다.

"이곳에서의 시간이 얼마 남지 않았지만, 도무지 계산할 수 없답니다."

'지독하게 빨리 떠나간다. 혹은 지독히 천천히 떠나간다.'라는 말을 어떻게 더 단순하고, 그리고 더 우아하게 표현할 수 있을까? 끝까지 철저하게 조금도 인색하지 않고 웃음으로써 연속되는 간호 행위와 임종을 겪어 내는 길 이외에는 다른 방법이 없다.

가장 바보 같은 농담을 듣고도 웃는 것이고, 애정을 결코 거절하지 않는 것이며, 유감의 감정이 오래 가도록 내버려 두지 않고, 맛있는 음식을 먹고, 멋진 경치와 음악에 심취하고, 삶이 우리에게 주는 고통스러움과 아름다움을 매순간 겪는 것이다('현재의 순간을 살아라'라는 말이 있다. 어제 무슨 일이 있었고, 내일 무슨 일이 일어나는지에 상관없이 지금 이 순간이야말로 우리가 존재하는 시간인 것이다. 지금의 삶을 살아라. 왜냐하면 당신 주위에 있는 모든 것과 당신이 돕는 사람들, 그리고 당신이 사랑하는 이들과 당신 자신 등 그 모든 것이 언젠가는 종지부를 찍고 해체되어 사라지기 때문이다.).

"조금만 더……."

한 환자의 딸인 플로랑스가 도미에게 했던 말이다.

도미는 그 환자를 예전부터 알았고, 가족도 그녀에게는 이웃과 같았다.

여덟 시였다. 그녀가 야간 근무를 끝내려는 시각이었다. 그 환자의 부인이 달려와 숨가쁜 어조로 말했다.

"그의 호흡이 변했어요."

별다른 징조가 없을 경우, 흔히 호흡을 통해 '때'가 왔음을 느낀다. 도미는 그의 부인에게 자녀들을 부르도록 했다. 때가 되었다. 그 환자는 자녀들이 지켜보는 가운데 두 시간 후에 임종했다.

플로랑스가 병실에 들어가 아버지의 임종을 지켜볼 시간은 극히(아주 조금, 너무 조금) 짧았다. 그녀는 침대 옆에 앉아 천천히 아버지를 껴안았다.

이것이 도미가 기억하는 것 전부였다.

"나는 수요일에 근무할 때, 다가올 토요일에 대한 언급은 절대 하지 않아요."

안쟈가 말했다.

매주 한 번 오후에 방문하는 미용사 블랑슈는 "나는 처음에 손부터 일을 시작하죠. 어떤 환자들의 경우 얼굴의 미용을 미처 끝내지 못한 적도 있었어요."라고 말했다.

해답이 없었다. 이해할 것이 전혀 없었다. 이 모든 것에서 의미를 찾는다는 것은 위험천만이거나 어쩌면 부조리한 시도인지도 모른다.

미레이유의 말처럼, 단순히 순간이나 실패, 그리고 중단 등을 포착할 뿐이다.

도미는 안무가 벵쌍을 생각했다. 그는 육중한 인공 호흡기에 의지한 채 그곳에 입원하러 왔고, 그런 그의 모습은 도미에게 부친의 죽음을 연상시켰다.

그녀는 중환자실에서 호스를 통해서 간신히 생명이 유지되고 있는 아버지를 유리창 너머로 먼발치에서만 면회할 수 있었다.

그녀는 계속 시간에 관해 얘기했다.

'닥치는 대로 삼켜 버리고 양분을 주기도' 하는 시간(쟝 루이), '납처럼 무거운' 시간(미레이유), 인생과 함께 흘러가 버리는 시간, 때가 되어 찾아오는 시간 등. 이곳에 도착하는 것은 어쩌면 이곳을 떠나는 것을 의미하는 것이기도 한다.

뤼테스의 원형 경기장

이 책 저술에 몰두하면서, 알 수 없는 강렬함에 이끌려 내가 경험했던 이별에 관한 이야기를 하기로 한다.

몇몇 죽음이 생각났다.

에이즈로 사망한 질베르가 떠올랐다. 그는 자신의 질병이나 자신이 동성연애자라는 사실에 관해 한마디도 언급한 적이 없었다. 쟝과 프랑스와도 생각났고, 쟈크, 샤를르, 폴린느도 생각났다. 그리고 내 할머니……. 내가 누울 네모진 묘역은 생각했던 것보다 훨씬 더 크다는 것도 알게 되었다.

그렇지만 그 무엇보다도, 뤼테스에 있는 원형 경기장에서 놀고 있던 아이들의 얼굴이 잊혀지지 않는다. 그때 아내와 나는 우리의 이혼 사실을 아이들에게 알렸다.

우리는 파리의 식물원 내에 있는 동물원을 산책하고 있었다. 동물들을 구경하러 가는 것은 아들에게는 언제나 축제와 같았다. 아내와 나는 말은 하지 않았지만, 아이가 우리와 함께, 혹은 두 할머니 중 한 분과 함께 방문하는 것을 매우 좋아했던 그 장소에서 이혼 사실을 언급할 경우 다시는 그곳에 올 수 없게 할 것이라는 것을 알고 있었다.

지쳐서 다리에 힘이 빠진 우리는 천천히 식물원을 나와서 원형 경기장 쪽으로 올라갔다. 나는 지금까지 그곳에 들어가 본 적이 한번도 없었다. 내 아버지가 한 때 일 쌩 루이의 저택에 살았을 때, 가끔 이곳에서 공굴리기 놀이를 했다는 기억만 갖고 있다.

아직 어린 엘렌느와 자신의 세계에 빠져 있는 알렉상드르는 우리 주위를 뛰어다녔다. 우리는 높은 곳으로 올라가 벤치 위에 앉았다. 모래로 덮여 있는 광장이 한 눈에 들어왔다. 반세기 전 그 광장에서는 페탕크 공굴리기 선수들이 경기를 했다.

우리는 아이들을 붙잡고 그 이야기를 두서 없이 꺼냈다. 우리가 힘들게 준비했던 말이었고, 간혹 알아들을 수 있게 설명도 해 주었다. 반대로 어떤 설명도 할 수 없어 말문이 막히기도 했다.

결국 그 이야기는 아이들의 마음을 갈기갈기 찢어 놓았다. 아이들은 아무 말도 하지 않았다. 울지도 않았고 고함을 지르지도 않았다. 아이들은 단지 그들이 살 집에 장난감이 있는지를 물었을 뿐이었다. 아내와 나는 장난감을 갖추어 놓을 것이라고 대답했다.

나는 그 원형 경기장에 다시는 오지 않으리라 생각했다. 그런데 그 '집'으로 들어가면서 그곳에서 우리 가족이 앉았던 그 벤치와 똑같은 벤치를 발견했다.

실 의

성탄절 방학이 다가올 무렵 나는 초현실주의자인 할아버지, 앙드레 티리옹의 부음을 들었다. 어머니의 목소리는 슬픔에 젖어 긴장되어 있었다.

어머니는 할아버지 옆에서 간병하며 많은 시간을 보냈다. 2년 전부터 할아버지는 삶의 욕망을 체념한 채, 생존의 본능으로 하루하루 살아 오셨다. 이제 그 모든 것이 끝난 것이다.

나는 어떻게 된 건지 자초지종을 물었다.

어머니가 말했다.

"전날, 너의 할아버지는 친구 크리스틴과 동생 루이 클로드와 함께 샴페인 한 잔을 마셨지. 그리고 그날 저녁 약간 호흡장애를 일으켜서 병원에 실려 갔는데……."

다음 날, 할아버지는 호흡이 멈추었고 운명하셨던 것이다.

나는 어머니의 슬픔을 생각했고, 어머니가 사랑하기에는 매우 까다로웠던 아버지, 즉 나의 할아버지께 애도를 표했다.

할아버지는 어머니에게 많은 의무를 부과했다. 그러면서도 어머니가 인내하고, 지칠 줄 모르고 노심초사해 하며 간병해 준 것에 대해 감사의 말을 하지 않았고, 가끔 순간적으로 예기찮은 미소나 퉁명스런 말로 대신할 뿐이었다.

나는 할아버지의 친구분인 크리스틴을 생각해 보았다. 그 분은 여러 해 동안 한결같이 곁에 있어 주었고, 할아버지를 '앙드레'라고 부드럽게 불렀다. 마치 앙드레라는 이름에 날카로운 악센트가 아닌 장중한 악센트가 있었던 것 같았다.

나는 시몬 볼리바 거리에 있는 할아버지 아파트에서 어머니와 동생과 함께 분류했던 서류들을 떠올렸다. 낡은 감사의 편지들, 60년대 수표의 원장 부분들, 거부당한 신용 대출 요구서들, 되풀이해서 썼던 원고들, 겉표지가 떨어져 나간 마르크스 전집, 어린 시절에 관한 수기 등이 먼지가 잔뜩 낀 채 슬픔과 함께 남아 있었다. 할아버지의 어린 시절 호기심은 침묵과 낙담 속에서, 그리고 쓰레기 봉투 속에서 막을 내렸다.

나는 할아버지에 대한 분노로 지난 여러 달 동안 한번도 문안하지 않았던 일을 생각해 보았다. 안락의자에 앉아 있던 쇠약해진 육체에 관한 회상이었다.

내가 들어갔을 때 할아버지는 잠들어 있었다. 나는 그의 곁에 앉아서 넓적다리 위에 손을 얹었다. 나는 초조해 하지 않고 할아버지가 눈을 뜨기를 기다렸다.

잠시 후 나는 할아버지가 타고 있는 휠체어를 밀고 작은 정원으로 나갔다. 건물들에 파묻혀 있는 그 정원에는 쌀쌀한 오후 햇살이 비치고 있었다. 나는 할아버지에게 페루에 대한 에스파냐의 잔학성에 관한 얘기를 꺼냈다. 나의 분노는 내 깊은 곳에서 요동치고 있었다.

"할아버지는 제 어머니가 할아버지를 위해서 한 일을 알고 계시나요? 할아버지는 제 어머니에게 적어도 한 번만이라도 고맙다는 말씀을 해 주실 수는 없나요?"

웃고 있던 할아버지의 눈은 어찌할 바를 몰라했다(동시에 나는 나의 말이 잔인하고 소용없었다는 것을 깨달았지만 이미 때는 늦었다).

할아버지는 나직이 중얼거렸다.

"물론 그렇지, 나는 그 사실을 잘 알고 있단다."

나는 휠체어를 밀었다. 휠체어의 한쪽 바퀴는 납짝해져 있었다. 나는 그 바퀴에 바람을 넣어야만 한다고 생각했다(나는 바퀴에 바람을 넣지 않을 것이며, 할아버지가 모르는 그런 세부 사항은 무시해 버릴 것이라는 사실을 알고 있었다.).

여러 주 동안 머리를 떨구고 계시던 할아버지의 모습이 생각났다. 극도로 쇠약해져 있는 할아버지가 나의 마음을 아프게 했다.

나는 약 4, 5년 전 부모님 댁에서 할아버지의 쇠약함을 처음 접하였다. 보르도산 포도주를 마신 후 할아버지는 소파 위로 쓰러졌고, 머리는 뒤로 젖혀졌으며 육체는 완전히 흐트러졌다.

나는 집으로 돌아오는 길에 할아버지의 친구 본인 크리스틴에게 할아버지의 손을 부축해 달라고 부탁했다. 할아버지는 늙고 혼자였기 때문이었다.

"나는 이제 아무것에도 관심이 없단다."라고 할아버지가 나에게 말한 적이 있었다. 나는 할아버지가 당신의 임종을 달리 표현한 것은 아닌지 생각해 보았다.

우리는 할아버지를 바카라에 안장했다. 군 진지를 연상케 하는 지하 묘소 안에는 많지 않은 나의 가족과 두 명의 옛 전우, 수녀 한 분, 독수리 코와 맑고 푸른 눈동자를 가진 연세든 묘지기 한 분이 애도객의 전부였다.

할아버지는 당신의 어머니와 누님이 잠들어 계신 쌩 로디 공동묘지의 지하 가족묘에 안치되지 못했다. 할아버지에게 있어서 그 두 사람의 죽음은 표현도 못하고 눈물도 흘릴 수 없는, 게다가 고함도 지르지 못할 정도의 찢어지는 아픔이었을 것이다.

"부인, 부친은 약간 경사지게 안장되었습니다."

장의사 직원 중 한 명이 말했다. 그는 루이 드 휘네스가 만든 영화 속의 한 헌병을 닮았다. 우리는 손에 장미 한 송이씩을 들고 있었다. 어머니는 우리 모두에게 애써 웃음을 지어 보였다.

"내 아버지는 평소 조금 몸이 비뚤어져 있었습니다. 지금 안장 된 곳이 아버지에게 불편할 거라고 생각지는 않아요. 그렇지만 아버지의 유해를 좀 편평하게 안장해 주실 수 있으시다면 ……."

장의사 직원들이 협소한 묘역에 큰 관을 안장하려 애쓰는 가운데 우리는 몇몇 사람들의 투덜거림과 끙끙거리며 힘들어하는 소리, 서로 지시하는 소리를 들었다.

우리는 들고 있던 장미꽃을 던졌다.

우리는 바카라 위쪽에 있는 작은 구릉 위로 올라가서 라옹 레탑 방향으로 굽이굽이 점점 좁아지고 있는 뫼르트 계곡을 바라보았다. 멀리 보이는 숲은 거의 검푸른 색이었다. 할아버지는 청소년 시절 그 숲속을 친구 죠르즈 사들과 함께 약 100킬로미터쯤 걷기도 했다.

돌아오는 기차 안에서 30년 전부터 내가 잘 알고 있는 할아버지의 인생 행적과 할아버지가 청소년들에게 써 주었던 헌사를 회상했다. 내가 반복해서 읽었던 '혁명 없는 혁명가들'이란 책에 그 헌사가 쓰여 있었다. 그 책은 상처받았지만 여전히 버리지 못한 꿈에 관한 책이고, 삶에 열광하지만 역사(배반과 폭력과 전쟁의 역사) 속에서 씁쓸하게 그 잔인한 교훈을 배우는 단편들에 관한 책이다.

〈한 세대 혹은 두 세대 지나더라도 사람들이 다나이데스의 밑 없는 통을 가득 채울 수 있다고 생각하는 것은 사리에 맞는다. 나의 사랑하는 앙뜨완, 나는 네가 그 세대에 속하길 바라고, 특히 이 책의 독서가 밑 없는 통을 가득 채우는 형벌을 받았던 다나이데스를 간과하지 않도록 너를 이끌어 주길 희망한다.〉

할아버지는 그 '집'에서 숨을 거두지 않고 르발르와에 있는 병원의 차가운 병실에서, 확실하진 않지만 새벽 1시쯤 사망했다. 할아버지를 마지막으로 보았던 얼굴은 적대적이지도 않고 상냥하지도 않은 얼굴이었다.

여인들이 매우 좋아했던, 그리고 상처를 주었던 할아버지, 낸시 커날드, 그리고 지루해 하는 백작 부인들과 함께 자신의 유쾌한 분노와 냉소적인 웃음으로 각성시키기를 꿈꾸었던 할아버지는 흰 가운을 입고 있는 모습으로 떠나갔다.

그 모습이 그의 머릿속에 깊이 아로새겨졌던가? 나는 그렇지 않기를 바랐고, 만일 할아버지가 생전에 엉덩이에 손을 갖다댔던 그 마리아와 같은 여인의 위로를 받지 못했다면, 명주와 금으로 된 목걸이와 터키 옥빛과 에메랄드빛의 살랑거림이 이미 감겨진 그의 눈 위로 더운 여름 미풍처럼 스쳐 지나 갔기를 바랐다.

할아버지는 그 '집'에서 돌아가시지 않았지만, 나는 그 헌사가 그 '집'의 자유기고록에 기록되기를 원한다.

우리가 할아버지의 임종에서 의미를 찾으려는 것은 우스운 일이 아니다. 그것은 마치 편협된 양심이 결국 너그럽게 되는 것과 같은 것이다.

우리는 무엇 때문에 이전에는 그 양심을 보지 못했던가? 그 양심은 한 무더기의 비천함과 약간의 편협함으로 가득차 있었다. 그리고 간간이 진정한 용기 또한 포함하고 있었다.

결론적으로 말하면, 넓게는 우리의 시각과 인생을 마비시키는 것들로 가득차 있었던 것이다.

할아버지 사랑합니다. 알고 계시죠?

제 2 부

운 명

망령들을 위한 기도

나는 세상 끝집에서는 과거가 존재하지 않는다는 느낌을 자주 받았다. 환자들에 관한 이야기를 들춰내는 것은 어려운 일이었다. 그 이유는 살고 있는 현재가 너무 강렬하기 때문에 과거 추억들은 지워지고 마는 것과 같다. 세월에 바랜 아이의 그림처럼 몇몇 편린들만 남아 있을 뿐이다. 얼마 남지 않은 흔적과 빛바랜 색들은 새로 덮어 씌워진 백지 밑에서 지속될 것이다. 인생은 반복적으로 그림을 다시 그리는 것과 같다.

일면 존경스럽기는 하지만, 나는 그런 침묵이나 초점을 흐리는 시선 또는 다소 만족스럽지 못한 나의 질문에 "들려주기에는 너무 많은 이야기들이 있지요."라고 대답하는 점이 불만이었다.

나는 누군가 건넨 노트 속에서, 미레이유가 써 놓은 글 속에서, 사진첩이나 유족들의 증언을 모아 놓은 자유 기고록 등을 통해서 과거의 얼굴들과 순간들이 환기되는 것을 보았다.

그런 과거의 순간들이 다시 경험되어진다는 것은 바람직하지 않았다. 그것은 한 번으로 충분했다.

"인간은 같은 강물에 두 번씩 몸을 담그지 않는다."

어느 날 저녁, 우리는 쟝 마크, 쟝 루이, 실비안, 롤라, 쟈지아, 클로딘느와 함께 샹딸의 집에 모였다. 우리는 몇몇 사진첩들을 들추며 지난 일들을 떠올렸다.

앞으로 이어지는 이야기들은 보통 사람들보다 더 의미있고 두각을 나타내는 인물들의 이야기가 아니다. 그들은 그 '집'을 거쳐간 600여 명 중 불특정 소수들로서 그 '집'에서 살았고, 이런 저런 모습으로 그 '집'을 떠나간 이들이다.

그 이야기들을 다시 읽으면서, 나는 그 속에서 고인들의 기도 같은 것을 보았다.

HIV 바이러스 감염 환자인 제롬은 감수성이 극도로 예민했고, 까닭 없이 울음과 웃음을 반복했다. 그는 마치 어떤 방어책도 없는 감정의 바다에서 헤엄치는 듯 했으며, 일상을 채우고 있는 미세한 행복과 불행들이 언제나 그와 함께 했던 것 같았다.

제롬이 병원에 입원했을 때, 쟝 마크가 병문안을 했다. 그 당시 매우 낙담해 있던 제롬은 위생이라는 고정관념에 얽매여 있었다. 그에게 가까이 가려면 위생용 모자와 위생용 장갑을 꼭 착용해야만 했다.

그는 쟝 마크가 병문안 온 것을 보자 눈물을 흘렸다.

"이곳 사람들은 아무도 나와 포옹이나 인사를 하지 않으려 해요. 어느 누구도 나와 악수를 하려 들지 않아요."

샹 마크는 간호사를 만나러 가서 제롬이 무슨 병에 걸렸는지 물어보았다. 제롬은 에이즈 양성 반응자라고 말했다. 샹 마크는 위생용 모자와 장갑을 벗고 그의 침대에 걸터앉아 그를 포옹하며 인사했다.

모리스는 어떤 면에서 뽀빠이를 닮았다. 그는 시인 같은 인상이었고, 신체 여기저기에 문신이 있었다. 가슴에는 나체 여인의 모습이 문신되어 있었다. 그는 챙 달린 모자를 쓰고 있었다.

실비안이 말했다.

"그는 늙어보이지만 사실은 무척 젊은 사람이예요."

그는 임종하기 전날, 식탁에 앉아서 아무 말 없이 사람들을 바라보았다. 냉소적이지 않은 그의 시선은 아름다웠고, 세상에 현존하는 인간의 눈길로 강렬하면서 말이 없는 실체였다고 클로딘느가 말했다.

티에리는 좋은 사람을 만날 때마다 후회하는 바보짓을 했다. 다시 말해서, 그는 자기 마음에 드는 여자를 발견하면 곧바로 마음을 접어버린다.

티에리는 질병(Lemp와 HIV 바이러스 감염, 그리고 모든 자율 신경에까지 천천히 전이되는 운동 신경 세포의 진행성 변성) 때문에 거의 통제 불능의 분노를 나타내곤 했다. 그의 고함은 끊이지 않았고, 병고도 전혀 완화되지 않았다.

앙리와 그의 아내는 바르셀로나 근처에 별장을 갖고 있었다. 와병(Lemp) 중임에도 불구하고 놀랍게도 아름다움을 유지하고 있었다. 가령 산에서 심호흡하는 남자의 아름다운 모습이나 그곳에 자신의 육체를 조각 장식하는 남자의 아름다운 모습말이다.

앙리의 병세는 잠시 호전되다가 급작스럽게 악화되면서 곧바로 언어 장애와 모든 신체적 자율성을 잃게 되었다.

그의 아내는 의료진들을 만나서 독촉했다.

"여로 끝에 있는 새 한 마리가 저렇게 고통을 겪도록 여러분은 놔두진 않겠지요. 여러분이 남편이 떠나가도록 도와주지 않겠다면, 내가 남편을 도와주겠어요."

쟝 마크가 말했다.

"어찌됐던, 경찰을 부르진 않겠습니다."

안락사의 요구인 것은 분명했고 그녀는 생각을 바꿀 것 같지 않았다. 의료진의 거절 표명 또한 확고부동했다.

그러는 동안 앙리는 자신의 고통을 더 이상 말로써가 아닌 강렬한 시선으로 표현할 뿐이었다. 그 시선은 명료한 의식과 실어증이 그를 덮치기 전에 "내 말을 명심하세요. 나는 앞으로 두 번 다시 말할 수 없게 될 겁니다." 등 그가 했던 마지막 말들의 연장선에 있는 비난들로 가득차 있었다.

의료진은 자신들의 소신을 굽히지 않았다. 너무 극심한 앙리의 고통을 그의 아내가 손수 완화시켜 줄 수 있도록 향정신성 주사제를 건네 주었다.

그 부부에게는 율리스라는 아홉 살난 아들이 있었다.

율리스는 아버지의 병실 밖에 자주 나와 있었다. 그 아이는 병실 문에 그림들을 붙이거나 바람처럼 병실에 들어가 아버지를 포옹한 다음 곧바로 나왔다. 의료진은 율리스의 생일이 임박했음과 그 아이가 원하는 선물이 무엇인지 앙리에게 일러 주었다.

앙리의 아내는 향정신성 주사제를 많이 사용하지 않았다(이를테면 그를 떠나보낼 수 있을 만큼은 아니었고, 단지 그를 잠들게 할 정도였다.).

"당신은 강변 이쪽에 있고, 당신은 언제든 그를 강변 건너편으로 데리고 갈 수 있습니다. 그리고 당신은 되돌아 올테죠. 하지만 그런 고역은 서서히 진행됩니다."

쟝 마크는 앙리 아내의 심정을 비유적으로 말했다. 그 비유는 앙리 아내의 머릿속에 확고히 자리잡았다.

앙리가 떠나려 할 때, 그녀는 그의 옆에 누워서 그와 함께 호흡했다.

"그가 호흡을 멈추었을 때, 나는 그와 함께 강기슭 저쪽에 있었어요. 나 역시 그곳에 머물려는 듯한 느낌이 들었죠. 그러나 나는 호흡을 다시 시작했고 되돌아 왔습니다."

스테판은 로르와 결혼했다. 로르는 이미 결혼하여 낳은 아들이 있었고, 그 아이는 이제 다섯 살이 되었다. 그녀는 그 아이를 그 '집'에 데려오고 싶지 않았다. 왜냐하면 스테판이 육체적으로 매우 악화되어 있었고 시력을 상실했기 때문이었다.

하지만 아이는 끈질기게 졸라댔다.

"아빠를 만나보고 싶어요."

미레이유는 아이가 스테판이 입원해 있는 장소가 어떤지 상상해 볼 수 있도록 그녀에게 아들을 그 '집'으로 데려오기를 권했다.

어느 날 저녁, 로르가 아들과 그곳에 도착했을 때, 그 아이는 다섯 살이라는 나이에 비해 침착한 어조로 '아빠를 만나보고 싶어요.'라고 되뇌였다.

스테판의 체온은 40도가 넘었고 열이 심했다. 아이가 방에 들어설 때, 스테판이 문 쪽으로 머리를 돌렸으나 아이는 무서워하지 않고 다가갔다.

스테판의 고열을 떨어뜨리기 위해 찬 수건을 이마 위에 올려놓아야 했다. 아이는 간호사가 하는 것처럼 찬 수돗물에 적신 수건을 스테판의 이마에 얹어 놓았다.

그런 후, 그 아이는 아래층에 내려가서 그 '집'과 그 위에 커다란 태양이 있는 그림을 그렸다.

필립은 '권위 의식에 사로잡힌 공무원'이었고, 예의 바른 꼼꼼한 남자였다. 그렇지만 무질서가 그 안에 자리잡고 그를 지배했다. 때로는 터무니없는 무례한 말을 내뱉고는 곧바로 자신의 말을 정정하고 사과했다. 그는 가톨릭 신앙을 갖고 있었다.

그의 아내 사빈느의 인상은 오후에 다과회를 준비하는 사람처럼 평온했다.

필립이 떠나기 전날, 사빈느는 자녀들과 함께 병문안을 왔고, 막내딸은 아버지를 포옹하며 말했다.

"아빠, 지금 떠나셔도 돼요. 아빠는 잘 해 내실 거예요."

필립은 그날 밤 숨을 거두었다.

"참 기뻐요. 내 말 덕분에 아빠는 가쁜 숨쉬기를 그만두셨던 거예요."

막내딸이 말했다.

죠르즈의 어머니는 화장실에서 볼일을 보는 일이 여의치 않아 밖에서 소변 보는 모습이 종종 목격된다.

죠르즈가 많이 호전되었을 때, 그 사실을 알려 주려고 쟝 마크는 그의 어머니를 휴게실로 데리고 갔다. 어머니는 죠르즈를 냉담하게 쳐다보았다.

"관을 어떻게 처리해야 하죠?"

쟝 마크는 순간 그녀가 무슨 말을 하고 있는지 당혹스러웠다. 잠시 후 그 말뜻을 이해했다.

"우리는 관을 사서 준비해 놓았답니다. 우리가 가난하다고 해서 사람을 개처럼 장사지낼 수는 없죠."

죠르즈는 여전히 살아있다. 나는 그의 어머니가 그 '관'을 되팔 수 있기를 바란다.

제제트의 얼굴은 인기 스타처럼 예쁘다. 그녀의 병실은 설비를 잘 갖춘 저장고 같았다. 병실은 화초들로 가득했다. 선인장까지 놓여 있었다. 예쁘게 치장을 하고 자신의 전신을 비춰볼 수 있는 커다란 거울도 있었다.

쟝 피에르는 고장 수리 개요서를 몸에 지니고 다녔고, 책상에 작업대를 설치했다. 소형 드릴을 자신의 호출기 위에 놓았다.

그는 담배를 피웠는데 어머니가 말아 피는 담배를 사와서 말아 주곤 했다. 의료진들이 병실에 들어갈 때면 어머니는 재빨리 뜨개질 책을 집어들곤 했다.

어느 날, 그녀는 아주 창백해져서 병실 밖으로 나왔다. 쟝 마크는 그녀에게 괜찮은지 물어 보며 혈압을 재려고 했다.

"내 아들은 담배에 불을 붙이지 못했어요. 내가 그를 도와주려 했지만 이제 저마저 건강이 좋지 않아요"

어머니가 말했다.

어머니는 항상 아들이 떠나는 날, 자신도 그럴 거라고 말했다.

그녀의 아들이 사망하고 2~3개월 후, 그 어머니도 암으로 입원했다. 그 '집'의 의료진은 병원에 있는 그녀에게 꽃다발을 보냈지만, 이미 세상을 떠난 뒤였다.

그녀는 쿠스쿠스 음식을 매우 잘 만들었고, 쟈지아에게 그 요리법을 전수해 주었다.

그녀와 그 아들은 아름다운 눈을 가지고 있었다.

로맹은 언제나 계획을 세웠다. 그는 새 캠핑카를 사기 위한 카탈로그를 갖고 있었다.

그는 건강 악화에도 불구하고 늘 그의 집으로 돌아가고자 했다. 쟝마크는 마침내 그의 끈질긴 요청을 승낙했다.

그가 집으로 돌아간 날 밤 의료진이 안부를 묻기 위해 전화를 걸었는데 계속 통화 중이었다.

훗날 로맹이 실수로 자신의 방에 화재를 일으켰다는 사실을 알게 되었다. 아파트는 화재로 모두 타 버렸다. 화재가 나자 로맹은 어머니에게 도움을 구했고 어머니는 그를 집 밖으로 데리고 나오려 애썼으나 결국 그는 사망했고, 어머니는 3도 화상을 입었다.

집으로 돌아가기 전 그는 요리사들을 귀찮게 하면서까지 어머니를 위해 요리법을 적어 달라고 했다. 그의 어머니는 늘 "요리에 대해서 나는 잘 몰라요."라고 말했다.

룰루는 자신이 친히 맞아 주고 병실에 입실하도록 도와주었던 한 여환자를 회고했다. 전등 스위치가 고장나(그 당시 아직 집사 크리스토프는 채용되지 않았다.) 그가 직접 고쳤다. 조금 후 그 환자에게 링거를 꽂아야만 했고, 그것 역시 룰루가 맡아서 했다.

그날 저녁, 그 환자의 딸이 전화를 걸어왔다.

"어머니는 더 이상 그곳에 입원해 있지 않을 겁니다. 전기 기사가 링거를 꽂아 주는 곳에서 절대 치료받게 하고 싶지 않아요."

셀린느는 29일 동안 음식을 먹지 않고, 콜라와 커피만 마셨다. 그리고 저녁마다 대마초를 피웠다.

올리비에 역시 오랫동안 아무것도 먹지 못한 채로 있었다. 그는 진정하기 어려운 극심한 고통을 겪고 있었다. 1.8그램의 모르핀을 맞아도 고통이 심할 때는 고함을 질렀다.

보조 간호사들이 화장실에 있는 그를 매우 조심스럽게 부축해 주었는데도 그는 고함을 질렀다.

"엄마, 그들이 나를 고문하고 있다고 말해 주세요!"

처음에 그의 부모와 의료팀은 심하게 의견 충돌이 있었다.

"우리는 당신들이 고통 경감의 전문가들이라는 말을 들었기 때문에 이곳에 왔습니다. 우리 아들이 매우 고통스러워하고 있거든요!"

올리비에의 부모는 다큐멘터리 영화를 찍는 사람들이었다. 그들은 화산을 찍으러 곧 떠날 예정이었다. 그들은 목조하우스에서 살고 있었다.

"올리비에는 당신들이 육체를 쇠약하게 할까봐 두려워하고 있어요."

희고 푸른색으로 줄무늬진 환자복을 입고 있는 미셸은 많이 야위어 있었다.

그가 떠나던 날 밤, 쟈지아가 곁에 있었다. 그날 밤에는 많은 환자들이 떠나갔다. 자정 무렵 한 부인이 출혈로 사망했다. 두 번째 환자는 새벽 3시에 사망했고, 6시 경 미셸이 쟈지아의 팔에 안겨 떠나갔다.

그의 어머니는 그 '집'에서 아들 이외에는 다른 사람을 만나고 싶어하지 않았다. 그녀는 옷을 갈아입고 아들의 병실로 갔다.

엘리자벳 플라텔은 파리의 오페라 극장 무용단이 그 '집'을 위해 마련한 공연이 있기 바로 전 그 '집'에 도착했다. 에르베는 엘리자벳에게 자기가 가장 좋아하는 무용수가 누구인지 말해 주었다. 저녁에 그는 공연 관람을 위해 와이셔츠와 정장으로 갈아 입었다.

그는 그 무용수로부터 사인한 무도화를 선물로 받았다. 그 무도화는 그와 함께 관 속에 들어갔다.

"루이가 사망했어요."

플로랑스가 알려왔다. 모든 사람들이 울기 시작했다. 너무 갑작스런 죽음이었다. 호흡이 정지되어 모두 어쩔 수 없었다. 너도 나도 플로랑스가 있었던 병실로 몰려갔다.

"아니예요, 아니예요, 그는 죽지 않았어요."

안느는 스파게티만 먹었다.

로랑은 언제나 자리에서 일어나고 싶어해서 그를 동반하는 사람은 그가 가는 곳 어디든지 따라다녀야만 했다. 그는 마치 몇 킬로미터나 되는 복도를 이리저리 다님으로써 자신의 분노를 진정시킬 수 있는 듯 했다.

그러나 더 이상 움직일 수 없게 되면서 침대 위에서만 생활했다. 그의 침대 창살은 쿠션으로 막혀 있었다. 그가 침대 창살 사이로 머리를 내밀려 하기 때문이었다. 그는 실제로 머리를 창살 밖으로 내밀기도 했다.

그의 아내는 "동물이라도 저런 식으로 죽도록 놔 두진 않아요."라고 자주 말했다.

어느 날 그녀는 병실을 뛰쳐 나갔다. 사람들은 현관 휴게실에 있는 긴 의자 뒤에 웅크리고 있는 그녀를 찾아냈다. 로랑이 몸에 경련을 일으켰던 것이다. 그녀는 끝내 의자 뒤에서 나오려 하지 않았다.

그는 오후 3시, 교대 근무 회의 시간이 막 끝났을 때 숨졌다. 그녀는 창문을 열며 말했다.

"로랑이 태양과 함께 떠나가는군요!"

이자벨의 결혼식이 있었다. 그녀는 정신이 약간 혼미해 그 결혼을 원하고 있는지조차 제대로 알 수 없었다. 그러나 결혼식 날 주례사의 물음에 그녀는 '예'라고 매우 또렷하게 대답했다.

항상 함께 모여 있는 환자의 무리가 있었다. 11시, 아침과 저녁, 그들은 발코니에서 식사 전 음료수를 마셨다. 가끔 그들은 함께 해변으로 갔다.

시각 장애가 있는 도미니크가 그런 일들을 주도했다. 도미니크는 스쿠터 사고로 딸을 잃었다. 그 당시 도미니크는 이미 그 '집'에 입원 중이었다. 가슴 아픈 일들이 도미니크를 계속 따라다녔다. 딸의 사고 소식을 전해들은 그녀는 한동안 움직이지 않았다. 그녀는 참고 견디었다. "바로 그날 커튼이 떨어졌어요."라고 그녀가 말했다. 딸의 사고가 있기 전 그녀는 사물의 형체를 어느 정도 볼 수 있었으나, 그 이후부터는 아무것도 볼 수 없게 되었다.

도미니크는 브리지트의 친구이다. 지난 며칠 밤 동안 브리지트는 도미니크의 기척을 듣기 위해 병실 맞은편에서 잠을 잤다.

쟝은 자신의 장례식 때, '그것은 다음을 기약하는 작별 인사일 뿐이야'라는 곡을 연주하도록 부탁했다.

르네가 성내지 않고 부르는 유일한 사람은 아마르 물루이다. 그녀는 자신의 딸을 아프게 치료하는 의사를 볼 때면 "당신은 멍청이예요!"라고 말했다.

만일 병원 대기실에서 그녀를 오래 기다리게 하면, 그녀는 다른 환자들을 밀쳐 내고 진료실 문을 열고 들어가 앉아 "자, 내가 무슨 일로 여기 왔는지 한번 말해 보세요!"라고 말했다.

그녀에게 아랍 사람은 유색 인종일 뿐이었다. 그녀는 쟈지아를 볼 때마다 "바로 당신이 쟝 마크와 함께 내 딸의 눈을 감겼지."라고 말했다.

붉은 실내복을 걸친 앙뜨완은 항상 계단 밑에 앉았다. 그는 보고

들을 수 있었으며, 말수가 적었다.

그는 다음과 같은 글을 적었다.

'의사가 매일 나를 만나러 온다. 이곳은 정말 훌륭한 집이다.'

프랑스와즈는 이동 간이 침대에 누워서 그 '집' 곳곳을 방문하며 말했다.

"나는 준비됐어요. 나는 암 환자예요. 나는 얼마 후면 죽을 거예요."라고.

쟝 루이는 자신의 눈을 의심했다. 《개인의 죽음》이란 소설 속의 마음을 달래 주는 장에서 곧바로 뛰쳐 나온 것처럼 보이는 한 여자가 거기 있었던 것이다.

프랑스와즈의 주위는 비닐 봉지들로 가득했다. 그녀는 모든 것을 그 봉지 안에 집어 넣었고, 봉지 뭉치들을 또다른 비닐 봉지 안에 집어 넣었다. 그녀는 환자의 일회용 기저귀, 수건, 휴지 등을 차곡차곡 쌓았다. 그녀는 모든 소지품을 정리하고 간직하기 위해 선반 제작을 주문했다. 파란 색깔의 선반이었다(그녀를 예전부터 알고 있었던 실비안은 그녀를 웨이트 워쳐에서 처음 만났는데, 그때부터 비닐 봉지를 모으고 있었다고 말했다.).

어느 날, 미레이유는 손에 지적도를 들고 있는 프랑스와즈를 보았다. 미레이유는 호기심이 발동했다.

"당신 손에 가지고 있는 게 뭔가요?"

"이건 묘지 지도예요. 이곳에 내 친정 부모와 시부모가 있어요."

프랑스와즈는 매우 자랑스럽게 말했다.

그런 후 그녀는 손가락으로 한 장소를 가리켰다.

"이곳에 바로 내가 묻힐 거예요."

그녀도 미레이유가 깜짝 놀라는 것을 느끼는 듯 했다.

"당신은 이상하다고 생각하는군요? 나는 아니예요."

임종이 가까워 오자, 프랑스와즈는 공포의 빛이 역력했다. 봉투와 비닐 봉지들이 자꾸 늘어나면서 침대 주위는 어지러워졌다. 난파 당한 배의 선체 주위에 매달려 있는 구명 튜브 같았다.

로랑은 "난 내 자신을 지긋지긋하게 만들며 100살까지 사는 것보다 내가 살아온 인생이 좋아요. 비록 헛되이 28년을 소모했지만요." 라고 말했다.

제2차 세계 대전 당시, 이브는 부역으로 끌려갔다. 그는 가까스로 자신의 안부 편지를 피에레트에게 보내는 데 성공했다.

그녀는 이브가 힘들어서 견디지 못할 것이고, 더욱이 되돌아오지 못할 거라고 생각했다. 이브는 평소에 시를 읽는 것을 좋아했으며, 스스로 힘든 일을 이겨내지 못할 정도로 나약했으며, 감수성이 예민한 남자였다. 이브와 피에레트에게는 2살된 어린 딸이 있었다.

피에레트는 상딸이 영화 제목처럼 '소피의 선택' 이라 일컫는 그 일을 행하기로 결심했다. 그녀는 딸을 친정 어머니에게 맡기고, 이브를 구출하기 위해 독일로 떠났다.

결국 두 사람은 함께 귀향했다. 그리고 두 딸을 더 낳았다.

나중에 피에레트는 손녀 딸을 맡아 길렀다. 친정 어머니가 자기의 딸을 맡아 길렀던 것처럼 말이다.

샹딸이 말했다.

"잼 바른 파이를 만드는 할머니를 잘 아시죠? 그리고 그들이 들려주는 인생에 대해서도."

레미는 HIV 바이러스 감염 환자이다. 마비 증세를 보이는 심각한 상태였다. 그는 매력적인 남자였고 지금도 매력적이다. 그는 의료팀이 걱정할 일을 계획하고 있었다.

나디아에게 범선을 타게 해달라고 부탁했던 것이다. 나디아는 친구 로베르와 의료 팀원 중 피에로와 뮈리엘 두 명을 데리고 가기로 했다.

돌아오는 일요일, 범선은 출발하기로 했다. 로베르는 예전에 자신이 기도하러 가곤 했던 노트르담 드 라 갸르드 성당 위에 있는 조각상, 선박들의 수호자상을 구경하고 싶었다. 로베르는 그 조각상이 바다를 굽어보고 있고, 자신도 그렇게 살고 싶다고 레미에게 말했다.

신약 개발 덕분에, 그리고 생명을 연장하고픈 갈망의 힘 덕분에 조금씩 생기를 되찾은 레미는 빠른 속도로 회복되어 갔다. 그 '집'에 입원하고 있는 것이 불필요할 정도였다.

그는 그 '집'을 자신의 집으로 여기고 있었기에, 어느 날 쟝 마크는 마르세유 항구에 가서 저녁 식사를 하자고 권할 정도였다. 그곳에서 쟝 마크는 레미가 그 '집'을 떠나 살아야 한다는 사실을 알렸다.

"당신이 나를 쫓아내려고 하는군요."

레미가 대답했다.

레미는 먼저 요양소에 입실했고, 무릎 위에 한 여자 간호 연수생을 앉혀 놓고 있을 정도로 건강해졌다.

레미는 항상 휠체어를 타고 있었지만, 얼마 전 운전면허 시험에 통과했다.

잘생긴 얼굴의 질은 신체가 너무나 쇠약해 있었다. 피부암 증세가 그의 손톱까지 전이되었다. 그의 몸은 움직이지 못할 정도로 굳어 버렸다.

죽음이 임박한 어느 날 밤, 쟈지아와 나디아가 병실에 함께 있었다. 질의 여자 친구는 "질이 죽는다면, 내가 당신들을 죽일 거예요."라고 말했다.

"우선 이곳을 나가 있으세요. 그런 후에 당신이 나를 죽이게 될지는 알게 될 겁니다."라고 쟈지아가 대답했다.

그는 다음 날 아침에 임종했다.

노상 강도 같은 얼굴을 한 피에르 이브의 한쪽 다리는 의족이어서 기계로 움직이는 것 같은 걸음걸이로 다녔다. 더욱이 그는 밤에 복도를 걸어다닌다거나, 예고 없이 다른 병실에 불쑥 들어가는 행동으로 자신의 소름끼치는 부분을 더 드러내곤 했다.

때때로 얼굴에 상처를 입고, 의족을 겨드랑이에 끼고 들어오는 그를 볼 수 있었다.

누군가 말했다.

"말하자면, 그는 자기 멋대로 행동했고, 그런 그의 모습은 오히려 감동적이었습니다."

6호실에 있는 모드가 수술 받지 않은 성전환 환자라는 사실은 아무

도 몰랐다. 그녀는 금발의 긴 머리카락을 갖고 있었다. 제일 처음 그
녀에게 옷을 갈아 입힌 사람만이 그녀가 남자라는 것을 알고 있었다.

그녀의 어머니는 매번 장바구니를 들고 있었다. 내가 무엇인가를
들고 있을 때마다 그것을 갖기를 원했으며, 나는 모두 다 주었다. 나
는 그 어머니를 좋아했다.

저녁이 깊어가면서 웃음소리, 그리고 질식할 것 같은 흐느낌 소리
와 더불어 온갖 말소리들이 깊어가는 어둠 속으로 퍼져 갔다.

실비안이 말했다.

"잠이 오지 않을 것 같아요. 나는 밤새 그 사람들과 함께 있을 거예요."

다른 사람이 말했다.

"너무 자주 그렇게 하면 안돼요."

말수가 적은 롤라가 한 말이거나, 혹은 부드러운 목소리를 갖고 있
는 클로딘느가 한 말일지도 모른다.

나는 혹시 잊어버리고 언급하지 않은 환자들이 있는지 물어 보았다.

쟝 마크가 말했다.

"전혀 그렇지 않아요. 그들은 모두 이곳에 있습니다."

한밤중에 나 역시 그들을 보았다. 나의 요청에 다시 돌아온 죽은
망령들이었다. 그들은 모두 이곳에 있었다.

눈을 뜨고 나는 망령들을 위한 기도문을 외웠다.

춤, 춤, 춤

흑백 사진은 아름답다. 그 사진은 엄숙하면서 일종의 묘한 매력을 풍긴다. 병고가 절정에 달한 때에도 계속되는 삶의 비극적이고 덧없는 출렁임을 간직하고 있는 환자, 춤 동작 같은 경련을 일으키는 그 환자의 맞은편에 놓여 있는 사진은 더욱 그런 삶의 이상야릇함, 그런 아름다운 부조리한 삶을 표현하고 있었다.

그것은 멈추어 버린 춤 동작, 중단된 몸의 곡선, 떨구어진 얼굴, 도망하려는 헛된 노력이었다. 상징적으로 누군가 죽임을 당했고, 누군가 죽어갔다.

뱅쌍은 안무가였다. 그는 무용을 사랑했다. 다시 말하면, 무용수들을 거느리고 무용을 가르치면서 언제나 무용 동작과 감동의 그 중심에 있었다.

질병의 진단이 있기 얼마 전 그는 한 젊은 여자 무용수를 만났다. 그는 예술적 정열에 관한 경탄과 움직이는 인생에 대한 내면으로부터 나오는 불멸의 창작력, 그리고 감동적인 몸 동작 등 그녀와 모든 것을 함께 했다. 그 기간은 짧고 신비스러운 동시에 위험이 닥쳐오고 있었기 때문에 그 아름다운 순간을 살아가는 것보다 더 기막히고 인간적인 것은 없다고 생각했다.

또한 그 순간은 감정과 표현 사이에, 그리고 연인과 작품 탄생 사이에 의식의 경계선이 더 이상 존재하지 않을 때 타오르는 내면의 불꽃이므로, 그 순간을 창조 그 자체라고 부를 수 있다고 생각했다.

그 시기가 얼마 동안 지속되었는지는 모른다. 벵쌍에게 근위축성 측색 경화증이라는 진단이 내려지기 전까지 몇 주, 몇 달이었는지 알 수 없다. 운동 신경의 점진적 경직에 관한 증상은 차츰 나타났다. 신체 일부의 자율성을 잃어버리게 되었다. 점점 끈끈이가 묻은 것처럼 움직이기 힘들어지고 입술까지 굳어지면서 결국 호흡이 멈추게 될 것이다. 사형 선고는 내려졌고, 그 집행 시기만 남았을 뿐이었다.

여자 친구인 몽텐느의 어머니 소개로 벵쌍은 쟝 루이를 만났다. 그는 질병이 더 이상 악화되기 전에 그 '집'에 와서 자신의 질병에 관해 배우며, 휴식의 시간을 원했다.

그는 그 '집'에서 두 달 머물렀다. 두 달 동안 쟝 루이, 쟝 마크와 맺은 관계를 시작으로 그와 의료진 전체의 유대 관계는 관대와 호기심 어린 시선, 그리고 타인에 대한 솔직함과 끊임없는 배려 등으로 깊어갔다.

미레이유가 회상했다.

"내가 그를 처음 보았을 때, 그는 자신의 자녀들에게 전해줄 해명의 편지를 쓰고 싶어했죠."

벵쌍은 자녀들을 낳은 아내와 이혼을 하고 몽텐느와의 강렬하고 감각적인 관계를 맺으며 살았다. 그렇지만 본처와 자녀들에 대한 사랑은 버릴 수 없었다. 물론 쓰라림이 있었고, 강한 죄책감을 가지고 있었다.

그러나 뱅쌍은 여전히 사랑하고 또 사랑했다. 그는 가족과의 이별 후 발병한 병을 연관지으려 했고, 미레이유는 그런 생각을 떨쳐 버리도록 도와 주었다.

그것은 당사자나 그 가족들에게나 무거운 짐이 될 뿐이었다. 뱅쌍은 편지 속에서 가책에 대해 거론했고, 그 편지는 각자 고통 속으로 뛰어들었던 가족 모두를 현기증 나는 고통으로부터 벗어나도록 도와 주었다.

뱅쌍이 젊은 연인에게 쏟은 사랑 속에는 매우 감동적이고 슬픈 무엇인가가 있었다. 왜냐하면 두 사람의 관계는 관능, 그리고 병에도 식지 않는 욕망을 탄생케 하는 육체의 공유와 환희 속에서 싹텄기 때문이다.

뱅쌍의 육체가 변해가는 동안에 ("곧 동작이 멈추어질 것이라는 예감을 주는 느린 춤 동작처럼 그는 자신의 육체가 경직될 거라는 사실을 알고 있었어요."라고 미레이유가 말했다.), 그리고 뱅쌍을 지켜 주는 몽텐느가 눈이 부시도록 빛나고, 그래서 두 사람 모두 가슴 아파하는 동안에도 매일매일 포기하는 법을 배워야만 했다.

미레이유와 쟝 마크, 또는 다른 사람들을 감동시켰던 것은 그녀가 그 같은 일을 자기가 갖고 있는 '완벽한 재능'이라고 칭한다는 사실이었다. 그것은 육신의 재능(육신을 작품의 재료로 삼는 예술가에게 어떻게 그렇지 않겠는가?)일 뿐만 아니라 영혼의 재능이기도 했다.

그 재능은 내면적으로 오래 전부터 닦아온 능력으로, 거의 견디기 힘든 그러한 고통의 단계에서 벵쌍의 삶이 계속 지탱되도록 도와 주고 있었다.

'축복 받으며 태어난' 육체를 갖고 생존해야만 했다. 그 육체는 점점 파괴되고 억압받는 구류 상태의 도구로 전락해 갔다.

내면의 풍요로움과 가족들과의 관계 회복, 그리고 의료진의 도움 덕분에 벵쌍은 기꺼이 죽음을 준비하고자 그 '집'에 입원했지만 무대 공연 계획을 위해 퇴원했다.

그 공연은 '다른 세계'라는 제목이었다.

의료팀은 샹딸, 쟝 마크와 함께 아를르에 가서 그 창작 공연에 참석했다.

이동 진료팀은 거기서 다른 단체(벵쌍의 여자 친구가 이끄는 무용단)를 만났다. 아름다움, 우정, 샴페인, 다소 억제된 감동의 눈물 등과 같이 평범한 일들이 있었다.

벵쌍은 자신의 집에서 살고 있었지만, 그 '집'과의 관계는 계속해서 유지하고 있었다. 그는 끊임없이 쟝 루이, 쟝 마크와 연락을 주고 받았으며, 의료팀은 병의 단계에 따라 치료를 수행해 나갔다.

그들은 벵쌍과 더불어, 그리고 벵쌍 덕택에 치료 방법과 그 모든 원리들을 허사로 만들어 버릴 수 있는 그 병의 실체에 대해서 알게 됐다.

호흡 장애가 시작되는 단계는 결정적인 순간이다. 환자와 의료진은 그때 힘든 선택에 직면하게 된다. 환자를 그대로 방치해서 심한 고통으로 죽음에 이르게 하든가, 혹은 인공 호흡기나 기관 절개술을 이용해서 임종의 순간을 연장케 하는 선택이다. 그 같은 의료 기구는 좀더 나은 듯한 느낌을 갖게 해 주는데, 결국 잔인한 결과를 초래할 뿐이다.

즉, 환자 본인은 편안함을 느끼겠지만 그 순간부터 의료 기계에 매어 있게 되며, 예기치 못한 상황을 맞게 되면 치명적으로 바뀔 수 있다.

질병이 악화되는 시점에서 의료 기구의 부착을 둘러싸고 환자와 간호사들 사이에 의견 다툼이 일어난다. 즉, 의료 기구의 부착은 최악의 상황 앞에서 포기될 수도 있다. 호흡 장애를 겪는 환자에게 있어서, 고통 경감을 위한 순조로운 호흡 기회의 제공은 결국 죽음의 거부를 의미한다.

무 의지적인 사디즘의 차원에서, 의료진들이 의학 기술적으로 적절하다고 생각하고 있는 시기 중 한 시기를 환자가 선택하도록 제안하는 것은 사실 불필요하다.

"당신은 기관지 절개 수술을 거절할 선택권을 갖고 있습니다. 하지만, 만일 당신이 수술 받기를 승낙한다면, 다시는 원상태로 되돌아갈 수 없습니다."라고 환자에게 일러주는 것과 같은 것이다.

기계 부착을 하지 않는 것은 환자가 자신의 자유권을 넘겨주는 것이다. 이는 곧 합법적인 안락사를 의미한다.

자유로운 결정권을 갖고 있던 벵쌍은 쟝 마크와 다른 사람들의 동의로 기관지 절개술을 거절했다. 그렇지만 호흡 장애와 불충분한 호흡 기능에서 오는 불안에 휩싸였다.

쟝 마크는 벵쌍이 수술을 거절했으리라 확신하며, 벵쌍이 입원해 있는 병원의 회복실로 병문안을 갔다. 병원의 의료팀이 그에게 의료 기구를 부착해 놓았다. 쟝 마크는 곧바로 자신이 할 일이 아무것도

없음을 깨달았다. 병원의 의료팀은 실력이 있었고, 환자의 요구를 잘
파악했다. 수술은 벵쌍의 요구로 실시되었던 것이다.

　쟝 마크는 그에게 간단한 메모를 전달했다.

　"당신만이 선택할 수 있습니다. 그리고 당신의 선택이 어떠하든지
우리는 당신의 의사를 존중한다는 사실을 알아주세요."

　감정적으로도 더 이상 간단한 상황이 아니었다. 벵쌍 주위의 사람
들은 쟝 마크의 '방향 전환'에 충격을 받았다. 그들은 쟝 마크가 자
신들의 의견을 지지할 것이라고 기대했는데, 벵쌍의 요구에 동의함
으로써 그들을 혼란스럽게 했던 것이다.

　그들이 선택을 할 상황이 되었을 때, 이미 의료 기구는 일상생활을
매우 압박하는 제약으로 되어 버렸다. 즉, 근위축성 측색 경화증이
당신 속의 사랑이 담겨 있는 모든 것을 공격하고 있었다.

　먼저, 그 병은 당신이 보기에 관계성의 핵심이 되는 것, 즉 감정을
지닌 심장과 정면 대결하지 않는다. 그 병은 붕대로 당신을 묶어 놓
고 매일 조금씩 갉아먹는다. 천천히 모든 육체의 활동을 변화시키고,
반복적으로 당신의 몸에 납을 축적하듯 무겁게 만들어 버린다.

　모든 것이 무거워져 견딜 수 없게 되면 사람들은 더 이상 삶을 원
하지 않게 되고, 더 이상 지속될 수도 없어 보인다.

　결국 벵쌍은 그 '집'에 재입원하기로 결심했다.

　벵쌍은 죽음을 준비하러 되돌아왔다. 그는 의료팀이 자신의 죽음
을 돕도록 하기 위해 되돌아온 것이다. 그는 입원에 앞서 보낸 팩스
에서 자기 의사를 밝혔다. 또한 몽텐느를 통해서도 명확하게 전달하
였다.

　"우리는 안락사를 행하지 않습니다."

장 루이와 장 마크의 답변은 그 '집'의 답변이기도 했다. 그들은 벵쌍과 함께 그 문제를 얘기하고 심사숙고해 볼 것이다.

얼마의 시간이 지난 후, 몽텐느로부터 새로운 팩스가 도착했다. 당분간은 안락사를 원하지 않는다는 내용이었다. 벵쌍이 도착하더라도 안락사 요구는 중단된 채 있게 된다.

그러나 그 요구가 다시 거론되지 않는다 할지라도, 애초에 거론되지 않았던 것처럼 되기는 쉽지 않았다.

장 루이는 벵쌍과 그 문제를 명확히 할 필요성을 느꼈다. 문제는 벵쌍을 돌보는 일이 의학 기술면에서 매우 어렵다는 것과 의료 기구의 선택에 있어서 신중을 기해야 한다는 점이었다.

그리고 벵쌍의 육체가 심하게 훼손되어 있는 상태였으므로, 그 시점에서 미세한 변경만으로도 극심한 불편과 고통을 초래할 수 있었다. 고통의 완화 시기를 찾는다는 것은(편안함에 관해 말한다는 것은 불가능한 실정이었다.) 기다림의 절망 속에서만 살고 있는 대상화된 육체를 수리하는 '시계 수리공'(미레이유)이나 할 일이었다.

미레이유가 말했다.

"나중에는 힘이 거의 남지 않게 된답니다. 의사 교환과 편지 등에 쏟는 힘마저 쇠진되어 버립니다."

컴퓨터를 통한 의사 소통 방법이 제시되었으나, 벵쌍은 바로 그 시점에서 포기하려 했다. 그는 더 이상 삶을 지속하려고 하지 않았다.

그것은 장 루이를 놀라게 했으며, 스스로를 격분하게 만들었다(타협과 지혜를 갖춘 남자 룰루가 벵쌍을 진정시켜야 할 정도였다.).

"그가 지금 죽는다는 것은 불가능한 일이었습니다. 끝나지 않은 무엇인가가 있었던 것이죠. 그는 자신에 대한 선견지명이 있었고, 정직

함과 자신이 살아왔던 삶에 준하는 청렴함을 갖고 있었습니다. 그는 자신의 삶을 다스리고 싶어했죠. 그는 자기 삶의 주인으로 남아 있고 싶어하면서도 주위에 있던 사람들의 보살핌을 받고자 했습니다. 무엇인가를 개선하지 않은 채로 그가 떠나간다는 것은 도저히 받아들일 수 없었습니다."

쟝 루이가 잠시 말을 멈추었다가 미소를 지으며 말했다.

"그것은 완전히 미친 짓이었습니다."

벵쌍은 서서히 죽어가고 있었다.

벵쌍과 대화를 나눈 후, 쟝 루이에게 그 사실을 설명한 사람은 쟝 마크였다. 벵쌍은 지쳐 있었고 여정의 끝에 와 있었던 것이다. 생존할 그 어떤 이유도 남아 있지 않았기 때문에 회복시킬 방법이 전혀 없었다. 어떤 외부 공연도, 어떤 질문도, 어떤 계획도 더 이상 불필요했다.

단지 그의 곁에 머물러 있어야만 했다. 쟝 루이는 진정이 되었다.

간호사 도미는 벵쌍에게 항상 친근함을 느꼈다. 그녀는 벵쌍이 재입원할 때 가져온 붉은 전등을 좋아했다. 야간에 그의 병실에 들어가면 그 전등은 은은하고 편안한 느낌을 갖게 했다.

그가 임종하던 날 아침, 말로 표현할 수 없는 그 무언가가 일어나고 있었다. 도미는 벵쌍이 자택에 있던 2년 동안 그를 보살핀 간병인 마리 클레르에게 전화를 걸었다.

두 여인은 함께 자녀들이 선물한, 벵쌍이 좋아했던 폴로 셔츠를 골라서 벵쌍에게 갈아 입혔다.

쟝 루이가 병실 문을 열었고, 한번의 눈길로 상황을 파악했다. 그는 문을 다시 닫았다.

몇 분 후, 쟝 마크가 도착했다. 그는 벵쌍의 심장 소리를 들어보았다.

"안색이 변했어요."

도미가 말했다.

벵쌍은 떠나갔다.

마리 클레르가 반복적으로 말했다.

"나는 충분한 시간을 갖지 못했는데, 그 분에게 할 말이 많이 남았는데……".

"당신 없이 벵쌍은 폴로 옷을 입지 못했을 거예요."

도미는 말했다.

몇 주가 지났지만 쟝 루이는 여전히 격분하고 있었다. 그 경악스런 고통에 대한 생각이 그를 죄어왔던 것이다.

그는 세상 그 무엇도 인간이 원하지 않는 한, 그 삶을 아무 때나 마감하게 할 수는 없다고 생각했다. 그는 미레이유처럼 종교적인 차원에서는 아닐지언정 적어도 현실을 어느 정도 수용할 줄 아는 실천적인 지혜를 가진 사람이었다.

벵쌍이 그토록 원했던 가족들과의 교류 이후, 그리고 그가 사랑했던 사람들로부터 보살핌을 받은 이후 떠나갈 수 있었다는 안도감에도 불구하고, 쟝 루이의 마음 속에서 일고 있는 고통의 소용돌이가 그를 심하게 동요시키고 있었다.

나는 그에게 말했다.

"당신이 보이는 반응은 매우 인간적인 것입니다!"

그는 곰곰이 생각했다.

"그래요, 하지만 ……."

나는 그의 말에 귀기울였다.

"당신 스스로 구축한, 외부 충격으로부터 당신을 보호할 방어벽이 느슨할 경우 어떤 일이 발생하여 당신을 철저히 흔들어 놓고, 온통 혼란스럽게 하며, 당신을 다른 사람처럼 만들어 버릴 수 있습니다."

그는 어떤 설명도 덧붙이지 않았다. 단지 "벵쌍은 떠나갔지만 용납할 수 없는 일이었어요."라고 말했을 뿐이다.

벵쌍의 죽음은 그 '집'에 거주하는 모든 사람에게 상처를 입혔다. 그리고 그의 지인들, 가족, 그의 여자 친구가 이끄는 모든 무용 단원들에게도 마찬가지였다. 몰아치는 파도 꼭대기에서 춤을 추는 슬픔이 있었다.

미레이유가 말했다.

"그 강렬함이 너무도 격렬해서 나를 죽일 정도예요."

그녀는 웃었다.

"한 예술가의 죽음이었어요. 그 죽음은 어떤 차원으로 이끈 다음, 사람들이 그 장소에서는 분명히 볼 수 없는 아름다움을 창조하려 했습니다."

나는 한번 더 그 사진들을 들여다보았다. 벵쌍의 모습은 보이지 않았다. 매우 우아한 육신들이 있었고, 맑은 시선을 가진 젊은 아가씨들이 있었다. 그 아가씨들 사이에 몽텐느가 숨어 있는지도 모른다. 벵쌍이 너무나 사랑했던 여인, 그는 그녀를 통해서 타인과 세상을 사랑했다.

그는 뚱뚱하지도 않았고 추남도 아니었다. 달변가인 그는 사는 일에 힘들어 하지도 않았다. 그는 경쾌했다. 그가 침묵하고 있으면 그의 진지한 미소가 얼굴 전체로, 그리고 그의 마음으로까지 확산되어 갔다.

바로 그 순간에 그는 춤을 추고 또 추었던 것이다.

으젠느

으젠느, 그는 좋은 사람이예요. 나는 그 신부들을 잘 알고 있답니다. 나는 그 신부님들 중 대부분을 싫어해요. 그들은 짧은 반바지를 입고 붉은 장단지를 드러내 놓고, 항상 기쁜 표정을 짓는 보이스카우트 같아요.

내 딸이 속해 있는 공동체의 주교는 육체를 증오하고 사후의 영생을 갈망하죠. 또 그들은 호감있게 보이려 하고 현대적인 척합니다. 그들은 모든 일에 해답을 갖고 있는 공론가들이기도 하죠. 그리고 "어린이들을 나에게 오게 하시오."라고 말하는 사람들이고, 숨어서 폭음을 하는 사람들이예요. 즉, 조예가 깊어 보이는 외모 뒤에는 수치가 더덕더덕 엉겨 있답니다.

으젠느는 물론 동의하지 않았다.

"당신이 말한 그 사람들은 나와 똑같은 사람이고, 고통을 겪는 사람들이랍니다."

"그렇긴 합니다만, 그 신부들은 영혼을 관리한다고 말하면서도 자신들의 영혼조차 거두어들이지도 못하고 있어요."

으젠느 신부는 그런 사람이 아니었다. 그 '집'에서 으젠느 신부에 관해 말을 했다. 대부분 "으젠느 신부는 좋은 사람이예요."라고 말을 한다. 그렇다. 그를 보면 사람들은 곧 "으젠느는 좋은 사람이야."라고 생각한다.

으젠느는 신학 공부를 도중에 그만두어야만 했다. 부모가 몇 년 사이에 같은 질병인 폐결핵으로 작고하셨기 때문이다. 장남이었던 그는 가업을 이어 보석 시계공이 되었다.

나는 그에게 성직자로서 상업 활동을 하고 있는지 물었고, 그는 아니라고 대답했다. 일요일은 성직자로서의 역할을 수행하는 날이었다. 그를 두고 몇몇 신자들은 으젠느에게 쌍둥이 형제가 있다고 생각했다.

그가 나에게 그 이야기를 들려주었을 때, 나는 왜 웃음을 참을 수 없었는지 생각해 보았다.

웃음 나오게 하는 일은 으젠느 안에 있는 특별하고 매우 단순한 인간미때문이었다. 신부가 보석에 구멍을 뚫고 시계를 수리했으며, 약혼녀나 신부가 될 사람에게 선물하는 반지와 정부에게 주는 반지를 구별하려고도 하지 않았다.

으젠느에게는 학교의 뒤를 이은 신학교 생활이 있었다. 만일 그런 과정에 이의를 제기하려 한다면 으젠느는 깜짝 놀란듯 눈을 동그랗게 뜰 것이다. 그는 이미 알고 있었던 것을 신학교에서도 배웠던 것이다. 이를테면 신의 피조물인 형제 자매를 사랑하지 않는다면, 신을 사랑하는 것은 아무 소용이 없는 것이다.

그의 남동생이 군복무를 마친 후 보석 상점을 인수하자 으젠느는 훌훌 떠나가 버렸다. 삶 속에 머물러야 하는 곳인(무엇보다도 생계의 해결을 위해) 프랑스 선교 단체의 일원이었던 그는 차례차례 목수 직업, 정보 처리 기사 등의 일을 했다.

국영 은행의 정보 처리 기술 분야 전문가가 된 그는 주중에는 라디오 방송국 근처에서 일했고, 일요일마다 자신이 맡고 있는 교구 겐느 발리에르에서 미사를 집전했다.

나는 그에게 억제하고 있는 희극적 취미가 있지 않은지 생각해 보았다. 그의 말을 빌리자면, 우선 엑상과 고향에서 배우들을 돌보는 신부가 되고, 나중에는 '그것이 인생이다' 라는 영화에서 자신이 맡은 역할을 연기하는 것이라고 했다.

그는 은행에서의 7년 근무와 미사 집전, 그리고 일 등에서 그 동안 받은 스트레스로 인해 중대한 위기를 맞았다. 의사로부터 더 평온한 삶을 보내라는 충고를 받았다.

결국 프로방스의 태양빛을 찾아 옮겨갔고, 그곳에서 쟝 마크를 만났다.

당시 쟝 마크는 미라보 광장에 개인 병원을 개원한 지 얼마 되지 않았다. 대화는 신부의 건강에서 시작하여 곧 공통 관심사로 향했다.

배우들을 돌보던 으젠느는 특히 무용계가 에이즈로 초췌해진 사실을 일찍부터 알고 있었다. 쟝 마크 또한 상당한 수입이 보장되는 삶을 마다하고 그 '집' 에 대한 계획을 구상 중이었으므로 두 사람은 쉽게 가까워졌다.

나는 그에게 신앙심이 에이즈 환자들과 결별하게 하지 않는지 질문했다. 으젠느는 단호한 몸짓으로 나의 이의를 말끔히 쓸어 버렸다.

"우리 두 사람은 사람을 믿습니다. 그것이면 충분합니다."

그 첫 만남이 끝나갈 무렵, 쟝 마크가 그에게 말했다.

"언젠가 우리는 무슨 일을 이룩할 겁니다. 바로 그때 나는 당신의 도움이 필요할 것 같습니다."

그 '집'에 관한 계획이 실천에 옮겨지기까지 7년이 흘러갔고, 인간을 믿는 신의 사람 으젠느는 그 계획에 대한 일종의 부르심을 들었던 것 같다.

엑상에서 여러 해가 흘러갔다. 그는 구제 기금 산하 에이즈 정보 서비스 기관의 전화 상담에 참여했다. 그에게 부여된 유일한 제약은 신부라는 신분을 노출하지 않는 것이었으나, 그런 제약이 그를 난처하게 하지는 않았다.

몹시 추운 어느 날 저녁, 그는 가프 근처의 공중전화에서 전화를 건 한 남자와 통화를 했다. 그는 그 남자에게 전화를 걸고 있는 장소를 설명해 보라고 요청했고, 으젠느는 그의 설명에 조금씩 머릿속에서 공중전화 박스를 떠올려 보았다. 그 남자는 천천히 몸을 쭈그리며 앉았고, 으젠느의 목소리를 통해 삶을 지탱하는 듯했다. 그것은 깊고 인상적인 경험이었다. 만일 믿음을 가진 사람이라면 그날 밤 그 남자가 만났던 사람은 예수님이었다고 할 것이다.

에이즈를 수치로 여겼던 그 시대에 왜 그들을 돌보았는지 물어 보았다. 그는 그 보살핌을 너무나 분명하고 당연한 것처럼 여겼고, 나에게 자신의 부모님을 죽음에 이르게 한 폐결핵에 관해 언급했다.

그가 말했다.

"그것은 동일한 병이었어요. 대비책을 강구해야 했고, 질병을 둘러싼 두려움도 동일했고, 침묵 또한 같았습니다. 아버지가 병에 걸렸을 때, 어머니는 우리에게 학교에서 그 병에 관해 절대 말하지 말 것을 당부했습니다."

그는 '내 연배보다 더 친근감이 느껴지는 젊은' 환자들을 생각했다. 그 젊은이들은 자유분방했고, 무례했으며, 순종하지 않았다. 그들은 관례나 예의 바름에 신경쓰지 않은 채 그들이 추구하는 바를 이루고자 했고, 그들의 추구가 심각하게 지표를 상실했다 하더라도, 그리고 항상 무능력에서 오는 분노에 귀착함으로써 때로는 좌절하기는 했지만 그들의 추구는 항상 진지했다.

그가 내뱉는 말들이 항상 성경 속에 있는 것은 아니었지만, 그는 자신이 그 청년들을 향해 신의 은총인 사랑의 능력을 구현하는 상황에 놓여 있는 것처럼 느꼈다.

그는 그 '집'에 입원했던 한 환자를 회상했다. 그 '집'의 도색이 그 환자에게 이사야서에서 예언된 고통에 빠져 있는 그 '종'을 강하게 환기시켰다. 성경을 잘 모르는 그 환자는 그 내용에 관해 으젠느에게 질문을 했고, 으젠느는 그에게 몇 구절을 읽어 주었다.

조금 시간이 경과한 후 그 환자는 으젠느를 불렀다. 그 환자는 예언자가 한 말에 감동을 받았던 것이다.

그런데 그 환자는 항상 거론되는 '야훼'라는 말을 이해하지 못했다. 그가 으젠느에게 질문했다.

"내가 임종을 맞게 될 때, 당신은 '야훼' 대신 '신'으로 바꾸어 이 대목을 낭독해 주실 수 있으시죠?"

으젠느는 조금도 주저하지 않고 곧바로 실행했다.

"영원한 사랑 속에서 나는 너를 가엽게 여겼고, 신이 말했다. 너의 구원자 ……."

그 추억을 회상할 때, 그의 시선은 밝게 빛났고 청년처럼 활기가 있었다. 그리고 안치실에서 종종 눈물을 흘린다고 말하면서 그때 자기의 어깨 위에 얹혀지는 손을 항상 느낀다고 말할 때도 역시 청년처럼 활기가 있었다.

나는 문득 매우 종교적이었던 말기 환자를 회상했다. "이치에 잘 맞지 않는군요."라고 미레이유가 말했다. 그러자 으젠느가 웃으며 말했다.

"미레이유는 항상 병자들의 말을 경청하고, 나는 건강한 이들의 말을 경청하지요."

잠시 동안 생각한 후 "그것 모두 동일한 것이지요. 시간 문제이니까요." 눈물을 흘릴 때가 있고, 웃을 때가 있고, 흐느낄 때가 있고, 춤을 출 때가 있듯이.

으젠느가 베르나르와 발레리를 결혼시켰을 때, 쟝 마크는 악의 없는 농담을 했다.

"으젠느 신부님은 오히려 매장의 전문가잖아요."

쟝 마크에게 있어서 그 결혼식은 그 '집'의 다른 모든 추억들처럼 가장 흐뭇한 추억 중 하나였다.

사진 속의 베르나르는 훌륭했다. 그는 매우 품위 있었다. 그것은 죽어 가고 있는 아름다움이었다. 그는 질병 말기 상태였으므로 몸무게가 30킬로그램 이상 빠져 있었다.

갉아먹혀 파괴되고 있는 아름다움, 희미한 불빛으로 얼마 동안 빛날 아름다움이었다.

그 '집'은 곧 설립 1주년을 맞는다. 설립자들뿐만 아니라 설립에 참여했던 초창기의 사람들은 그 한 해를 향수와 공포가 뒤섞인 채로 회상했다.

많은 환자들이 입원하기 위해 신청자 명단에 올라가 있었고(그 환자들은 때론 친구들이었고, 어쨌든 과거에 알게 된 사람들이었다.), 헌신하고자 하는 이들의 많은 갈망들이 있었다. 근무 시간이 따로 없었고, 애정의 경계선도 없었고, 슬픔과 애도를 깊이 경험하였고, 어떤 억제도 없이 그것은 마치 사랑의 열정이 시작되는 무렵과도 같았다. 그것은 타인에게 흠뻑 빠지고, 타인과 하나가 되려는 맹렬한 희망이었다. 동시에 항상 거리감이 있다는 확신과 그로 인해 합일의 희망에 도달하고자 하는 고통이기도 했다.

베르나르가 비탄에 빠진 동거녀 발레리와 결혼 의사를 표명했을 때, 그 '집'의 모든 사람이 열광적으로 환호했으며, 당사자들보다도 더 적극적으로 결혼식을 진행시켰다. 결혼식은 부랴부랴 행하는 것이 아닌 정식 절차를 밟는 것이었고, 동시에 그 '집'이 1주년을 맞는 거대한 축제로 거행되었다.

베르나르가 으젠느에게 말했다.

"자, 으젠느 신부님, 저는 떠나갑니다. 저는 그 사실을 잘 알고 있어요. 저는 동거녀가 아닌 아내를 남겨 두고 싶습니다. 저희 두 사람을 결혼시켜 주실 수 있겠습니까? 그 결혼에 장애물이 있을 수 있는지 말씀해 주세요."

한 가지 장애물은 베르나르가 세례를 받지 않았다는 사실이었다. 3일 만에 으젠느 신부는 행정적 문제를 해결했고, 아름다운 결혼식 준비가 시작되었다. 그리고 그 결혼식이 두 사람에게 있어서 무엇을 의미하는지에 관해 한 사람씩 차례로 의견을 교환하는 시간도 가졌다.

결혼식 날, 갸르단느 시장 메이 씨는 성경책을 가리키며 으젠느에게 농담을 했다.

"신부님, 당신은 당신의 직무를 수행하기 위해 매우 두툼한 책을 갖고 계시는군요."

시장은 자신이 갖고 있는 민법 책을 가리키며 덧붙여 말했다.

"저는 이 책 속에서 많은 영감을 얻지 못합니다."

으젠느는 쟝 마크가 했던 말을 생각했다. 그것은 바로 이 순간이 시간 속의 한 물거품일지라도, 그 물거품은 무지개 빛으로 아름답게 빛나며, 축제를 알리는 징표라는 것이다. 즉 한 시간 동안의 영구함, 손바닥 위의 광대함이었다.

하얀 웨딩드레스를 입고 있는 발레리는 눈에 눈물이 고여 있었고, 베르나르는 진지했고 당당했다. 주례사를 낭독하는 시장은 조금 난처해 했다("물론 두 분께 장수와 여러 명의 자녀를 기원한다는 것이 나에게는 어렵긴 하지만……"). 그렇지만 주례에 임하는 그의 진지한 자세와 감격은 너무 감동적이어서 모든 난처함이 사라져 버렸다.

으젠느는 차례가 되어 축사를 했다.

"오늘은 두 사람에게 있어서 중요한 날이 될 뿐만 아니라, 이 '집'에 있어서도 마찬가지입니다. 이 '집'은 고통과 괴로움이 기쁨에게 거의 언제나 자리를 양보하지 않는 곳이기도 합니다 ……."

사람들은 노래를 불렀다.

"그 저녁 황혼 무렵에, 나의 갈색 머리 여인이여, 우리 함께 갑시다……."

결혼식이 끝나갈 무렵, 어떤 독특한 소리가 들리면서 하객들은 조용해졌다. 베르나르의 얼굴에 놀라움과 행복의 미소가 떠올랐다. 그 소리는 테라스를 울리는 말발굽 소리였던 것이다.

질병이 그 두 사람을 덮치기 전 몇 년 동안의 방황 끝에 베르나르와 발레리는 큰 저택의 관리자로 있었다. 그들은 말과 다른 동물들과 어울려 살았다. 두 사람의 결혼식 날, 친구들이 그 말 중 한 마리를 보냈던 것이다. 모든 축하 하객들에게도 그것은 소박하고 아름다운 순간이었다.

삶은 온갖 기쁨과 슬픔이 얽혀가며 계속된다. 이 결혼식 역시 삶의 한 부분이었다.

베르나르의 가족은 그 결혼식을 탐탁하게 생각지 않았다. 발레리의 혼란스런 행로와 베르나르의 방황에 관한 책임의 일부분이 그녀에게 있다고 생각했기 때문이었다. 발레리의 가족은 그 결혼의 의미를 이해하지 못했고, 다른 사람들과 함께 나누려고도 하지 않았다.

미레이유는 그 어색함을 이렇게 회상했다.

'사람들이 웃고 실내에서 축제를 열고 있는 동안 베르나르의 가족들은 얼굴이 굳은 채로 테라스에 모여 있었다. 마치 그 결혼식의 축가가 장례식의 전주곡인 것처럼 말이다.'

베르나르는 그 결혼식이 거행되고 2주가 지나서 사망했다. 발레리는 여전히 생존해 있다. 그녀는 영화에 출연도 했는데, 그 영화의 줄거리는 실화를 토대로 한 것이다.

영화 촬영은 베르나르의 사망 주기일과 일치했다.

발레리는 신부의 역할을 맡지는 않았지만 흰 옷을 입고 있었다.

"신부님은 제가 곤란에 처할 때마다 와 주시는군요."

엑상 병원의 혈청 주사실에서 만난 이후, 그 '집'에서 다시 만났던 한 환자가 으젠느에게 말했다.

"그 말은 그로부터 부여받은 나의 자리와 그가 행복할 때나 고통스러워 할 때 그의 옆에 있게 될 나의 자리, 그리고 내가 선택한 자리를 뜻했습니다."

으젠느 덕분에 성례는 허울 좋은 제도에서 벗어나 근본적인 인간 관계의 신성한 의미를 되찾았다. 성례는 베르나르의 결혼식과 올리비에의 세례식 등이었다. 으젠느는 6호실에서 올리비에의 세례식을 거행했다(으젠느는 9호실에서 베르나르와 발레리의 결혼식을 위한 대화를 가졌다). 그들은 에이즈에 감염된 부모들의 자손들이었고, 으젠느가 기꺼이 그들의 대부가 되어 주었다.

몇 주 전 아침에 으젠느는 그 '집'으로부터 전화 한 통을 받았다. 영화 출연을 하고 싶어 했던 환자 중 한 명인 베르트랑이 신부님을 청했던 것이다.

"으젠느 신부님이면 더 좋겠어요."

으젠느가 도착하자 베르트랑이 그에게 말했다.

"이제 저는 떠나갈 것 같습니다. 뒤트롱이 저에게 보내준 엽서들을 당신에게 보여 드리겠습니다."

으젠느가 조심스럽게 말했다.

"나는 뒤트롱이 임종이 임박한 누군가에게 감상적인 편지를 썼다해도 그가 문예 애호가가 아니라는 사실을 알 수 있겠어요."

으젠느와 친해진 그가 말했다.

"할 일이 세 가지 있습니다. 우선 제 인생을 정리하는 일입니다. 그리고 저에게 사후 세계에 대해 설명해 주세요. 마지막으로, 성호 긋

기와 기도 등과 같은 밟아야 할 의식 절차가 있으면 그것을 행해 주세요. 그것을 원합니다."

베르트랑의 '인생 정리'는 몇 마디로 행해졌다. 그는 자신의 과거와 후회에 관한 얘기를 했다. 으젠느가 설명했다.

"나는 에이즈 환자와는 언제나 고통스러울 뿐인 과거를 회상하지 않는다는 것을 배웠답니다."

그가 무슨 말을 찾고 있는지 내가 묻자, 그는 몽펠리에 있는 카르멜회의 수녀가 쓴 시를 읊었다.

"사랑이 나를 기다리고 있다는 것을 나는 알아요. 바람 같은 사랑, 사람들은 그 바람이 어디에 있는지, 어디서 오는지 모릅니다. 하지만 나를 기다리고 있는 것은 바로 사랑입니다."

나는 베르트랑이 어떤 종류의 사랑을 기다렸는지, 그 시가 말하고 있는 것처럼 그 사랑 덕분에 눈물을 흘릴 필요가 있는지 없는지도 모르겠다.

그러나 으젠느의 눈 속을 그윽히 들여다봄으로써 그 속에 사랑이 있다는 것을 알았다.

클레망스

나는 식당에서 클레망스를 만났다. 그녀의 목소리는 활기찼고 노래하는 듯했다. 그녀의 남편 쟝은 사람들에게 귤과 샴페인 잔을 나누어 주었다.

그 날 쟝과 클레망스는 두 번째로 할아버지와 할머니가 되었고, 손녀의 이름은 클레망틴이었다.

다음 날 식사 시간에 나는 클레망스를 다시 보았다. 그녀는 자기가 모든 사람들에게 붙여준 애칭을 공개함으로써 주위에 있던 간호사들과 보조 간호사들로 하여금 웃게 만들었다. 쟝 마크는 위대한 추장이었고, 쟝 미셸은 총리대신 등등.

어느 날 저녁, 나는 그녀의 방을 방문했다. 그녀는 내가 저술하고 있는 책에 대해 질문했고, 그 '집'에 관한 얘기를 나에게 들려주었다 ('이곳은 인간미가 있는 곳입니다.' 라고 그녀는 여러 번 반복해서 말했다.).

그녀는 자신이 살던 마을의 합창단에서 노래하던 즐거움에 관한 얘기, 그리고 부부가 합창대회에 참가하기 위해 일생에 한번 이탈리아에 갔던 멋진 여행에 관한 얘기를 들려주었다. 그들은 작은 마을의 소규모 합창단으로서 간단한 음악을 가지고 출전하러 갔고, 멋진 예복도 갖추지 못했다. 15시간의 버스 여행 이후 배가 홀쭉하게 비어 있는 상태에서 전문가들이라 할 수 있는 다른 합창 단원들이 행렬하고 있는 강단을 마주하게 되었다.

그러나 관중은 그들에게 우승을 가져다 주었고, 그날 저녁 노래와 축제 속에서 이탈리아 사람들과의 우정이 싹텄다.

"그들은 훌륭한 음악가이면서 동시에 굉장한 수다쟁이였답니다."

클레망스가 장난기 어린 웃음을 띠며 말했다.

방의 부드러운 전등 불빛을 받으며, 그녀가 나에게 말했다.

"있잖아요. 내가 소속되어 있던 합창단과 이 '집' 사이에는 서로 닮은 무언가가 있다고 느껴요. 그것이 무엇인지는 모르겠어요."

그런 다음 그녀가 나에게 질문했다.

"당신의 성이 오두아르인가요?

"네."

"오두아르라는 작가가 있지 않나요?"

"네, 제 부친입니다."

"부친을 만나면, 그 분께 내가 안부 전한다고 말해 주세요."

"당신은 제 부친을 알고 계신가요?"

"아니요. 하지만 그 분께 내가 안부 전한다고 대신 말해 주세요."

클레망스는 다음 날 집으로 돌아가야 했다. 그것이 기쁜지 기쁘지 않은지조차 알지 못했다. 남편과 함께 자택으로 돌아가는 것이 기쁘고, 자녀들과 손자들을 다시 만나게 되어서 기쁘지만, 다정함이 있는 이곳에 거주하는 것 역시 즐거웠기 때문이다.

그녀가 사람들에게 말했다.

"나를 만나러 오세요. 커피나 분홍빛 포도주를 대접할게요."

(늦은 밤 내가 간호사 미셸에게 클레망스가 무슨 질병을 갖고 있는지 묻자 그녀는 졸리운 눈을 크게 떴다. "그녀는 이제 호전되었어요. 하지만 그녀는 종양을 갖고 있답니다." 그녀가 말했다.)

나는 클레망스에게 포옹 인사를 했고 방의 불을 꺼 주었다. 그녀의 침대와 밝은 색깔이 칠해져 있는 경마장 그림, 그리고 그녀처럼 개구쟁이의 미소를 갖고 있는 소년의 사진이 어둠 속으로 사라졌다.

다음 날 아침 7시경, 미셸이 클레망스의 상태가 좋지 않다고 나에게 알려 주었다.

그녀는 구토가 심해 어떤 치료약도 몸 안으로 받아들이지 못했다. 새벽 4시에 그녀는 부드럽고 노래하는 듯한 목소리로 자기의 '파푸아 사람'(그녀는 남편 쟝을 그렇게 불렀다.)을 불러 달라고 요청했다.

미셸은 '한밤중에 당신의 파푸아 사람을 깨우지 말 것이며, 그를 깨우는 일이 현명한 생각이 아닐 거라고' 그녀에게 말했다. 클레망스는 '알았어요, 알았어요.' 라고 대답했지만 곧 이어서 자기의 파푸아 사람을 불렀어야 했다고 재차 말했다.

'파푸아 사람' 이라는 애칭 때문에 내 눈에는 눈물이 고였고, 동시에 일종의 자책감을 느꼈다. 나는 침묵했고, 꾹 참았다. 그리고 나는 미셸에게 물어 보았다.

"당신은 무엇을 했나요?"

"나는 그녀에게 우리의 '파푸아 사람' 인 쟝 마크를 부르겠다고 대답했어요."

"지금 그녀는 어떤가요?"

"그녀는 잠들었어요."

미셸과 야간 근무를 했던 보조 간호사 알레상드로가 진료실로 들어왔다.

그가 의자에 앉으며 말했다.

"그녀는 어제 저녁 당신과 대화를 나눈 이후 매우 기분 좋아했어요. 그녀는 행복하고 몸이 가볍게 느껴진다고 나에게 말했죠. 두 분은 무슨 얘기를 나누었나요?

"합창단에 관해서 얘기했습니다."

클레망스는 결국 집으로 떠날 수 있게 되었고, 며칠 동안 상태가 좋지 않았다. 병원에서 하루 머문 후 그녀는 그 '집'으로 서둘러서 되돌아와야만 했다.

실비안이 말했다.

"우리 모두는 그녀를 다시 만나게 되어 기뻤습니다. 우리는 그녀에게 짧게 인사했고, 작은 꽃다발을 주었답니다. 그녀가 식당에 내려와서 우리에게 말했어요. '나는 여러분 모두를 사랑합니다. 그리고 이곳의 식사는 양호한 편이고, 나는 이곳에 있게 되어 기쁘답니다.'"

그녀의 친절함이나 '파푸아 사람'의 극진한 사랑과 배려, 그리고 그녀를 감싸고 있는 부드러움 등 이 모든 것에도 불구하고, 빛은 그녀로부터 전속력으로 멀어지고 있었다.

내가 그녀를 다시 보았을 때, 그녀는 안치실에 누워 있었다. 아침에 해가 떨어졌던 것이다.

후에 안 일이지만 내 부친은 그녀를 알고 있었다. 나는 이미 이생에 있지 않은 활기찬 노파를 대신해서 부친에게 안부의 포옹을 했다.

유형자

그가 어디로부터 왔는지 아무도 모른다. 여러 곳을 방황했을 유형자처럼 우연히 그 '집'에 들어왔던 것이다. 그는 빈손이었고, 눈물마저 말라버린 듯한 얼굴로 말 한마디 없이 미안한 표정을 지었다.

그는 여행 가방이나 배낭도 갖고 있지 않았다. 그에게서는 깊고 강렬한 내적 고독을 느낄 수 있었으며, 그가 머물게 된 방에서도 적막함만 감돌았다.

클로딘느는 야간 근무할 때, 옷을 갈아입지 않은 채로 침대에 누워 있는 그를 보며 서글픔에 잠겼다. 그녀를 서글프게 한 것은 병든 육체의 쇠약함이 아니었다. 아무것도 선택할 수 없는 물체가 되어 버린 인간성 부재였다. 선택이 아닌 우연으로 다른 곳이 아닌 이곳에 있게 된 것이고, 제자리에 있지 않는 그는 곧 사라질 것이다.

클로딘느는 그에게 줄 잠옷을 찾으러 갔다. 그녀가 옷을 가지고 되돌아왔을 때 그 남자를 만진다는 것은 불가능하게 느껴졌다. 그의 상태로 보아 그것은 참을 수 없는 폭력으로 느껴질 수도 있었다. 그래서 그녀는 그가 감기에 걸리지 않도록 이불을 덮어주었다.

며칠이 지나도 그는 여전히 말 한마디 하지 않았지만, 그 남자에 대한 몇 가지 수수께끼 같은 조각들을 끼워 맞출 수는 있었다.

의료진은 그가 어디서 왔으며, 신분증도 없고, 어떻게 그 '집'에 오게 되었는지 등의 경로를 거꾸로 거슬러 올라갔다.

한 보조 간호사가 그의 호주머니에서 전화번호 하나를 찾아냈다. 그는 바로 그 남자와 함께 기거했던 사람이었다. 그에게 전화를 걸었고, 그 유형자의 이름이 '누르딘느' 라는 것을 알게 되었다.

누르딘느는 여전히 아무 말이 없었다. 그가 프랑스 말을 이해하고 있는지 추측조차 불가능했다. 그렇지만 클로딘느는 그 남자에게서 한 실체, 그리고 특별한 빛을 느꼈다. 그것은 바로 그의 미소와 시선이었다. 그는 자신 이외의 다른 것은 표현하지 않고, 보여지는 모습 그대로 유지하고 있었다. 그런 상태는 극한 상황에서도 계속되었다.

클로딘느는 침묵 속에서 가끔 아랍 음악을 틀어 놓았다.

의료진은 누르딘느가 차츰 자신들을 받아들이고, 그들의 인간미에 감동을 받고 있음을 느꼈다. 그러나 결코 말이나 겉으로 드러나는 감사의 표현은 하지 않았다. 그것은 희미했고 미묘했다. 그러나 항상 가식없이 표현함으로써 우리를 놀라게 했다. 그것은 존재의 순수함으로써 더 감동적이었다.

마르세유에 거주하고 있는 가족 몇몇의 주소를 알게 된 쟝 마크와 샹딸은 만남을 추진했고, 튀니지 남쪽에 살고 있는 누르딘느의 아버지와도 연락을 할 수 있게 되었다. 행정 처리와 의견 교환에 다소 시간이 소요되어 그의 부친이 갸르단느에 도착하기까지 몇 주일이 지나야 했다.

챙 있는 모자와 회색 양복을 입고 있던 그의 부친은 나이든 아랍인 교사를 닮았다. 그는 양말 속에 철처럼 단단한 것을 지니고 있었는데, 걸음을 옮길 때마다 '클락 클락' 하는 발자국 소리를 냈다. 그는 당당했고 미남이었다.

부친을 보자 누르딘느는 울기 시작했다. 그들은 오랫동안 얘기를 했다. 어느 누구도 만류할 수 없었다. 그는 부친에게 자기 삶의 단편들을 얘기했고, 그 '집'에서 잘 지내고 있다는 것과 그곳에서 환대받으며 그곳 사람들이 자신을 책임지고 있음을 느낀다고 말했다.

빛바랜 사진이나 호주머니 깊숙이 간직하고 있던 편지처럼, 아련한 삶의 순간들이 다시 떠올랐다. 그는 한 여인과 결혼을 했고, 두 사람은 멋진 한 쌍의 부부였다. 그런데 그녀도 남편처럼 에이즈에 감염되고 말았다. 그리고 그녀는 남편보다 앞서 세상을 떠났다.

누르딘느의 부친은 그와 함께 한 달 동안 그 '집'에서 지냈다. 부친이 떠난 다음 날, 누르딘느는 이 세상에서의 마지막 밤을 맞이하고 있었다.

클로딘느는 그의 곁에 남아 있었다. 그녀는 누르딘느의 영혼과 매우 닮은 아랍 음악을 그에게 들려 주었다. 그녀는 밤새도록 그와 함께 있었다.

다음 날 아침, 그녀는 그의 가족들에게 편지를 썼다.

"당신은 밤에 누군가가 떠나가는 것을 봅니다. 꺼져가는 호흡을 지켜보는 것은 인상적이예요. 동시에 그의 가족들이 내 의식의 내부에 관심을 쏟게 하는 것이었어요. 그것은 마치 내 마음 속에 한 공간이 열려서 상대방의 마음 속에 있는 공간과 대화를 나누는 것과 같은 것이었고, 그의 가족이 그곳에 들어와 있는 것과 같았습니다. 내가 아니었어요. 그의 가족이었어요. 내가 될 수 없었죠. 흰 피부의 여자인데다가 이슬람교도도 아닌데 …… 인간의 차원을 넘어선 것이었어요. 그 이유 때문에 나는 그의 가족에게 편지를 써서 증언했고, 그 가족들이 알도록 했습니다. 나는 그들에게 누르딘느가 의료진으로부터 관심을 받는 핵심 인물이었다고 썼고, 매우 아름답고 총체적인 그의 존재를 그 가족들이 느끼게 하기 위해 누르딘느가 우리에게 느끼게 해 주었던 존재의 특성에 관해 편지를 썼습니다."

누르딘느가 죽자 그의 가족들은 유해를 이슬람식으로 치장을 하여 고향 튀니지로 보내고자 본국 송환 절차를 밟았다.

샹딸은 가족의 한 사람에게 그 절차에 참여하는 것을 허락해 달라고 요청했다. 그는 그녀를 바라보며 말했다.

"그곳에 참석하려면 애정을 가져야만 합니다. 당신은 애정을 갖고 있나요?"

"그렇습니다."

"그럼, 따라오세요."

몇 달 후 쟝 마크는 튀니지로 휴가를 떠났고, 남쪽 네프라에 있는 사막 입구에 있었다. 그는 술집에서 젊은이들과 토론을 가졌고 대화 도중, 자신은 에이즈 진료를 담당하고 있다고 말했으며, 그 병에 대해 알고 있는지 물어 보았다.

한 청년은 어떤 여인이 에이즈로 프랑스에서 사망했고, 그녀의 남편 역시 얼마 후에 사망해서 함께 안장되었다고 말했다.

"그의 이름이 무엇이지?"

쟝 마크가 물었다.

"누르딘느예요."

청년들은 쟝 마크를 누르딘느 가족에게 안내해 주었다. 그는 챙 있는 모자와 양복을 입고 있는 그 나이든 아랍인 교사, 누르딘느의 아버지를 다시 만났다.

그와 차를 마시며 한없는 감사의 말을 들었다. 쟝 마크는 그 '집'에 전화를 걸어서 감사의 말을 함께 나누었다.

여정 끝에 한 유형자는 자신의 집과 땅으로 되돌아올 수 있었다.

새로운 시작

자클린은 그 '집'을 막 떠나려던 파브리스가 두 발로 서 있는 것을 처음으로 보았다. 그들은 점심 식사를 막 끝내고 커피를 마시던 중이었다. 자클린은 그로부터 앞으로의 계획에 관한 이야기를 들었다. 갑자기 파브리스는 자클린의 마음을 감동시키는 말을 했다.

"나는 병에서 회복되었습니다. 내가 말하는 방식을 바꾸어야겠어요."

그녀는 그의 말 속에서 찬란한 미래를 예감할 수 있었다.

"그는 그 어느 것도 놓쳐서는 안될 만큼 다급했죠. 그는 이제 막 죽음을 벗어났던 것입니다. 그것은 마치 모든 것을 지워 버리고 처음부터 새로 시작하는 것과 같았습니다. 나는 그것을 매우 아름다운 능력이라고 생각해요. 질병으로 누워 지냈던 무거운 과거는 떨쳐 버리고 모든 것을 처음부터 다시 시작하는 겁니다."

그녀는 마약 중독과 에이즈로 자살 기도까지 벌인 파브리스의 인생 행로를 알게 되었다. 그녀는 이제 그를 놓치지 않기로 결심했다.

그 날은 수요일이었다. 서로 잘 알지 못했지만, 그녀는 다음주 토요일 오후 2시 아비뇽에 있는 그의 집을 방문하겠노라 약속했다.

토요일, 교통 혼잡으로 조금 늦게 도착한 그녀는 그의 집앞에서 기다렸지만 결국 그를 만나지 못했다. 그녀는 그에게 메모를 남긴 후 떠났다. 그녀는 '빨간 머리 자클린'이라고 사인을 했다.

파브리스는 곧바로 메모를 보지 않았다. 그 편지의 수취인은 자기가 아니라고 말했다. 그리고는 여전히 읽으려 하지 않았다. 그럼에도 불구하고 자클린은 집요했고, 결국 그를 만나는 데 성공했다.

어느덧 5년이 지났다.

파브리스는 또다른 역경이 있었다. 그는 교도소에 수감되었고 육체적, 정신적인 역경을 이겨내야 했다. 그러나 여전히 생존해 있으며, 자클린과 욜랑드를 만나며 지낸다.

그는 자기가 한 말을 헛되이 하지 않았다. 그녀 또한 그가 처음부터 다시 시작하는 것을 결코 허용하지 않았다. 그는 다시 시작할 계획을 갖고 있었지만, 인생은 지우고 다시 쓸 수 있는 칠판이 아니었다. 그는 자신이 잘 지내고 있을 때 소식을 전해왔으나, 다시 과거사를 되풀이할 때는 숨어 버렸다.

자클린이 말했다.

"하지만 그는 앞으로 전진하고 있어요. 세 걸음 앞으로 나아가고 한 걸음 뒤로 물러서지요. 그리고 나와 함께 있을 때는 말하는 방법이 달라졌습니다."

그녀는 말했다.

"내가 배운 것은 내가 사람들을 점점 더 배려하고 싶어한다는 것이예요."

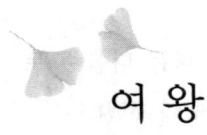

여 왕

그 '집'에는 신비로운 미소를 지으며 부동 자세를 취하고 있는 여왕이 있다. 10호실에 군림하고 있는 안 마리를 두고 하는 말이다. 그 방에 들어가는 사람들은 그녀에게 순종해야 하는 신하들이다.

쟝 마크가 나를 마지막으로 방문하게 한 곳이 바로 그 방이었다.

나중에 의료팀들은 내가 그 방에서 본 것들에 관해 물어 보았고, 나는 그녀의 시선 이외 다른 것에 관해서는 대답할 수 없었다.

안 마리는 오로지 강렬한 눈빛으로 관찰하고 탐색했다. 쟝 마크가 그녀에게, 내가 그 '집'에 관한 저술을 하고 있다고 설명했다. 그녀는 나에게로 눈길을 돌렸다. 그녀의 미소는 나의 미소를 얼어붙게 했고, 내 마음 속 깊은 곳까지 파고들어 숨김없이 동요되고 형언할 수 없는 감정을 불러일으키는 것 같았다.

"당신은 그 저술에 대해서 알고 있나요?"

쟝 마크가 물었다.

"아니, 몰라요."

안 마리는 힘겹게 말했다.

근위축성 측색 경화증을 앓고 있는 안 마리는 3년 전 그 '집'에 들어왔고, 그녀의 병은 그녀를 어느 정도 자유롭게 해 주었다. 몇 가지 몸놀림은 아직 가능했고, 언어는 한마디씩 끊어서 해야만 했다.

그녀가 의료팀 대다수와 맺은 관계는 매우 호의적이었다. 그녀의 성격은 복잡하고 난해했으며, 다정함과 동시에 격정으로 걷잡을 수 없었으며, 까다로우면서도 재미있는 성격이었다.

브리지트처럼 몇몇 사람들은 그녀와 경어로 말하지 않았다. 브리지트는 그녀와의 사이에 허물 없는 우정을 맺고 있었다.

다른 사람들은 그녀에게 늘 경어를 사용했다(이 '집'에서는 거의 경어를 사용하지 않는 것이 관례이다.). 사람들은 경어를 사용함으로써 생기는 거리감은 자신들 때문이 아니라 그녀에게서 비롯된 것이라 생각했다.

안 마리가 알린느와 함께 하는 작업 이외의 다른 어느 것으로도 그녀의 변화를 가늠할 수 있는 것은 없었다.

알린느는 회색 머리카락을 가진 젊은 여인이었다. 그녀는 어린 아이 같은 선한 눈빛을 갖고 있었다. 그녀의 눈은 끊임없이 움직였고, 때로는 터져 나오는 웃음을 참느라 진지한 표정을 짓기도 하였다.

그녀는 매주 한 번꼴로 그 '집'을 방문해서 환자들과 함께 병실에서 작업을 하였다. 주로 데생, 색칠하기, 콜라주 등을 같이 했다. 타인과의 어울림을 통해 신뢰감이 형성되면서 환자들의 닫힌 마음은 조금씩 조금씩 열리게 되었고, 정신적인 유대 관계 또한 깊어지는 계기가 되었다.

안 마리는 알린느의 도움으로 예술에 대한 눈을 떴고, 자신의 잠재력을 알게 되었다. 그녀는 데생과 색칠하기를 통해 인생의 평범한 순간들과 고뇌를 표현하였다.

이곳의 거주자들이 글쓰기를 했던 것과 마찬가지로 그녀는 그림을 그렸다. 그녀는 풍자와 시, 그리고 내적 성찰을 주로 다루었다.

시간의 흐름과 더불어 병의 진행은 빠르고 심각해져 갔다. 안 마리의 몸놀림은 점차적으로 자율성을 잃어 버렸다. 두 팔은 그녀의 육체를 따라 축 늘어졌고 손가락들은 마비되었으며, 언어 기능의 장애는 더욱 심해졌다.

하지만 매주 수요일 오후, 안 마리는 늘 그녀와 작업을 했다. 두 여인은 함께 콜라주의 주제를 결정했고, 알린느가 구성 재료들을 하나씩 안 마리에게 물어 보고 그녀 대신 적당한 위치에 올려놓았다. 그리고 신경질, 계절, 감정 등 제목별로 작품을 분류하기도 했다.

나는 알린느가 그런 작업 활동 이후 상당히 지칠 거라고 추측했다. 물론 그렇기는 했지만, 그녀는 둘 사이에 주고받은 공감들을 자유롭게 표현하고, 친구의 손을 빌어 자신의 흔적을 남기는 그 일에 언제나 온 힘을 쏟았다.

안 마리는 말을 하려고 애썼다. 그러나 말은 침과 섞여 나오는 꾸르륵 소리처럼, 그녀의 입술 사이로 나오는 가느다란 한숨처럼 느껴졌다. 그녀는 말을 한다기보다는 무언가를 내뱉는 듯했고, 그것은 입술 언저리에서 거품으로 변해 버렸다.

그 가운데서도 늘 해오던 대로 일상적인 치료와 청결 작업은 이루어졌다. 때때로 그녀가 원하는 것을 정확하게 파악하지는 못했지만

(가령, 취침할 때 그녀의 등에 받쳐 놓을 쿠션의 위치 등), 간호사들은 대체로 안 마리의 의사를 이해했다.

그녀는 또한 보다 사적이며 속 깊은 대화를 나누고 싶어했다. 그래서 그녀와 대화하는 사람에게는 특별한 의사 소통 행위가 요구되었다.

안 마리의 의사를 이해하기 위해서는 그녀의 음성 언어에 의존하기보다는 눈과 얼굴의 표정 속에서 또는 함께 했던 추억 속에서 실마리를 찾는다든가, 하루 일과 중 있었던 일, 그 방에 있는 사물이나 그림을 탐구 조사하는 것이 더 효과적이었다. 그러기 위해서 때로는 스스로 깨닫거나 아니면 의사 소통의 단절, 무능력으로 인한 실패에 대한 근심을 스스럼없이 고백해야 하는 솔직함이 필요했다.

"미안해요. 나는 이해 못하겠어요. 다시 해 봐요."

그런 방식을 통해 안 마리는 미레이유에게 가족에 대한 복잡한 감정의 변화를 드러냈다. 마흔 살이 되어서 자녀 입장으로 되돌아간다는 것을 결코 쉬운 일이 아니다. 그것은 당시의 외침 소리, 당시의 울분, 당시의 반항심으로 가득찬 청년기를 다시 시작하는 것과 같다.

지독한 외상의 고통은 반복되었다. 그녀는 그 기억을 간직하고 있었고, 침묵의 고함은 입가에서 맴돌기만 했다.

남은 시간이 많지 않았다. 어느 것도 해결되거나 완성되지 않았다. 어떤 단절도, 어떤 발전도 없었다. 미레이유가 삶 속에서 자주 포착했던 균열, 우리들을 방황하게 하고 가면을 벗어 버리게 하는 그런 균열 속으로 안 마리도 빠져들었다.

신체적 마비 현상이 심해짐에 따라 안 마리는 격심한 내부 동요로 점점 혼란스러워졌다. 미레이유도 그녀의 격렬한 동요를 느꼈으며, 자연스럽게 받아들이도록 했다.

안 마리는 의사 표현에 필요한 보조 기계의 사용을 계속 거절했다. 그녀와 동일한 질병을 앓고 있는 몇몇 환자들이 능률적으로 사용하고 있는 시각 조종관이 부착된 컴퓨터의 활용도 거부했다.

안 마리는 누구에게나 친절한 것은 아니었다. 그녀는 오래 전부터 알고 지낸 간호사들을 존중했다.

이유는 그들과 갖게 된 친근함 때문이기도 했지만, 간호사들이 그녀에 관해 소상히 알고 있었으며, 자신의 의사를 표현하려고 노력하지 않아도 그녀의 요구를 정확히 파악하는 익숙함 때문이기도 했다.

그녀는 자신의 의사를 이해 못하는 어떤 간호사에게 부당하게 한적이 있었다. 그 '집'에 마지막으로 채용된 보조 간호사 알렉상드로가 바로 그 경우였다.

안 마리는 그가 자신을 '돌보기에 합당하지 않다'라고 비난하기에 앞서 자신에게 적응할 시간을 충분히 주지 않았다. 그렇게 몇 주가 지나자 알렉상드로는 체념했다. 그는 안 마리와 마지막으로 나눈 대화를 웃으며 이야기해 주었다.

"당신께 세수를 해 드릴까요?"

안 마리는 머리를 가로저었다.

"다른 사람이 당신에게 세수를 해 드리길 원하시나요?"

그녀는 머리를 끄덕였다.

임종이 가까워지면 우리를 사로잡는 부당하고 불합리하며 두드러지게 비정한 감정을 떨쳐버리기란 결코 쉽지 않다. 그녀의 유별난 행동과 그녀와 맺은 친근한 유대 관계 때문에 이곳에 있는 사람들은 누구나 고인이 된 안 마리를 떠올리는 것을 꺼렸다.

그녀의 질병은 가혹한 질병 중의 하나였고, 그 가혹함으로 인해 그녀는 간호사들을 막다른 골목으로 몰아넣었다. 엄청난 생명력으로 삶에 집착하는 사람의 죽음을 어떻게 기원할 수 있겠는가? 또한 결말이 너무 고통스러운 힘든 삶의 연장을 어떻게 기원할 수 있을까? 결과적으로 그런 것은 소용 없는 일이었다.

이곳에서는 여전히 생명의 중단이 이어졌으며, 또한 남아 있는 사람들을 위한 돌보는 행위도 계속되고 있다.

한밤중이었다. 의자에 앉을 수도 있고 대화를 나눌 수도 있으며, 시간 장벽을 물러나게 할 수도 있는 고요한 밤이었다.

호출음이 울렸다.

"10호실"

알렉상드로가 자리에서 일어나며 알려 주었다.

"그냥 있어. 내가 가 볼게."

미셸이 말했다.

알렉상드로는 배려에 대해 미안해하는 아이의 표정을 짓고 있었다.

안 마리는 무엇을 원하는 걸까?

몸을 반대쪽으로 돌려주길 원하나? 아니면 쿠션의 위치를 바꾸어 주길 원하나?

한밤중에 그녀의 여왕 같은 미소가 정처 없이 떠돌고 있었다.

마르틴느

마르틴느의 한쪽 눈은 감겨 있고, 다른 한쪽 눈은 장 마크와 세상을 향해, 그리고 공포심을 일으키는 허공을 향해 뜨고 있었다.

그는 마치 입술이 붙어 있었던 것처럼 몇 마디 말을 하는 데도 힘겨워 했다.

소란스럽지 않고 키 작은 그녀의 어머니는 얼굴 위에 미소를 띠고 있었다. 그녀는 수프 그릇을 현관에 놓아 두고 방 깊숙이 그늘 같은 구석으로 들어가 버렸다.

방에서는 아무것도 구별이 되지 않았다. 우리가 보는 것을 보지 못하고, 우리가 못 보는 것을 보고 있는 부동의 공포스런 그 한쪽 눈만 두드러져 보였다. 소설 속이라면 그녀는 '다른 세상에서 왔다' 라고 말할 정도였다.

다음 날 아침, 그 시선 속에 이상한 것이 있었다. 그것은 누구의 마음 속에 자리 잡고 있는 뜻밖의 나약함 같은 것이었고, 그 나약함으로 인해 각 단어마다, 각 몸짓마다, 각 시선마다에 한없는 예민함이 깃들도록 했다. 모든 것이 상처를 줄 수 있었다. 사람들이 입가에, 그리고 손가락 끝에 유리 조각들을 갖고 있는 것과 같았다.

평소 매우 상냥한 마리의 시선은 개구쟁이처럼 놀라움으로 동그래졌다. 일상의 생활에 제법 민감한 그녀는 화티와 함께 휴게실에 서 있었다.

그녀가 말했다.

"그 일은 너무 빨리 일어났어요. 이해가 안가요."

마르틴느는 진정되긴 했지만 여전히 몸에 경련이 있었다. 그녀는 막 평온한 밤을 보내고 일어난 뒤였다. 주·야간 근무조의 근무 교대 회의 때, 마리는 통고해 줄 일이 전혀 없다고 마리옹에게 말했다. 상태가 좋지 않은 환자들로부터의 불길한 조짐은 전혀 없었다.

그런데 8시 30분경 마르틴느의 어머니는 복도를 뛰쳐나와 중앙 공급실 직원 엘렌느를 붙잡고 말했다.

"이리와 보세요. 내 딸이 떠나려는 것 같아요."

엘렌느는 마르틴느 옆에 있었고 그녀의 손을 잡았다. 엘렌느는 그녀가 몇 분 후에 떠나가는 것을 보았고, 그러는 동안 엘렌느는 전날 밤 그녀와 함께 둘이 주고 받은 농담을 생각했다.

"금발 머리 여인은 바나나 껍질이 보이면 무엇을 생각할까?"

엘렌느가 대답했다.

"제기랄, 또 미끄러지겠네."

금발 머리의 마르틴느는 '설마, 설마' 하면서 웃었다. 마르틴느는 아주 천천히, 그리고 빨리 바나나 껍질 위로 미끄러졌다.

마리와 화티는 그녀를 화장시키고 옷을 갈아 입히러 갔다. 마리옹은 마리에게 교대할 것을 제안했지만 마리는 스스로 확인하고 싶어했고, 자신이 빠져 있던 경악의 상태로부터 자신을 끌어내는 돌봄의 행위를 완수하고 싶어했다.

"너무 빨랐어, 너무 빨랐어."

그녀는 반복적으로 말했다.

나중에 종교적 의식을 거행하든 거행하지 않든, 유족들이 있는 작은 방으로 마르틴느의 시신을 운구할 때, 나는 복도에 있었다.

나는 그녀의 편안한 얼굴과 긴장이 풀려 있는 모습을 얼핏 보았다. 우리는 가벼우면서도 육중한 시신을 침대에서 이동 간이 침대로 미끄러지듯 옮겼다.

샹 루이는 휴게실에 어느 누구도 지나가지 못하도록 지켜보았다. 크리스토프 역시 식당 근처에서 샹 루이처럼 살피고 있었다.

마리옹과 샹딸은 마르틴느의 몸을 시트로 덮었고, 그 유해가 내 앞을 지날 때 나는 그 위에 손을 얹었다. 나는 그곳이 그 유해의 어떤 부위인지 알지 못했다.

나는 안치실까지 그들을 따라갔으나 들어가진 않았다. 마리옹이 되돌아왔을 때 한마디 말없이 지나가면서 내 팔을 잡았다.

사무실로 간 샹딸은 장의사에게 전화를 걸었다. 유족은 화장을 선택했다.

아침 7시에 마르틴느는 어머니에게 '사랑한다'고 말했다.

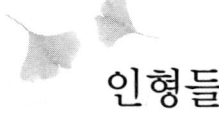

인형들

자클린이 말했다.

"그 두 사람은 사랑한다고 말하는 그들만의 방식이 따로 있었는데 나를 혼란스럽게 했어요."

그녀는 르노의 노래 속에서처럼 티티에 있는 한 어머니였다. 어떤 기준으로도 그녀의 미모를 가늠하지 못했다. 동거남도 마찬가지였다. 두 사람은 내 상식으로는 전혀 이해할 수 없는 생활을 하고 있었지만 그 삶은 아름다웠다.

"발렌타인데이 때, 그녀는 꽃집 주인을 통해 꽃다발을 배달받았는데 그녀는 장난이거나 실수로 잘못 배달됐을 거라고 생각했어요. 한순간도 그녀가 알고 있는 누군가가 보냈을 거라고 생각하지 않았죠. 마침내 사랑하는 사람이 보냈다는 사실을 알고는 눈물을 흘렸어요."

그녀는 작은 일에도 행복해 했다. 두 사람은 재물이 많지 않지만, 그녀의 인형 수집에 대한 열정을 만족시키기 위해서는 돈을 아끼지 않았다.

그녀는 자기 방으로 자클린을 데리고 가서 수집한 인형들을 보여 주었다. 선명한 빛깔의 옷을 입고 있는 플라스틱 인형들이 배합이 잘 된 반쪽의 부활절 달걀 속에 놓여 있었다.

그녀와 동거남은 먹는 것을 줄이면서까지 인형 세트를 수집했다. 원하던 인형 세트를 갖게 될 때면, 그녀는 상상할 수 없을 정도로 기뻐했다.

자클린이 말했다.

"아름다움이 꼭 당신의 눈에 띄는 것은 아닙니다. 다른 사람들이 당신에게 그것을 보여 줄 수 있습니다. 그 인형들은 나를 감동시켰어요. 왜냐하면 자신의 인형들을 나에게 보여 줄 생각을 갖고 있었거든요."

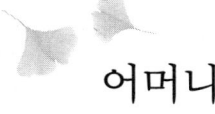

어머니

그의 시선은 고정되어 있는 두 검은 별 때문에 타는 듯이 뜨거웠다. 그 시선은 저 위 어딘가에 막 정착하려던 참이었다. 점심시간 때, 친근한 소란 속에서 내 눈길이 그의 시선 위에 놓여질 때면 그의 시선은 항상 완벽하게 정지된 듯했다. 그 시선을 '부재'라고 말할 수도 있을 것이고, 그렇지 않으면 완전히 흡수된 시선이라고 말할 수도 있을 것이다.

나는 그 남자의 이름을 모른다. '그 남자'라고 말하지만 시트 속에 쪼그리고 있는 그의 육체는 노파의 가느다란 허약한 육체와 같았다. 사람들이 그를 안아 올리는 것은 쉬울 거라고 느꼈다.

커피를 마실 때, 나는 눈으로 그를 다시 찾았다. 그는 떠났고, 나는 그를 잊었다.

브리지트는 나를 데리고 바바라를 방문하러 갔다. 나는 체류 마지막 날 그녀를 보았고, 그녀의 지성과 아름다움은 나를 놀라게 했다.

브리지트가 말했다.

"그녀의 상태가 좋지 않아요. 그녀는 계속 나가고 싶어합니다."

그녀는 거동할 수 없었는데, 사람들은 가끔 링거를 걷어 내고, 병실에 서서 출발을 기다리는 그녀를 발견했다.

그날 밤 그녀는 포복하는 자세로 침대 가장자리를 혼자 미끄러져 빠져나왔다.

그녀의 시선 속에는 내가 발견했던 그 염려 같은 것이 남아 있었다. 지각은 사라졌고, 그 대신 혼란스럽고 불안한 근심만 남아 있었다. 목소리는 저음이어서 거의 알아들을 수 없었고, 그녀의 이마는 온통 주름 투성이었다.

그녀는 그 어느 때보다도 더 창백했고 여위어 있었다(부종이 심한 그녀의 다리는 시트 안에 완전히 감추어져 있었다). 그녀의 머리카락은 회색이었고 듬성듬성 남아 있었다. 전반적인 인상은 모든 것이 조금씩 물러가고 있다는 것이었다.

"이 속이 좋지 않아요."

그녀는 가느다란 집게손가락으로 관자놀이를 가리키며 속삭였다.

그녀가 힘든 것은 고통스러웠던 기억이라고 쟝 마크는 생각했다. 고통이 그녀의 내부에 갇혀 있는 게 느껴졌고, 남아 있는 맑은 의식은 그 속을 깊이 파고들어 견딜 수 없는 한계 상황까지 파헤치는 것이 느껴졌다.

긴 침묵의 순간이 있었고, 그 동안 브리지트는 아무 말 없이 웃으면서 그녀를 바라보는 것으로 만족했다. 형언할 수 없는 의구심을 담고 있고, 경직되어 있는 듯한 얼굴을 간호사 쪽으로 돌린 그녀 역시 침묵하고 있었다.

"우리는 이제 그만 가야할 것 같군요."

브리지트가 말을 꺼냈고 바바라는 살짝 미소를 지었는데, 그 미소 속에는 과거의 미모를 보여 주는 창백한 모습이 드러났다.

우리가 노엘 방을 나왔을 때, 브리지트는 "자, 노엘에게 인사하러 갑시다."라고 나에게 말했다.

우리는 그 방에 들어갔다. 아주 먼 곳에 있는 듯 하기도 하고, 아주 가까운 곳에 있는 듯 하기도 한 공허한 시선, 나는 그 검은 시선을 느꼈다.

우리가 들어갔을 때 노엘은 혼자였지만, 곧바로 그의 어머니 모니크와 그의 새 아버지 쟝이 들어왔다.

몇 마디의 말이 노엘의 입에서 흘러나왔다. 명료한 말이었지만 외지에서 온 요구에 대한 답변인 듯했다. 동문서답인 것도 같았는데, 그가 고의로 그랬는지는 알 수 없지만 익살을 부리는 것처럼 멋대로 말했다.

전화벨이 울렸고 모니크가 수화기를 들었다. 모니크의 친구 죠르즈였다. 물론 노엘과도 친한 사이였다. 모니크가 전화에 대고 대답했고, 노엘이 앵무새처럼 따라 말했다. 공허한 시선은 허공을 향했고, 시트 안에서 웅크린 채 그는 '죠' (죠르즈), '네, 괜찮아요' 라며 흉내를 냈다. 그의 말은 마치 전화 반대끝에 있는 죠르즈에게 입김을 내품으며 말하는 것 같았다.

그의 어머니가 수화기를 건네 주었을 때, 통화 내용은 전혀 알아들을 수 없었다.

그는 우리에게 무언가를 말하려고 애썼다.

"있게 될 거예요.", "있게 될 거예요."라고 말했지만, 완성된 문장은 끝내 하지 못했다. 무대에서 일인 다역하는 것 같았다. 그의 말에는 조리라고는 전혀 없었다.

그가 잠든 사이 모니크와 쟝은 노엘과 자신들에 관한 이야기를 나에게 솔직하게 들려 주었다(그녀가 이야기 속에서 묘사해 준 지옥의 형태는 그대로 그릴 수 없었다. 모니크의 외형과 얼굴은 젊었고, 그녀의 미소는 눈물로 빛나고 있었다. 위엄 그 이상으로 결단력이 있었다. 어떤 상황에서든 살아야 한다는 각오가 엿보였다.).

노엘은 난폭한 아이였다. 부모의 이혼과 어머니가 다른 남자(쟝)를 만나는 것을 받아들이지 못했다. 노엘은 자기 학대, 그리고 유희 등을 일삼으며 일찍이 '자기가 원하는 삶'을 살기로 결정했다.

마약 중독과 에이즈 양성 반응이라는 힘겨운 삶(그는 17년 전부터 양성 반응을 보였다.), 그리고 알코올 중독……

20년 동안 노엘은 경험할 수 있는 것은 모두 시도해 봄으로써 의도적으로 자신을 파괴했다. 그는 불 켜진 진열장 속에 들어가 아침까지 꺼지지 않는 조명과 장난을 쳤다. 그는 자신의 매력과 온갖 수단을 이용해서 절도나 유희, 날치기와 탈취를 일삼았다.

그는 삶의 안정 상태에 이르게 될 때마다(아슬아슬함을 즐기는 그의 성향 때문에 그는 선행을 행하는 만큼 악행을 저질렀고, 선인을 가까이하는 만큼 악인도 가까이 했다.) 스스로 그 모든 것을 망가뜨렸다.

그는 마르세유를 벗어나기 위해 쌩 트로페즈에 은신했다.

모니크가 말했다.

"마르세유에서 내 아들이 만난 이들은 원하지 않는 데도 마약을 권하는 사람들이었습니다."

그는 부유한 미망인을 유혹했고, 그들은 흰색 롤스로이스를 타고 광란의 질주 끝에 이비자에 도착했다. 그러나 그는 두 개의 비닐에 싸여 병원에 도착했던 것이다.

그는 모든 것을 손아귀에 쥐고 있는 듯 했으나, 곧 사라져 버리기 일쑤였다. 그의 질주에 질린 부호의 여인은 그와 결별했다.

"그가 마신 최후의 성배였습니다."

쟝이 쓸쓸히 웃으며 말했다.

모니크는 자책감(그녀가 벗어났다고 말했다.)과 책임감(그녀가 느끼고 있다고 말했다.)을 구별하려고 몹시 애를 썼다. 나는 자책감은 과거에 속한 것이고, 책임감은 현재에 속한 것이라고 말했다. 그녀가 강하게 힘주어 말했다.

"아닙니다. 나의 책임감 역시 과거에 관한 것입니다."

그녀는 스스로를 학대하지 않으려고 애쓰면서, 언제 과오를 저질렀는지에 대해서 자문해 보았다. 아들이 너무 난폭했기 때문에 일년 동안 기숙사에 보냈을 때, 아니면 쟝을 만난 후 그를 좋아했던 노엘이 엄마와의 애정을 놓고 '갈등'을 느끼고 있는 것을 깨달았을 때, 두 사람이 소용돌이를 벗어날 목적으로 아프리카로 떠나가서 살았을 때……. 질문은 끝나지 않고, 해답은 물론 없었다.

몇 년 전, 노엘은 "나는 죽을 수 없습니다. 왜냐하면 어머니가 그 뒤에 살아남지 못할 겁니다."라고 말했다. 그 말은 그녀가 자기의 뒤를 따라 죽어야만 한다는 것을 의미했다. 즉, 일종의 피의 계약 때문에 그의 가족이 그의 죽음에 응해야 한다는 것이었다.

결국 그의 어머니 인생은 그의 방황에 좌지우지되었다.

"어머니를 불러 주세요. 여기 어머니의 전화번호가 있어요."

절도로 체포되었을 때, 혹은 어떤 이유로 곤경에 빠졌을 때 그가 하는 말이었다. 모니크가 그 굴레로부터 벗어날 수 있는 방법은 두 사람을 묶고 있는 관계는 유지되면서 거절(손해 배상이나 훼손의 수리)의 상황을 이끌어내는 것이었다.

쟝의 역할은 중요했다. 그들은 아프리카와 밴귀에서 '다른 생활'을 보냈다. 노엘의 염원에도 불구하고, 모니크는 노엘을 잃어도 자기는 살아남으리라는 사실을 조금씩 깨달았다.

(그녀가 얘기하고 있는 동안 내내, 그는 잠자는 것 같았다. 가끔 그의 눈꺼풀이 올라갔다가 다시 내려왔다. 난처해 하지 않았다. 그는 듣고 있었고, 그 얘기를 모두 알고 있었다. 물론 여전히 고약했다. 그는 어머니의 고통을 알았고 사랑 또한 알았다.)

노엘은 임종이 가까워졌을 때 상태가 조금 호전되어 있었다. 그는 예쁜 옷을 좋아하는 것처럼 아이스크림과 오렌지에 집착했다. 그 '집'에서는 그를 위해 매일 3킬로그램의 오렌지가 필요했다.

그 방을 나가려는 순간 나는 그 '집'의 자유기고록에서 읽었던 내용이 생각났다.

어느 환자의 어머니가 쓴 문장이었다.

'자녀와 대화를 나누고 용서하며, 특히 무엇보다도 자녀들을 사랑하려고 애쓰기 위해서 고통의 순간들을 결코 기다리지 말라고 여러분에게 당부하고 싶습니다.'

다음 날 아침, 나는 쟝을 따라온 모니크와 함께 캬린의 사무실에 들어갔다. 나는 밤 늦게 잠들었으므로 잠이 덜 깬 상태였다.

"잘 지내셨나요?"

그 '집'에서는 하지 않는 질문이다. 적어도 환자 가족들이나 환자에게는 그랬다. 이제까지 입 밖에 내지 않은 안부를 묻는 그 말은 몇 번이나 입가에 맴돌았고, 그 말이 튀어나오지 않게 하려고 애썼다.

모니크가 말했다.

"잘 지내지 못했어요. 내 아들이 지난밤에 사망했습니다."

나는 어떤 말도 하지 못했다. 단지, 그녀와 쟝을 포옹할 뿐이었다.

조금 시간이 흐른 아침 나절 죠르즈가 도착했다. 어제 우리가 노엘의 방에서 얘기를 나누고 있을 때, 전화를 걸었던 노엘의 친구였다. 프로방스풍의 셔츠를 입고 캘빈 클레인의 스카프를 매고 있었는데, 그 마크의 머리글자가 그의 목 주위를 지나 어깨까지 늘어져 있었다.

죠르즈는 모니크, 쟝과 함께 한쪽으로 비켜 서 있다가 나를 만나러 왔다. 그가 한 모든 말은 미묘하고 억제된 말이었다.

죠르즈는 약 10년 전 구제 기금 산하 훈련원에 들어갔을 때, 모니크를 만났다. 모니크가 먼저 말문을 열었고, 그도 그녀에게 얘기를 들려 주었는데 단순히 자신이 그곳에 오게 된 경위를 설명했다. 한 해 전 그는 에이즈로 동반자와 사별했고, 이어 미용실을 함께 운영했던 동업자도 떠나보낸 뒤였다.

모니크는 그에게 노엘에 관해 얘기했다. 하지만 노엘이 독자적으로 있는 한, 두 사람은 특별히 가까워질 수 없었다. 노엘이 포기하기 시작할 때, 그리고 친구들이 하나씩 사라지기 시작할 때, 그 두 사람의 관계는 진실해지게 되었다. 결국 죠르즈가 유일한 친구였다.

죠르즈는 그런 사실을 두고 노엘을 꾸짖었다. 죠르즈가 쌩 트로페즈에 있는 노엘을 마지막으로 만나러 갔을 때, 노엘이 그를 베트남 음식점으로 초대했다.

식사가 끝날 무렵, 노엘이 그에게 말했다.

"내가 누군가를 음식점에 초대한 것이 내 생애에 처음이라는 사실을 너는 아니?"

죠르즈는 노엘의 힘들었던 삶을 회상했다. 모니크와 쟝이 말했던 또다른 얘기도 …….

"그는 이스탄불을 여행 중이었습니다. 그의 어머니가 크리스마스 선물로 마련해 준 여행이었습니다. 그곳에서 그는 정신을 잃었습니다. 약을 과잉 투여했던 거죠. 그는 길에서 발견되었고, 부영사관이 정성을 다해 그를 돌보았습니다. 그 분은 마토 씨라는 분입니다. 자청해서 노엘을 아들처럼 돌보았고, 나에게 그 사실을 알려왔습니다. 그리고 본국 송환 절차도 그 분이 알아서 처리해 주었습니다. 노엘은 응급차로 쌩 트로페즈에 도착했습니다."

나는 부영사관이 자신을 노엘의 형으로 느꼈는지에 대해 궁금했다.

"그 분은 형이라고 하지 않고 아버지라고 했습니다. 나는 그 분께 감사의 말을 전했습니다. 우리의 나이 차이가 10살이나 12살 정도일 뿐이였으니까요. 병원에서 노엘은 부영사관에게 그 분이 자기의 양아버지라고 말했습니다. 노엘은 나에게 친아버지에 관해 수없이 말했습니다. 그는 그 때마다 눈물을 흘렸습니다."

어느 날 병세가 매우 악화되었을 때, 노엘의 친아버지가 전화를 걸어왔다. 죠르즈는 그 아버지에게 아들을 면회해 줄 것을 부탁했다.

"당신이 오지 않으면 후회할 겁니다."

그러나 아버지는 오지 않았다. 그는 후회하며 살아갈 것이다.

죠르즈는 어느 날, 마리 드 헨젤이 주도한 세미나에서 참가자들에게 연습을 시켰던 일을 회상했다. 그것은 우리가 내일 죽어야만 한다면, 삶 속에 남아 있을 수도 있는 후회를 표현하는, 이를테면 최후의 편지를 쓰는 연습이었다.

죠르즈는 자신이 동성연애자라는 사실과 에이즈, 자신이 경험한 사랑, 자신의 독신 생활 등에 관해서 어머니와 한 번도 얘기를 나눈 적이 없는 내용을 편지로 썼다. 그리고 평범한 일들에 관한 후회도 적었다.

마리는 그 편지를 다른 참가자가 읽어 줄 것을 요청했다. 죠르즈는 한 부인을 선택했다.

"어머니의 연세와 비슷한 유일한 부인이었습니다".

그녀는 편지를 읽으면서 눈물을 흘렸다. 그녀가 죠르즈에게 말했다.

"이 감격의 기회를 어머니께 드리세요."

죠르즈는 4년 전, 처음으로 어머니에게 자신의 처지에 대해 말했다. 그는 질병 때문에 숨는 것을 그만두었고, 죽기 위해 숨는 것을 그만두었다. 그리고 살기 위해 숨는 것도 그만두었다.

쟈지아가 야간 근무를 했다. 새벽 1시경까지 사방은 고요했다. 그때 모니크가 왔다.

"심상치 않아요. 아들이 숨을 가쁘게 몰아쉬고 있어요."

쟈지아는 쟝 마크를 호출했고, 그들은 특별히 취할 조처는 없다고 서로 얘기했다. 그건 사실이었다.

모니크는 점점 더 호흡이 빨라지는 노엘 곁에 머물렀다. 쟈지아가 침대로 다가갔다. 그녀는 시트를 들춰보았다.

"나는 그것이 끝이라는 것을 알았어요. 하지만, 나 이외에 다른 어느 누구도 그것을 몰랐습니다. 피에르는 자신이 할 수 있는 최선의 부드러움으로 그를 떠받치고 있었습니다. 노엘은 피로 범벅이 되어 있었어요. 말 그대로 그의 모든 피가 다 쏟아져 나온 듯 했어요. 피에르는 내 얼굴을 보고서 비로소 그의 임종을 깨달았어요."

늘 다른 곳을 주시하던 노엘의 시선은 비로소 한 곳에 강렬히 고정되었다.

임종 후 노엘의 육체는 계속해서 비워져 갔고, 쟈지아와 피에르가 흘러나오는 것을 감당하지 못할 정도였다.

복도 안쪽에 있는 병실에서, 한 환자가 쟈지아를 호출한 후 "당신은 나에게 친절하지 않군요."라고 말했다.

그녀는 쟈지아가 자기의 잇몸을 닦아 주길 원했다. 쟈지아는 지금은 그럴 때가 아니라며 거절했다.

모니크와 쟝, 그리고 죠르즈는 함께 점심 식사를 했다.

노엘에 대한 화제는 가급적 피하고자 애썼다. 어쩔 수 없이 떠올릴 때는 단지 살짝 언급하는 정도였다. 마치 그가 때때로 보이지 않는 날갯짓으로 우리를 만지러 왔던 것처럼 말이다. 사람들은 그의 스쿠터에 관해 얘기했다. 모니크는 그것을 어떻게 처리할지 고민 중이었다.

"나는 그것을 타고 싶지 않습니다."

죠르즈가 말했다.

모니크는 죠르즈를 바라보았다.

"그는 이 땅 위에 있는 사람 중 최고예요."

쟝의 눈길에는 "적어도 내가 알고 있는 사람 중에서는 ……"라고 말하는 듯했다.

그들과 함께 동석해 달라는 초대였음에도 불구하고, 침묵을 지키고 있던 나는 억지로 끼어 들었다는 거북한 느낌이 들었다. 대화는 다양한 화제로 옮겨다니다가 다시 중단되었다. 급작스런 대화의 중단 속에, 그리고 납처럼 무거운 침묵 속에 고통이 머물렀다.

이따금씩 쟝 마크가 식탁에 와서 앉았다. 그는 그들과 함께 투쟁한 이후부터 모니크와 가까운 사이가 되었다. 그는 웃으며 사소한 일들에 관해 말했다.

쟝은 말할 때 상대방을 정면으로 바라본다. 말은 조용하고 명확했다. 그가 타인에게 기대했던 것은 그와 같은 명확성이었다.

죠르즈는 노엘이 자기에게 장례식에 참석하도록 '허락' 해 준 것에 만족한다고 말했다. 작년에 노엘은 모니크와 쟝 이외의 다른 조문객이 오지 않도록 부탁했다.

"몇 주 전 내가 마지막으로 쌩 트로페즈에 갔을 때 그가 나에게 말했어요. '너 역시 조문을 와 주길 바라며, 모두 세 사람이 장례식에 참석하길 바란다'고 어머니께 말할 거야."

모니크는 고개를 끄덕였다.

나는 쟝이 했던 말을 회상했다. 죠르즈가 일찍이 암시했던 말이었다. 노엘은 세 분의 아버지를 두었다. 그를 진심으로 돌보아 준 두 명은 그의 친아버지가 아니었다.

정열적으로 사랑했던 미남아의 실체와 말 없는 대화 속에서, 그리고 며칠 후 혹은 그녀의 최후에 그녀를 호위하기 위해서 두 명의 남자가 있었던 것이다. 모니크가 삶을 위해 선택했던 남자와 끝까지 노엘의 곁에 머물렀던 남자.

노엘의 부재는 그의 실재가 그랬던 것처럼 격렬했다.

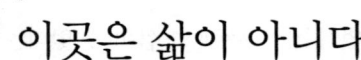

이곳은 삶이 아니다

내가 그 '집'에 체류한 첫 날, 펠리세트는 내가 만났던 마지막 사람이었다. 내가 복도 맨끝에 있는 회계사 레나토의 사무실을 떠나면서 인사를 하고 있던 중에 그녀가 들어왔다. 나는 그 방을 가득 채우는 고통의 덩어리를 느꼈다.

내가 그 '집'의 문을 통과한 이후 처음으로 나를 불시에 사로잡고, 두렵게 만드는 극심한 혼란이 그녀의 미소 뒤에 있었다.

레나토는 매주 한 번씩 자기 일을 도와주기 위해 방문하는 자원 봉사자, 펠리세트를 나에게 소개했다.

"당신은? 당신은 이곳에서 무슨 일을 하시나요?"

그녀가 나에게 물었다.

그 '집'에서 경어 사용은 드물었다. 나는 첫 만남 때와 같은 일종의 수줍음 같은 것 때문에 경어로 가끔 말했다. 그것은 근본적인 거리감과 나의 평온을 잃게 만드는 경계의 표시였다.

나는 서툴게 저술에 관해 설명했다. 지난 이틀 동안 여러 번 반복했던 말들이 이 방에서는 무의미하고 공허하게 울렸다. 나는 누군가와 진실에 관해, 증언과 삶에 관해 말했다.

"당신은 이곳이 삶이라고 말하시는군요."

그녀의 퉁명스런 반응이 나의 허를 찔렀다.

"삶의 순간들이 있다는 것을 말하려고 했습니다."

나는 더듬거리며 말했다.

펠리세트는 나의 말을 듣지 않았다.

"이곳에서 일어나는 일들은 끔찍해요. 이것은 삶이 아니예요."

그녀는 내 눈을 정면으로 쳐다보며 말했다.

나는 깊은 혼란 속으로 뒷걸음질쳤다.

이틀 동안 의료팀들이 나에게 인간과 올바른 간병 행위, 그리고 강렬한 유대 관계 등에 관해 말하는 얘기를 들었다. 죽음의 행로에 관한 이상화를 항상 경계하는 미레이유조차 의혹과 불확실성 속에서 빛나는 불빛과 같은 것에 관해 나에게 얘기했다.

나는 보이지 않는 유리벽을 통해 멀리서 환자들을 보았을 뿐이다.

처음으로 나는 방금 전 여과 없이 타인의 고통과 직접 마주쳤던 것이다.

펠리세트의 모습과 얼굴이 내 안에 남아 있었다.

먼저 나는 그것들을 멀어지게 하고 낯선 지방으로 유형을 보내야만 했다. '이곳은 삶이 아니예요'라는 말은 가끔씩 나를 혼란시키려고 찾아오는 말이었다. 그것은 마치 어떤 규율이 내 안에서 세워지고 있었던 것 같았고, 그 시선과 말만이 유일하게 그 규율을 동요시킬 수 있을 것 같았다.

매번 체류할 때마다 나는 그녀를 다시 만나야만 한다고 생각했지만, 어떤 이유 혹은 어떤 것이 그녀를 만나지 못하게 했다.

그 '집'에 관한 나의 이해는 깊어져 갔다. 나는 몇몇 환자와 얘기를 나누었고, 쟝 마크와 함께 여러 병실에 들어갔다. 그리고 가끔 방황하고 있는 시선과 여윈 육체들과 마주쳤다. 나는 현기증이 포근함 뒤에 나타난다는 것을 잘 알고 있었다. 나는 복도에서 몇몇 비탄에 빠진 어머니들과 평범하지 않은 진지한 대화를 가졌고, 뛰어다니는 아이들과 마주쳤다. 나 역시 커피를 마시고 싶지 않을 때라도 가끔 커피를 준비하기 위해 조리실로 가 은신했다.

사람들이 나에게 그녀에 관한 상세한 얘기를 하지 않았어도, 나는 펠리세트의 언니가 이곳에서 사망했다는 사실을 알게 되었다.

나는 레나토에게 그녀와 만날 약속을 잡아 달라고 부탁했다.

펠리세트는 레나토와 포옹 인사를 했고, 나와는 악수를 했다.

"커피 우유를 마시고 싶군요."

나는 조리실까지 그녀를 동반했고, 우리는 조용한 곳을 찾아 앉았다. 곧바로 그녀는 첫 만남 때보다 다소 누그러진 듯하게 질문했다.

"당신은 왜 이곳에 왔나요."

나는 그렇게 직접적인 방식으로 질문을 받는 일이 잦지 않았다. 그것은 간략하고 정확한 질문이었다. 채용 면접 때도 지원자들의 지원 동기를 명확하게 판별하고, 환자와 의료팀에게 문제의 근원이 될 수도 있는 불건전한 성향을 가진 사람들은 제외시키기 위해 바로 그런 질문을 했다.

나는 예전보다 세련된 방식으로 설명하려고 애썼다. 삶에서 일어난 어떤 비극적인 사건도 경험에 앞서서 실체를 정당화시키지 않는다고 생각하는 사람들이 있는데, 나는 그런 부류에 속한다고 말했다. 그렇지만 개인적 경험이나 만남들을 통해서 나는 그 모임에 깊숙이 참여하고 있다고 말했다. 그녀에게는 풀리지 않는 경계가 항상 있었다.

"그러니까 당신은 이해할 수 없습니다."

나는 그녀가 자리에서 일어나 가버릴 것이라고 예상했다. 하지만 그녀는 곧바로 얘기하기 시작했다. 나는 그 말문이 왜 열렸는지 알지 못했다. 그녀가 명확하게, 때로는 격렬하게 얘기하는 동안, 나는 질문하지 않고 의구심 속에 애써 남아 있으려고 했으며, 그 틈새로 살며시 들어갔다.

나는 그녀에게 질문하지 않았다. 나는 가끔 한마디 혹은 억양을 통해 이야기의 방향을 잡으려 했다.

그러나 나는 말하는 중에도 그녀가 이야기를 시작할 때와 마찬가지로 느닷없이 그만둘 수 있다는 사실을 알았다. 그녀의 얘기는 사건의 서술이 아니었다. 그것은 삶과 고통 그 자체에서 떨어져 나온 편린 같은 것이었다. 그 편린들은 광대하고 모호한 구역에서 솟구쳐 나왔다. 이런 저런 점을 명확하게 설명해 달라는 나의 요청은 소용 없었으며, 어쩌면 잔인할 수도 있었다.

그래서 나는 듣고만 있었다.

펠리세트와 르네는 자매였다. 쌍둥이 자매처럼 혹은 몸체가 붙은 기형 쌍생아처럼 둘 사이는 다른 어떤 사람보다도, 즉 친어머니보다도 가까웠다.

펠리세트는 언니와 엄마의 발병을 직면하게 되었다. 두 사람 사이를 가까워지게 하려는 갈망으로 살아온 그녀는 두 여인을 동시에 간병하기 위해 자신의 인생을 포기했다. 4개월 동안 그녀는 이쪽과 저쪽을 간병하는데 지쳐 버렸지만, 다행스럽게도 간병을 통한 주고받기와 질병이 선고 내린 고독 너머에 있는 실체들, 그리고 말없이 행해지는 작별 인사는 가능했다.

그녀는 자신의 애정을 차지하기 위해 경쟁 관계에 있는 두 환자의 질투를 모른 체하려 했고, 피곤을 잊으려고 애썼다. 그녀는 무엇보다도 간병은 선한 행위이며, 선한 행위는 대가를 치른다고 생각했다.

그러나 르네의 병은 매우 빠르게 진행되어서 더 이상 예전의 삶을 지속할 수 없었다.

펠리세트는 나에게 자세하게 말하지는 않았지만, 그녀의 말 한마디 한마디는 수술과 치료에 최선을 다한 듯한 순교자를 연상시켰고, 침묵의 연속, 그리고 순교자를 조금씩 씁쓸하게 만들고 분노하게 만드는 거짓의 연속을 떠올리게 했다.

이유는 그녀의 의료 행위가 암의 퇴치를 위한 것이 아니었다거나 과오가 있었음이 아니라, 르네가 겪는 고통 자체가 부인되었기 때문이다.

상처 입은 두 여인이 그 '집'에 도착했다. 한 여인은 육체 깊숙한 곳에, 또다른 여인은 영혼의 깊은 곳에. 의료팀과 의견 충돌이 있었던 펠리세트는 '모두 똑같다'고 생각했다.

물론 그녀는 공감했다. 그녀는 곧이어 그곳 사람들의 경청의 진지함을 느꼈고, 다른 어느 곳에서도 보지 못한 특별한 배려를 느꼈다. 그러나 분노는 그녀 안에 깊이 뿌리를 내리고 있었고, 그 분노의 충동이 되살아나서 사소한 일에도 격렬해졌다.

'그들은 해낼 수 없어요. 그들도 다른 사람들과 마찬가지예요.'

펠리세트는 끔찍한 순간들과 마술 같은 순간들을 언니와 더불어 경험했고, 그러면서 더욱 결속력을 가지게 되었다. 소녀들처럼 바보스런 농담에도 웃음을 터트렸다. 그러나 절망이 그녀들을 밑바닥까지 몰고 갔다.

그녀는 용해의 느낌을 가졌고, 그 느낌은 너무 강하여 자신이 언니가 된 것 같았다. 그녀의 언니는 모든 일에 결정권을 행사하기를 좋아했다. 그래서 그녀는 언니를 위해 언니가 책임을 다할 수 있도록 가상 가족 회의를 소집했다. 그녀의 언니는 남자들을 좋아했다.

반면에 펠리세트의 취향은 달랐다. 그리고 언니는 어린이들을 좋아했으므로 펠리세트는 언니를 위해 소녀처럼 행동했고, 언니가 자기를 쓰다듬거나 화풀이 하도록 내버려 두었다.

그녀는 가끔 더 이상 누가 누구인지 알지 못했고, 무엇이 그녀에게 속한 것이고, 무엇이 언니에게 속한 것인지 구별을 할 수 없었다. 더 이상 밤과 낮의 경계를 구별하지 못했다. 그녀는 공유된 열광적인 웃음이 그처럼 격렬한 고통을 향해 어떻게 터져나올 수 있는지 이해하지 못했다.

어느 날 밤, 르네의 고통이 매우 심해졌고, 그 고통은 그 무엇으로도 완화시킬 수 없었다.

펠리세트에게는 견디기 어려운 시간이 흘렀고, 그 동안 어떤 다른 차원의 세계가 그녀 안에 열렸다.

그녀는 갑자기 식물과 같은 다른 삶을 부여받은 것처럼 느껴졌다. 그것은 마치 그녀가 일종의 '자동 조종' 상태가 되고, 그 조종은 그녀가 르네에게 자신의 실체와 열기를 불어넣으면서 르네가 계속 살아가는 것을 가능하게 해 주는 것 같았다(왜냐하면 그런 고통이 나중에는 펠리세트에게도 죽음이기 때문이었다.).

아침 식사 시간에 그녀는 가끔 환자, 혹은 그 가족들 옆에 앉았다. 그녀는 그들과 주고받을 수 있고, 그들에게 무엇인가를 가져다 줄 수도 있었다. 그녀는 자기 팔로 한 환자를 부축했고 귀를 기울였다. 사람들이 그녀에게 "우리는 당신이 모든 것을 이해할 수 있다는 것을 알아요."라고 말했다.

펠리세트는 몽롱한 상태에서 르네와의 마지막 일주일을 보냈고, 그녀의 애도와 장례를 둘러싼 모든 것을 경험했다. 그녀는 '다른 곳'에 있었고, 평온했으며 그 본능적인 분리로 발생한 큰 동요에 휩쓸리지 않고 보호받고 있었다.

펠리세트는 허공 위에 정지된 채 세상 끝에 있었다. 그것은 마치 그녀가 둘로 갈라진 것 같았다. 한 부분은 끝까지, 그리고 저 세상까지 르네를 따라가기 위한 것이었고, 또다른 부분은 고통으로 터져버리지 않고 생존해 있기 위한 것이었다.

그녀는 왜 되돌아 왔을까?

그녀는 처음에 되돌아갈 뻔했다고 말했다. 그런데 무엇인가가 그녀를 이곳으로 돌려보냈다. 환자를 위해 일하기에는 아직 준비가 되지 않았다고 느꼈다. 하지만 그 '집'을 관리하는 레나토를 돕기 위해 복도 끝 사무실에서 함께 머물렀다.

그녀는 1년 쯤이면 간병 자원 봉사를 할 수 있을 것이라고 생각했다. 지금은 시기상조였다.

그녀는 갑자기 자리에서 일어나며 나에게 말했다.

"이 정도면 충분하다고 생각해요."

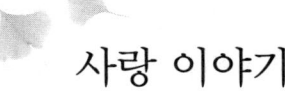

사랑 이야기

그들을 떠올릴 때면 늘 애틋함을 느낀다. 언젠가 그는 그녀와 해변가에서 처음이자 마지막일지도 모를 걸음마 연습을 한 적이 있었다. 어른임에도 불구하고 몸무게가 40킬로그램인 알렉상드르는 너무 가벼웠다. 하지만 그에게 있어서 걸음마는 마치 두 다리에 시멘트 자루를 매달고 있는 것과 같았다. 걸음마다 그는 세상의 무게로 내딛는 셈이었다. 끝없이 펼쳐진 모래사장에 함께 누웠을 때, 그는 울기 시작했다.

흐린 날이었지만 마음 속까지 환히 비칠 것 같은 맑은 하늘은 그들의 눈을 부시게 했다.

그들은 무엇을 하는 것일까?

해변가에서 연인들이 하는 일상적인 것 이외에는 달리 할 것이 없었다. 넘실대는 파도를 쳐다보거나 모래사장 위에 앉기도 하고, 서로 손을 잡고 걷기도 했다. 모든 것이 예전보다 많이 느려졌고 조심스러워졌다. 모든 것이 처음이자 마지막이 될 수도 있었다. 너무나 쇠약한 그에게 하나하나의 몸놀림은 굉장한 노동이었다. 그에게는 인내가 필요했다.

해가 저물고 미풍이 불어 조금 선선해지고, 되돌아가기. 몇 분 전 나는 침묵 속에서 그녀가 그와 함께 담요를 덮는 것을 상상해 본다 (하지만 상상일 뿐이다. 왜냐하면 그녀는 그 모든 것에 관해 일절 말이 없었고, 굳이 질문하고 싶지 않았다.).

플로랑스는 그 '집'의 보조 간호사이다. 이곳의 많은 이들처럼 그녀 또한 말수가 적다고 했다. 하지만 그녀가 사용하는 말들은 신중하면서 정확했다.

그녀의 시선 속에는 과거의 슬픔, 그리고 그녀의 고개를 떨구게 하며 언제 닥칠지 모를 위험에 대한 불안감을 엿볼 수 있었다. 그것은 단편적으로 비추어지기 때문에 사람들은 용기와 악착스러움을 통해서만 그녀가 벗어날 수 있는 끔찍한 폭력의 세계를 추측할 뿐이다.

그녀는 내가 여러 해 동안 있었던 픽쏘에서 만났던 여인들과 비슷했다. 그 여인들은 육체적으로 쇠약하지는 않았지만 마음의 상처를 간직하고 있었다. 그녀들의 삶은 고달팠다. 하지만 그 여인들에게는 광명이 있었으므로 그 고달픔을 견디어 냈다.

플로랑스는 보조 간호사가 되었다. 그 이유를 묻는 일은 필요치 않았다.

그녀가 엑상의 한 양로원에서 견습하는 동안 신경성 질환을 앓고 있으며, 음식을 거부하는 어떤 할머니를 간호하는 이들이 거칠게 다루는 광경을 목격했다.

그들은 할머니를 묶어 놓고 강제로 음식을 먹였다. 할머니가 음식을 뱉어 내자 의자에서 잡아 끌어내려 심하게 때리고는 차가운 독방에 홀로 내버려 두었다.

"할머니를 훈계한다는 목적으로."

플로랑스는 할머니를 일으켜 세우며 말을 걸었다.

그리고 그와 같은 학대를 폭로하려 애썼다. 하지만 그녀는 우선 학위증을 취득해야 하는 처지에 있었다.

그 일은 1995년 어느 날 일어난 일이었다.

폭력은 플로랑스의 삶 여러 곳에 존재했다. 그녀는 그 삶을 열심히 뒤쫓아 갔다. 그녀의 시선 깊은 곳에 있는 근심은 '폭력이 어디서 돌발해서 또다시 맹위를 떨칠까?' 라는 것이다.

그녀는 남편의 폭력을 참아냈고, 또한 남편의 폭력을 피하고자 자신의 거처를 숨긴 이유로 그녀를 정죄했던 법정의 폭력을 감내했다. 그리고 그녀에게 욕설을 퍼붓고, 몸을 수색하는 등 사회 복지 기관에 그녀의 자녀들을 보내라고 위협하는 경찰들의 폭력 또한 감내했다.

왜 그랬을까?

그 이유는 그녀의 삶을 파괴시켰던 남자들에게 거처를 알려주고 싶지 않았기 때문이었다.

결국 경찰 중 한 명이 그녀의 손가방을 팽개쳤다(그녀를 훈계한다는 목적으로 속옷만 입힌 채 그녀를 철책 안에 내버려 두었다.). 그녀의 삶과 비슷한 초라하고 비밀스런 많은 물건들이 그녀 앞에 나뒹굴었다.

그 경찰은 물건들 중에서 그녀의 딸이 여름 학교에서 쓴 편지 하나를 집어들면서 말했다.

"자, 주소가 여기 있군요. 이것 때문에 이 소동을 피울 필요가 있었나요?"

그 일 또한 1995년 어느 날 일어났다.

그녀가 이곳에 도착하면서 그 '집'은 자신의 집이 되었다. 여러 해 지나면서, 때로 울면서 근무를 한다든가, 헌병들이 그곳까지 쫓아와 그녀를 괴롭히거나 또는 너무 아파서 그곳 사람들이 그녀를 보호하기 위해 병원에 입원시켰을 때, 그녀는 자신이 그곳 사람들의 골칫거리라는 사실을 알게 되었다.

의료진 가운데 몇몇은 그녀가 업무를 충실히 수행하지 못할 때 불평을 한다는 사실도 알고 있다.

그러나 쟝 마크와 쟝 루이, 그리고 그 밖의 그녀를 결코 포기하지 않았다. 그것은 단지 그녀에 대한 동정심의 발로로 인한 것이 아니라, 그녀에 대한 신뢰, 즉 모욕당한 인격에 대한 진심어린 애정에서 비롯된 것이다.

그녀가 알렉상드르라는 환자와 사랑에 빠졌다는 이유로 쟝 루이와 면담을 하게 되었을 때, 쟝 루이는 한숨을 크게 내쉬며 짧게 한마디 했다.

"자신을 생각한다면 조심하세요."

하필, 왜 알렉상드르냐고 하는 것 같았다.

"그도 저처럼 망가진 삶을 살고 있지만, 그는 여전히 믿을 수 없을 정도의 강인함으로 생명을 유지하고 있어요."
하고 플로랑스가 말했다.

그녀는 몸짓을 통해, 그리고 언어를 통해 조금씩 자신의 한계를 극복해 갔다. 애정이 담긴 행동은 개인적인 것으로 변해 갔으며, 둘은 마음의 창을 열고 환한 빛으로 서로를 밝게 비춰 주었다.

그녀는 그를 영화관으로, 해변가로 데리고 다녔다. 그녀는 상호 관계에서 신뢰를 쌓아가며 행복을 되찾았다. 사실, 그 행복은 '타인들'과 함께 성취된 것이었다. 이제 타인 없이, 아니 당신 없이 살아간다는 것은 힘겨운 일이며, 타인을 만나 이야기를 나누고 그의 말을 경청하는 것이 유일한 즐거움이었다.

밤에 서로에게 속삭이는 이야기들, 소리 없이 웃는 따뜻한 미소, 서로를 보듬어 주는 손길, 이젠 멀어져간 고통들, 서로를 위로하는 영혼과 육체, 활짝 펴진 얼굴만이 존재한다. 하지만 타인이 그 자리에 영구히 머물러 있지 않는다는 사실을 모두 잘 알고 있다.

'당신을 훈계한다는 목적으로' 당신에게 폭력과 모욕을 일삼으면서 당신을 학대하는 남자들이 살지 않는, 조용한 세상에서 살아간다는 것은 너무도 좋은 일이다. 비록 깨지기 쉬운 안식이었으며 바람에 떨어지는 꽃잎이기는 하지만 결코 짓밟히지 않는 한 송이 꽃과 같았다.

플로랑스의 눈에는 화사한 빛이 감도는데 그 빛은 죽은 것이 아닌, 생생하게 살아 있는 빛이며 실제로 존재하는 빛이었다.

설령, 알렉상드르가 모든 이들을 놀라게 하면서 자신에게 금지된 여러 행동들을 다시 시도하고 자신의 집으로 되돌아간다 할지라도 일상에는 변함이 없을 것이다.

그녀는 근무가 끝난 후 그를 만나러 간다. 그는 병으로 인한 고독감에 사로잡혀 그녀가 자신에게 베풀어 주는 선의를 알지 못하고, 그녀가 늦는다는 사실과 필요로 하는 순간 그녀가 항상 곁에 없다는 사실만을 느끼고 있었다.

결국 그는 신경질적인 반응을 보이며 그녀에게 화를 냈다.

플로랑스는 뒤로 한 발짝 물러섰다.

그녀는 자신의 삶이 폭력으로 다시 물들지 않기 위해서라도 그 같은 관계를 원하지 않았다.

그녀는 기다렸다.

알렉상드르가 다시 그 '집'으로 돌아왔을 때 두 사람에게는 많은 말이 필요 없었다. 예전보다 더욱 진실된 자세로 서로 재회했다.

그것은 하나의 사랑 이야기이다.

알렉상드르가 심하게 앓을 때면 밤낮으로 그의 곁에 머물면서 고통을 진정시키려고 무진 애를 썼으며, 결국 고통은 서서히 수그러들었다.

어느 날 아침, 사람들이 그녀를 찾았다. 알렉상드르가 그녀를 찾았던 것이다.

그는 큰 고통 없이 매우 편안한 상태로 평상시처럼 말을 했다.

그녀는 그를 위해, 그리고 그와 함께 세심한 몸놀림으로 그를 돌봐주었다. 린다가 그 방에 머리를 빠끔 비치더니 곧바로 나갔다(나중에 린다가 그녀에게 말했다. "알렉상드르의 몸과 네 손가락 사이에 마치 끈이 연결되어 있는 것 같더라").

나는 그 조화로움의 순간을 머릿속으로 상상했다. 얼굴과 함께 움직이는 두 손과 영혼의 음율을 보는 듯했다.

알렉상드르는 노트르담 데 샹이라고 부르는 남서쪽에 위치한 고향에 있는 거무스름한 산에 대해서 그녀에게 말해 주었다.

그의 어머니가 그곳에 도착했다. 두 여인은 스스럼없이 오래 전부터 알고 지낸 사이였던 것처럼 서로의 속내를 나누었다.

그는 항상 침착했다.

그가 플로랑스에게 말했다.

"이제 나는 죽게 될 거야."

갸르단느에 정오를 알리는 사이렌이 울려 퍼질 때, 그는 떠났다.

한 줄기 빛이 그들을 비추고 있었다.

그 빛은 영원히 플로랑스의 얼굴 위를 비출 것이다.

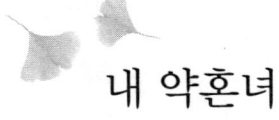

내 약혼녀

욜 랑드를 보고 있노라면 곧바로 그녀를 '내 약혼녀'라고 부른 다. 웃을 때 잡히는 눈가의 주름과 어린 소녀와 같은 파란 눈 동자를 — 초롱초롱하게 반짝이는 동시에 왠지 모르게 눈물을 약간 머금고 있는 듯한 두 눈 — 지니고 있는 그녀는 매력적이다.

간병 자원 봉사자 가운데 그녀는 유일한 갸르단느 출신, 정확히 말하면 비베르 출신이다. 그래서인지 그녀는 프로방스 지역의 부드러운 억양을 지녔는데 그 억양은 내 귀에 다소 아를르의 억양처럼 들렸다.

욜랑드는 마을 축제에서 함께 춤을 출 것을 감히 청할 수 없는 그런 아가씨들과 비슷했으며, 죠제의 첫 번째 애인과 많이 닮았다. 요컨대, 그 무엇에 대해서도 정확히 알아보지 않은 채, 우리는 모든 사람들이 지켜보는 가운데 휴게실에서 약혼식을 가졌다.

욜랑드는 비베르에 위치한 어느 거리의 11번지에서 태어났고, 미셸은 14번지에서 태어났다. 그는 그녀보다 4살 연상이며, 매일 등교 길에 그녀의 집 앞을 지나갔다.

"내가 15살 때 그는 내게 처음으로 입맞춤을 했죠. 나는 아버지께 그 모습을 들킬까 두려운 나머지 바닥에 쓰러졌던 일이 기억납니다."

욜랑드는 18살 때부터 나환자들을 돌보며 미셸을 내조하는 삶을 살았다. 오로지 미셸을 위해 살았다고 해도 과언이 아니었다. 그들은 결혼하여 딸 하나를 두었다.

"결혼 생활에는 행복한 때도 있었고 불행한 때도 있었어요. 결혼 초에는 불행한 순간들이 훨씬 많았죠."

여러 해가 지나갔고, 욜랑드는 함께 살던 친정 아버지의 죽음과 결혼한 딸의 출가 등의 슬픔을 겪었다.

"우리 둘만 남게 되었죠. 정말로 둘만 남게 되었어요. 그런 상황에서는 사이가 멀어지는 사람들도 있지만 우리는 그 반대였습니다."

욜랑드는 그렇게 미셸과 함께, 미셸만을 위해 20여 년을 살아왔다.

"그와 함께 살고 있을 때 나에게는 부족한 것이 전혀 없었어요. 우리 이외에는 그 무엇에도 눈을 돌리지 않았죠."

게다가 미셸은 그녀가 그 밖의 것을 필요로 한다는 것에 대해서 전혀 생각해 보지 않았다.

어느 날, 그녀는 근무가 끝나자 직장 동료들과 술 한잔을 하다가 늦게 귀가하게 되었다. 놀랍게도 미셸이 그녀의 귀가를 기다리고 있었다.

"어디서 오는 길이야?"

"여자 친구들과 술 한잔했어요."

"갈증이 났어?"

미셸은 그런 상황을 전혀 이해하지 못할 정도로 여성의 사회 생활에 대한 배려가 없었다.

욜랑드는 미셸과의 사랑을 상기했는데, 미셸은 그 상황에서도 냉철함을, 심지어 일종의 냉혹함을 잃지 않았다.

1994년의 어느 날, 미셸과 욜랑드는 결혼 40주년을 맞았다. 미셸은 그녀에게 반지를 선물하려 했지만, 그녀는 두 사람이 함께 여행하기를 원했다.

여행을 끝내고 돌아오는 길에 병과는 거리가 멀 것 같았던 그가 약간의 통증을 호소했다. 욜랑드는 그런 일에 익숙하지 않은 터라 대수롭지 않게 생각했다. 12월경 미셸은 나무 울타리를 손질하던 중 심장 장애를 일으켰다. 일생 동안 금연과 금주를 지켜온 그였지만, 경색된 혈관이 있는지 알아보기 위해서 동맥 검사를 실시했다.

1995년 1월 12일, 그는 염좌 검사를 받았다. 이튿날 그는 신장에 통증을 느끼기 시작했다. 욜랑드는 그에게 투덜거렸다.

"당신이 병에 걸리게 되면, 우리들 앞에서 우쭐거리지 못하게 될 거예요."

미셸은 몸이 붓기 시작하자 병원에 입원하였다. 배정받은 병실로 입실할 때 욜랑드는 장난기 섞인 농담을 했다.

"당신 몸에는 총알 하나가 박혀 있는데 당신은 곧 죽을 거라는군요."

그녀의 말에서 그 동안 남자들의 강인함 앞에서 많은 감탄과 두려움을 동시에 느끼고 있었다는 것을 짐작할 수 있었다.

그러나 이제 그는 흘러가는 시간과 더불어 그녀의 감탄과 두려움을 무색하게 할 정도로 허약해져 버렸다. 그녀는 그의 손은 잡았다.

"미셸, 함께 극복해 나가요."

그가 대답했다.

"함께 극복해 나갑시다. 당신을 사랑하오."

미셸은 15일 후에 세상을 떠났다.

욜랑드가 그의 곁에서 밤낮을 가리지 않고 함께 한 15일이었다. 그동안 그녀는 옷을 갈아입거나 몸을 씻기 위해 집에 들어간 적조차 없었다. 하지만 미셸은 그녀를 보지 못하고 줄곧 눈을 감은 채로 있었다. 절망과 분노의 15일이었다.

'왜 나인가? 왜 그인가? 왜 순식간에 일어났는가?'

"몸이 뒤틀려 추한 모습의 병자들, 그리고 끊임없이 다투며 함께 사는 것을 더 이상 견디지 못했던 사람들이 지나가는 것을 나는 보았어요. 그리고 서로 손을 잡고 있는 사람들도 보았죠. 그런데 나에겐 이제 아무도 없었어요."

미셸은 사망하기 이틀 전 이런 말을 했다.

"만일 내게 무슨 일이 생기면 나는 꽃다발도 화환도, 그리고 신부도 고별사도 필요 없소. 다섯 송이 붉은 장미만을 원하오. 한 송이는 당신을 위한 것이고, 한 송이는 나를 위한 것이며, 다른 세 송이는 코린느와 클로드, 그리고 그들의 아이를 위한 것이오."

그러나 욜랑드는 그 말을 듣지 않았다. 그녀는 미셸이 세상을 떠난다는 것을 받아들일 수 없었으며, 결코 일어나지 않을 기적을 여전히 바라고 있었다. 심지어 그녀는 그에게 의지하기까지 했다.

"미셸, 함께 극복해 나가요."

그러나 미셸은 아무 대답이 없었다.

공허하고 우울한 상태에서 분노와 더불어 여러 달이 흘러갔다. 그녀는 우울증 상태에 있었으며, 자살에 대한 유혹을 느꼈다.

욜랑드는 그 '집'을 알고 있었다. 그녀는 쟈르단느 지역 사람으로서, 그 '집'의 개원 바로 전 해에 그 도시에 유포되었던 탄원서에 서명을 거부한 바 있다. 그녀는 당시 자원 봉사팀의 책임자로 있었던 파트리시아(지금은 조리실에서 일을 하고 있다.)를 알고 지냈으며, 그두 사람은 쟈르단느의 화실에서 함께 그림을 배웠다.

"내가 이곳에 도착했을 땐 마치 100살 된 노파와 흡사했어요. 하지만 그들은 나를 반가이 맞이했어요. 샹딸, 미레이유, 룰루, 쟝 마크, 모든 근무자들, 그리고 거주자들까지도……."

그녀는 서서히 타인들을 용서하는 법을 배웠고, 자신을 용서하는법을 배웠다. 그녀는 자신을 바라보지 않았던 미셀을 원망했던 사실을 기억했다. 그녀는 그곳의 거주자들을 통해서 비로소 자기성찰하는 법을 배웠던 것이다.

"미셀은 자신이 알지 못하는 곳으로 떠났죠. 그리고 그 또한 용서해야 할 일들을 갖고 있었습니다."

그녀는 모든 것이 끝나감에도 불구하고 미셀에게 극복해 나가자고악착스럽게 말했던 사실을 기억했다. 현실을 거부했던 자신의 행동을 후회했으며, 그 같은 행동은 피했어야 했다고 생각했다.

쟝 마크와 샹딸이 그녀에게 마음의 문을 열었다.

"당신이 다르게 행동했더라면 당신의 남편은 당신의 행동을 진실로 받아들이지 않았을 겁니다."

그녀는 그가 잠을 이루지 못할 정도로 고통스러워하던 순간을 기억했다. 새벽 3시경 이성을 잃은 그녀는 그를 비난했다.

"제기랄, 당신은 더 이상 잠을 이루지 못하는군요. 나는 3년간을 잠을 자지 않고 살아 왔어요. 나는 당신을 곤경에 빠트린 적이 없었다구요!"

미셸은 그녀와 함께 밤거리로 나갔으며, 그녀의 팔을 잡고 있었다. 그는 중얼거렸다.

"조금 후면, 더 이상 아무것도 존재하지 않을 거야."

"너무 길어요. 내려가는 길이 너무 길어요. 용서라는 것은 무척 힘겹군요."

"이곳에서 당신은 힘들다는 말을 할 수 없습니다. 이곳 사람들은 곧 죽게 될 사람들입니다. 그런데 당신이 그들에게 어떤 말을 할 수 있겠어요?"

욜랑드는 거주자들과의 관계에 있어서 몸을 사리지 않았다. 그녀는 '거리감'을 두지 않는 것으로 널리 알려져 있었다.

그녀는 감동을 가득 지닌 채 살아가며 고통을 함께 나누고, 의료진들과 자원 봉사자들에게 거리낌없이 매달린다(그녀 또한 대부분의 사람들과 마찬가지이다. 타인들과의 만남에서 흔히 취하게 되는 신중한 태도를 벗어 던진다면 그녀처럼 행복감을 느낄 것이다. '맙소사, 너 여기 있었구나! 너 아직도 살아있었구나. 그래, 이야깃거리가 많을 텐데 내게 어서 말해봐!' 라고.).

그녀는 5년 동안 많은 것을 배웠다. 자신의 도움을 필요로 하지 않는 것으로 인해 수치감을 배웠으며, 환자들이 "오늘은 당신을 보고 싶지 않아요." 또는 "당신의 방문도, 신문들과 선물도 내 마음을 돌이킬 순 없어요."라고 말할 때 느끼는 거절감도 배웠다. 그녀는 또한 지나치게 많은 말을 절제하는 법도 배웠다.

"그저 그곳에 있는 거죠. 억지로 행하는 과장된 행동 없이 단지 그곳에 머물러 있는 겁니다. 나는 한마디 말없이 죽어 가고 있는 어떤 사람 곁에서 긴 시간을 보냈죠."

그녀는 이제 환자의 방에 들어가는 방법을 알게 되었으며, 그리고 조용히 기다릴 줄도 알게 되었다.

"이제, 어느 정도 사는 방법을 터득하기 시작했습니다."

욜랑드가 말했다.

"자, 이리 오시오, 욜랑드. 함께 춤을 춥시다."

그것이 인생이다

각의 얼굴들은 쟝 피에르 아메리가 각본을 쓰고 감독한 영화 속의 배우들의 얼굴과 별반 다르지 않다(마리 드 에네젤의 소설 《개인의 죽음》을 원작으로 한 '그것이 인생이다' 라는 영화는 쟝 피에르 아메리와 카롤린 보타로에 의해 각본이 씌어졌고, 필립 고도가 제작을 맡았으며, 쟈크 뒤트롤과 샹드린 보네르가 주연을 맡았다.).

영화 이론과 미학적인 관점에서 볼 때 그리고 정서적인 관점에서 볼 때, 영화 속의 요리사 티에리 역을 실제 요리사 티에리가 맡았는지를 알아보는 것은 무의미하다. 그리고 영화 속의 세 환자가 실제 인물인지를 알아보거나 결혼식 장면에서 출연하는 많은 얼굴들이 실제로 그 '집' 의 간호사들과 보조 간호사들, 그리고 중앙 공급실 직원들인가를 알아보는 것 또한 중요하지 않다.

영화 감독은 실화를 약간 윤색함으로써 에피소드적인 측면에서 좋은 성과를 거두었다.

그는 몇 주 동안 실제로 사람들을 만나 이야기를 청취했으며, 그것은 촬영에 들어가기 영화를 미리 보는 듯했다. 실화를 재현하는 허구 속에서 인간미를 지닌 그 얼굴들은 절대로 잊을 수 없는 그 무엇인가를 가지고 있다.

내가 베르트랑을 본 것은 처음이자 마지막이기도 했다.

한 간호사가 베르트랑이 탄 휠체어를 테라스로 밀고 나가 그에게 겨울의 햇살을 만끽하게 했다. 몸을 오그린 채 담요를 덮고 있던 그는 머리가 뒤로 젖혀져 있었고, 두 눈은 허공을 멍하니 응시하고 있었으며 회색의 긴 머리는 드문드문 빠져 있었다.

그는 뭔가를 말하기 위해서 입술을 우물거렸지만 거의 알아들을 수 없는 말이었고, 그의 말을 듣기 위해서는 몸을 구부려 입 가까이에 귀를 갖다 대야만 했다. 그런 광경을 보는 것은 가엾기도 하고 비통하기도 했다. 많은 경험이 없어도 그가 오래 살지 못할 것이라는 사실을 쉽게 알 수 있었다.

그런데 기이하게도 그에게서 진정한 젊음과 실제가 느껴졌고, 그는 곁에 있으면서 동시에 거리를 두는 빛을 스스로 발산했다. 당신이 그의 곁에 가까이 있으면, 그는 매우 수줍은 듯한 모습을 한 채, 옆을 스쳐 지나가는 형제처럼 느낄 것이다. 그는 당신이 전혀 가본 적 없는 세계를 여행하고 돌아왔는데, 그곳은 바로 별의 세계였다.

베르트랑이 그 '집'에 도착했을 때, 그는 자연스럽게 많은 사람들의 주목을 끌었다. 그의 지나온 삶은 가혹하고 폭력적인 이야기, 이를테면 빵집에서 학대를 받아가며 빵 굽는 기술을 배우는 엄마 잃은 고아의 이야기로서, 그 아이에게는 길거리, 소매치기, 마약 등이 은

신처였다. 그 이야기는 특히 그 같은 실존과 삶의 형태, 삶에 임하는 태도를 보여 준다. 그것들은 감지되지 않는 것으로서 말하는 방식이며, 여행하는 방식이며, 꿈을 꾸는 방식이기도 했다.

미레이유가 말했다.

"바로 그것이 베르트랑이 우리 '집'의 많은 사람들의 마음 속에 심어준 것입니다. 그것은 그 어느 곳에도 존재하지 않는 잃어버린 천국의 개념입니다. 그가 노씨 베에 대해서 말할 때, 사람들은 마다가스카르의 바다 한가운데에서 사라진 작은 섬과 모든 알력들이 사라진 땅에 대해 꿈을 꿉니다. 그 땅에서 살아남은 그 무언가를 꿈꾸기도 하는데, 그 땅에선 자신의 본위에 직면하게 되지만 자신에게서 해방됩니다. 자신의 소망 성취에 대한 행복한 꿈을 꿉니다. 꿈의 공간 ……."

베르트랑은 수선스럽지만 꿈도 많았다.

"사람들은 그의 침대 옆에 앉아서 여행을 떠납니다."

그는 성격이 거칠지만 그것은 사람들을 매혹케한다. 그는 당신을 자신의 입장에 동조케하는 선동가이며, 당신을 자신의 편으로 만드는 소외된 사람입니다. 그는 배를 탔던 경험이 있고, 험난한 삶을 살았으며, 여러 섬을 떠돌아 다녔고 그리고 마약을 경험했다. 이제 그는 그 모든 것으로부터 돌아와서 항해를 한다. 끊임없이 항해만 하는 것이다.

베르트랑은 일생 동안 계속 공간과 시간 속에서 항해를 떠나며 유랑한다. 만일 눈과 마음을 세상으로 활짝 열어 젖힐 수만 있다면 다른 곳은 하나의 향수인 동시에 하나의 약속이고 추억이며, 아마도 미래일 것이다. 만일 사람들이 끊임없이 떠난다면 그것은 사람들이 끊임없이 살고 죽고 다시 태어나기 때문이다.

베르트랑에게는 '떠난다' 는 말의 모호성을 강조할 필요가 없었다. 여행한다는 것은 죽음의 비유이며, 죽는다는 것은 여행의 비유이기 때문이다.

미레이유가 말했다.

"그만의 비결은 삶에서 자유로워지기 위해서는 삶이 끊임없이 계속되는 것처럼 생각해야 합니다. 언젠가 그가 말하더군요. '나는 다시 삶으로 되돌아가기를 원해요.' 사람들은 한계 지점에서 자신이 다시 삶으로 되돌아갈 수 없다는 사실을 알고 있죠. 하지만 꿈은 계속된다는 사실도 알고 있습니다."

영화를 찍는 것은 베르트랑에게 마지막 여행과도 같았다. 그는 마치 육체의 와해는 자신과는 상관없는 듯이 불손하면서도 경쾌한 매력과 최상의 우아함으로 영화의 촬영 과정을 두루 살펴 보았다.

상드린 보네르가 그에게 손가락 끝으로 그림 물감을 묻히자, 그도 파란색 물감을 그녀에게 묻혔다. 그런 행동은 동심의 사고를 통해서만 행해질 수 있는 것이다.

쟝 마크는 그 '집' 에서 베르트랑에게 집중되고 있는 연민의 물결을 감지했다. 그는 먼 발치에서 베르트랑을 주시했으며, 평형을 유지하기 위해 베르트랑에 대한 격려를 자제하려고 애썼다. 하지만 쟝 마크는 결국 그 일에 관여하게 됐다.

그의 첫 번째 관여는 영화 촬영시에 일어났다. 베르트랑은 영화 촬영을 위해 가설된 '진짜이면서 가짜' 병원 바로 옆에 위치해 있는 병원에 입원하게 됐다. 그 병원의 치료 담당자는 촬영 후 극도로 피곤한 상태에 있는 환자 역할의 배우와 사이가 좋지 않았다. 베르트랑은 의사에 대한 자신의 행동을 반성하고 잠을 자기도 하며 내적 힘을 재충전하기도 하는데, 그것은 마음 속에 품고 있는 영화 촬영 계획을 계속해서 수행해 나갈 수 있는 건강 상태를 유지하기 위함이었다.

그는 타인들과 의사 소통을 하기 위해서 그 어떤 노력도 기울이지 않고, 단지 권태로워 했다. 그의 머릿속에는 촬영을 마친 후 집으로 되돌아간다는 생각밖에 없었다.

그 병원의 치료 담당자는 그 '집'에 대해 다소 구체적인 비난을 표명했다. 그 환자에게 더 이상의 촬영은 불가능하다는 것이었다. 쟝 마크는 베르트랑과 쟝 피에르 아메리와 의견을 나눴다. 분명한 것은 그 촬영이 베르트랑에게 자유를 부여하며, 그리고 그가 원하기만 하면 이유를 막론하고 어느 순간에도 당장 촬영을 중단할 수 있었다.

쟝 마크는 또한 그 병원에 가서, 베르트랑의 의사에 반대 의견을 피력하기보다는 오히려 베르트랑의 입장을 의사에게 명확히 밝히면서, 즉 그가 현재 자신의 역할에서 커다란 만족을 얻고 있다는 사실을 설명하면서 치료 담당자를 설득시키려 노력했다. 의사는 그의 말을 신중히 듣고 있는 듯 했으나 어느 한 순간 쟝 마크는 그의 적의감을 감지함으로써 그런 사실에 확신이 서지 않았다.

그러나 영화 촬영이 끝난 후, 병원에서 그 '집'으로 환자 한 명을 보내왔다.

영화 촬영 전 베르트랑은 휴식을 취하기 위해 알프스에 위치한 프라즈 쿠탕에 보내졌다. 그는 그곳에서 곧바로 비탄에 빠졌는데, 그 이유는 그 휴양소의 모습이 자기가 머릿속으로 그렸던 것과 일치하지 않았기 때문이었다.

영화 촬영이 끝나고, 그가 원하는 바대로 그 '집'에 되돌아와서 그는 또다시 고통을 겪게 됐다.

베르트랑은 거의 기진맥진한 상태였으며, 그의 여정은 끝이 가까워지고 있었다.

"당신들이 나를 버렸어요. 나를 방치해 두었단 말입니다."

며칠 동안 아침만 되면 1층에 자리잡은 그의 방에서 흘러나오는 그 불평 소리가 휴게실 전체에 울려 퍼졌다.

베르트랑은 항시 사람들을 찾았고, 그래서 모든 사람들이 교대로 그의 곁에 머물렀다. 비록 그의 비난의 소리가 그쳤을지라도 그는 여전히 혼란스런 상태였다.

"내 손을 잡아 주세요. 나를 붙들어 주세요."

간혹, 그는 누군가 함께 있어 주는 것으로 몇 분간 고통을 덜 수 있었으며, 그 평온한 상태는 마치 너무 과중한 무게가 부하된 밧줄처럼 곧바로 중지되고 다시 고통이 그 자리를 대신했다.

"나를 붙들어 주세요, 나를 보내지 말아요."

향정신성 주사제가 그의 고통을 경감시켜 주며, 덜 고통스런 상황으로 잦아들게 했다. 베르트랑은 끊임없이 그 여행에 대한 거부감과 고통을 최후의 순간까지 신체적인 행동으로 표현했다.

미레이유가 말했다.

"누군가 그렇게 세상을 떠나가는 모습을 본다는 것은 그리 기분 좋은 일은 아니죠. 당신 또한 슬픔을 느끼게 되고 상처를 받게 되죠. 하지만 당신은 그것을 막을 수 없습니다. 누군가가 최후의 순간까지 '나를 붙들어 주세요'라고 말하더라도 당신은 그의 말문을 막을 수 없습니다. 그는 매우 힘겨운 죽음의 과정을 겪으면서 죽었습니다."

"아, 오믈렛이요?"

영화 촬영 첫 장면부터 대사하는 조리사 티에리는 스타 기질을 드러냈다. 우리들 대부분은 배우들에 의해 형편없이 묘사됐다. 티에리만이 얼굴에서 떠나지 않는 매력적인 미소와 두 눈 깊숙이 자리잡은 애수를 지닌 또다른 사람으로 순식간에 변해 있었다.

화면에 나타나지 않는 목소리로 누군가가 말했다(그 사람은 엠마누엘 리바로서, 들리는 소문에 의하면 그녀는 아마추어 연기자와 함께 연기를 하는 것을 탐탁지 않게 생각했다가 처음으로 그의 연기에 반하게 됐다.).

"티에리, 그는 이곳에 환자의 신분으로 들어왔다가 조리사가 되었습니다."

그의 이력에 관한 짧은 요약이 있자 티에리에게 헛기침을 했다. 그것은 영화가 강요하는 눈살을 찌푸리게 하는 제약 중 하나였고, 삶의 모순들은 그 제약에 반쯤 관여하고 있을 뿐이다.

티에리는 쌩 라파엘에 음식점을 경영하면서 유쾌한 삶을 살았다. 에이즈, 그는 어떤 날에는 그 병이 일생의 행운이었다고 말할지도 모른다. 혹은 힘든 삶을 영위할라치면 비밀스런 동성애와 일, 그리고 축제, 피상적인 우정 관계 등으로 이루어진 조용한 삶은 어떨까 자문해 보면서 에이즈에 관해 아무런 언급도 하지 않을지도 모른다.

에이즈는 모든 것을 파괴시켰다. 티에리는 음식점, 친구 등 모든 것을 잃었고, 그로 하여금 비천함과 고독, 그리고 정신과 육체의 처절한 소외 속으로 빠져들게 했다.

그는 자신이 떠나고 나면 사람들이 자신이 마셨던 술잔을 쓰레기통에 버리고, 자기가 손으로 만진 모든 것을 소독제로 닦아낸다는 사실을 알고 있었다. 그는 자신 역시 조카들과 더 이상 포옹 인사를 감히 할 수 없었던 사실을 회고했다.

"나를 구한 것은 바로 이곳입니다."

동양에 관한 사진들이 붙어 있는 병실 벽을 둘러보면서 티에리가 말했다.

"나에게 이곳이 없었다면, 나는 계속 살아갈 용기를 갖지 못했을 겁니다."

그 '집'의 창설 계획에 환자로서가 아닌 의료팀원으로서 참여하는 것, 다시 일을 시작하는 것, 제2의 가정을 꾸리는 것, 치료의 3단계 과정까지 양호한 상태로 도달하기 위해서 충분히 오랫동안 견디어 내는 것, 이런 모든 것들은 그에게 행운이었을 것이다.

어쨌든 많은 사람들이 죽어 가는 동안 바로 그런 점이 그를 생존케 했으며, 자신의 본래 모습을 발견케 해 주었으며, 그 모습을 받아들이게 했다.

"누군가를 만나서 그와 사랑에 빠지고 뺨을 얻어맞을 각오를 한 채, '나는 에이즈 양성 반응자'라고 상대방에게 고백합니다. 모든 에이즈 양성 반응자들은 그런 전철을 밟습니다. 하지만 고백 이전까지는 멋진 남자였지만, 그 이후로는 ……."

서서히 그의 지평선을 채워 준 것은 바로 그 '집'이었다. 그는 단지 고양이와 함께 정원에 앉아서 고독을 음미할 뿐이다. 그 밖의 나머지 시간은 그곳에서 요리를 하거나 그곳의 친구들(그의 두 동료인 파트리시아와 실비안을 필두로 조리실에서 함께 일한다)과 어울리며 외출을 하기도 하며, 서로의 우정을 쌓는다(특히 그곳에서 환자로 있었던 초기 시절에 더욱 그러했다).

"우리는 병을 가지고 있는 사실뿐만 아니라, 세상과 단절하는 태도에서 극도로 반항적인 동시에 닥쳐올 모든 일을 경시하는 태도에서 공통적인 그 무언가를 소유하고 있습니다."

그는 바로 그곳에서 짧은 삶을 새롭게 살아가는 방법을 배웠다. 또한 자신의 분노에 의미를 부여하는 방법을 배웠으며, 그의 실존은 기계적이고 부조리한 생존의 전투에 바쳐지는 것이 아니라는 사실을 배웠다.

그는 많은 고통과 두려움에 시달리면서 맨트라처럼 "이제 나는 죽게 될 거야. 이제 나는 죽는다니까."라고 반복하는 그 '집'의 초기 환자들을 기억한다. 그는 음악을 틀어 놓고 그들이 잠이 들 때까지 흔들어 주는, 현관 옆에 놓여 있는 파란색 긴 의자에 앉곤 했다. 간혹, 그는 그들과 함께 잠이 들곤 했다.

쟝 피에르 아메리는 영화를 준비하는 동안 많은 시간을 그 '집'에서 보냈으며, 그 같은 체류는 그의 감수성이라든가 등장 인물들의 창조에 많은 영향을 주었는데 그 대표적인 인물이 바로 티에리였다.

어느 날 그가 제게 말했어요.

"당신의 역할에 적합한 배우를 찾지 못했어요."

나는 웃으면서 그에게 대답했죠.

"당신이 원한다면 제가 그 배역을 맡아보죠, 뭐."

그것은 아주 간단히 이루어졌다.

티에리에게 있어서 영화 촬영은 일종의 치료 요법과 같았다. 그는 마치 그 '집'에서 마지막 6년을 단 몇 주 동안 산 것처럼 강렬하게 보냈다.

"저는 복수심이 강한 사람이 아닙니다. 하지만 상황이 좋지 않을 때 나를 파멸시켜서 방치하는 사람들에게는 복수를 합니다. 나는 인간으로서 대접을 받고 싶습니다."

그는 복수에 대한 의식과 더불어, 또한 자신의 가족과 자신에 대한 자긍심을 소유했다.

"나는 그들이 나를 자랑스럽게 여긴다는 사실에 무척 자부심을 느낍니다."

나는 2개월이라는 촬영 기간이 문제가 되지 않느냐고 그에게 질문했다. 그는 대답했다.

"전혀 그렇지 않습니다."

그리고 실비안과 파트리시아라는 두 부엌데기 '엄마'가 그를 병아리처럼 조심스럽게 보살펴 주고, 그의 상태가 좋지 않을 경우 그에게는 알리지 않은 채 서로 연락을 취했다.

"제가 여기서 일하기 시작한 첫 해에 저는 한 청년과 동거를 하고 있었죠. 그는 알코올 중독자였지만 내게 그 사실을 말하지 않았습니다. 어느 날, 그가 집에 돌아왔는데 만취된 상태였죠. 나는 오래 전부터 그 사실을 알고 있었죠. 나는 더 이상 그를 보고 싶지 않았습니다. 나는 실비안을 불러서 내가 3일 동안 일을 할 수 없다는 사실을 말했습니다. 그녀에게 그 이유를 설명하지는 않았죠. 그녀는 내게 그 무엇도 요구하지 않았어요. 그리고는 나를 대신해서 일을 했습니다. 나는 누군가 나의 부탁을 흔쾌히 승낙한 사실에 무척 만족했습니다."

영화 촬영이 끝나고 티에리는 한 달 가량 앓아 누웠으며, 공허감으로 인해 두려움마저 느꼈다.

"마침내 나는 내밀한 이야기를 드러내게 됐습니다. 나는 조부모와 가족에게 말을 할 수 없었습니다. 그런데 그들은 이 영화를 통해서 그 사실을 알게 될 겁니다. 단지 저를 이해해 주길 바랄 뿐입니다."

그는 이제 친구가 된 한 여자 환자와 함께 모로코로 여름 휴가를 떠날 것이다.

"그 '집'에는 행복한 사연이 많지 않습니다. 하지만 적어도 서너 개는 존재하죠. 그녀는 세상에 존재하는 모든 불행을 지닌 채 이곳에 도착했습니다. 이곳 사람들은 조금씩 그녀가 지닌 문제를 이해하게 되었습니다. 그들은 적합한 치료 방법을 찾아냈습니다. 그리고 그녀는 자신이 이곳에서 삶을 영위해 나갈 수 있다는 사실을 깨달았습니다. 그런 후 그녀는 자신의 삶을 살기 시작했으며, 다시 살이 찌기 시작했습니다. 그녀는 자기 집으로 되돌아갔습니다. 이제, 그녀는 살을 빼기 위해 식이요법을 해야 할 정도입니다."

티에리는 항상 재미있는 농담을 하는 사람임에도 불구하고, 다른 날에 비해서 특히 힘겨운 날들이 있었으며, 그리고 지금까지 걸어온 인생 여정을 되돌아 볼 수 있는 날(그는 6년 전에 희망했던 모든 꿈을 이루었다.)이 있었다. 그런 날이면 정원에서 고양이와 함께 시간을 보내면서 그럴 만한 가치가 있었는지의 여부에 대해서 자문해 보았다. 이를테면 '베르트랑은 왜 그곳을 떠났으며, 바바라와 그 밖의 다른 많은 사람들은 또 왜 그곳을 떠났는지, 자신은 왜 그곳에 남아 있는 가' 라는 질문을 스스로에게 던져 보기도 했고, '이 세상의 모든 추잡한 사람들과 그 잔인한 사람들은 왜 떠나지 않는가? 왜 우리가 떠나고 그들은 떠나지 않는가?' 등에 대한 것이었다.

그것에 대한 해답은 없었다.

그것이 인생이다.

마지막 날

조금 전, 나는 한 마리 새가 돌멩이처럼 지붕에서 떨어지는 것을 본 듯했다.

고통이 잠자고 있는 나의 슬픔 위로 내려앉았다.

잠못 이루는 불면의 밤이면 그 동안(내가 이 책의 초고를 작성하면서 그 '집'에서 보낸 마지막 날까지) 일어났던 모든 일들이 혼란스럽게 내 머릿속에 떠오른다.

집 밖에는 의기양양한 태양이 있었으며, 봄을 완전히 벗어난 지중해의 파란빛을 힘겹게 가리고 있는 하늘에는 실구름이 흘러가고 있었다.

집안에는 불운한 기운이 감돌고 있었다. 모든 것이 납빛을 띠며 무겁게 가라앉은 상태였으며, 삶이 점점 사그라져 가고 있었다. 존재하는 모든 것이 슬픈 모습을 띠고 있었다. 나는 죽는 것은 슬프다고, 사는 것도 슬프다고 말하게 될 것이다.

최근 며칠 동안 매일 같이 떠남이 있었고, 남겨진 환자들은 끝없이 악화 일로에 있는 병에 꼼짝없이 갇혀 고통의 나날을 보내고 있었다. 새롭게 도착하는 환자들에게는 특별히 보여줄 만한 것이 없었다. 증세가 최악에 이른 환자에게는 호전시킬 것이 전혀 없었는데, 그것은 치료할 방법이 전혀 없다는 사실을 의미했다.

공동 계획의 일상적인 취지를 잃게 되면 임종 간호법은 침울한 의료상의 감시로 전락되며, 그런 상태하에서는 환자들은 비참한 생활만을 연장하게 된다.

내가 그 '집'을 떠나기 전 크리스토프는 나와 함께 정원을 한 바퀴 돌며 산책했다. 그는 내게 별채의 뒤뜰을 보여 주었는데, 그곳에는 그가 막 손질을 마친 사각형의 잔디밭이 고요와 태양에 그 모습을 드러내고 있었다.

"나는 파스칼이 이곳에 와서 알몸으로 햇볕에 몸을 그을리면서 잡담을 하던 모습을 기억하고 있어요."

우리는 그 별채를 한 바퀴 돌고 나서 거대한 삼나무 아래로 갔다. 크리스토프는 그가 꾸며 놓은 꽃밭과 유태의 나무를 내게 보여 주었다. 그 유태 나무는 그 '집'의 밑에서 솟아나는 듯한 모습을 취했으며 연보라색의 꽃송이들이 흐드러지게 피어 있었다.

그는 조금 아래 쪽에 위치한 이자벨의 편도 나무가 봉오리도 없이 메말라 있는 모습을 보고 걱정하는 듯한 표정을 지어 보였다. "이 나무는 죽지 않았어요. 아마도 이 나무는 늦게 개화하는 종류인가 봐요."라고 말하며 당황스러워 했다.

담장을 따라 쥐똥나무 울타리와 장미 덩굴이 있었으며, 작고 노란 장미꽃은 아직도 봉오리가 맺혀 있었다. 조리실 근처에는 티에리의 딸기나무들이 자라고 있었다.

"저 나무들을 둘로 나눠야 겠는데, 아시다시피 저것은 딸기나무잖아요."

크리스토프가 생각에 잠긴 듯한 모습으로 말했다.

그 '집'의 뜰은 비탈져 있다. 높은 곳에서는 여러 산들이 하늘에 음영을 뚜렷이 나타내는 것을 볼 수 있다. 반대로 정원의 아랫부분은 늙은 삼나무에 의해 완전히 가려져 있다.

또한 목련과 줄기가 두 갈래로 나뉘어진 한 어린 나무와 올리브 나무가 보인다.

그 아름다운 봄의 정원에는 많은 슬픔과 많은 생명, 많은 추억들이 존재했으며, 그 추억들은 마치 사람들이 태어나는 것처럼 생겨난 후, 사람들이 살다가 죽는 것처럼 사라져 갔다.

나는 마르세유로 향하는 길을 떠났다.

나는 쟈지아의 집을 방문할 참이었다. 그녀는 지난 번 만났던 간호사로서, 그녀에 대한 취재가 중도에 중단되었다.

쌩 샤를르 기차역으로 내달리고 있는 나를 짓누르는 중압감에서 벗어날 목적으로 창문을 열어 시원한 바람이 얼굴에 와닿게 했다.

하지만 중압감은 전혀 누그러들지 않았다. 그래서 나는 카린으로부터 받은 일반 경영 방침이 대략적으로 적혀 있는 총계획서에 대해 고려해 보려고 정신을 집중했다.

"당신은 마르세유를 잘 아십니까?"

카린이 내게 묻자 나는 당황했다.

물론 나는 마르세유를 잘 안다. 나는 여러 주 동안 거기에 머물러 있었다. 거기에서 한 소녀와 포옹을 했으며, 어릴 적에 배를 타고 그 곳에 갔던 적이 있었고, 프로 축구의 시즌 마지막 날 마르세유 팀이 님므 팀에게 패하는 것을 보았다.

나는 코르뷔지에라는 건설 회사가 콘크리트로 만든 타이타닉 호 '파다의 집'에서 릴레트와 거주했으며(릴레트는 유효기간이 지난 여러 톤의 식료품을 비축해 놓은 상태에서, 알아듣기 어려운 불평섞인 말을 중얼거리면서 홀로 임종을 맞았다.), 또한 관리 소홀로 인해 낡은 것으로 변한 현대 미술품이 소장되어 있는 피에르 퓌제 학원의 어느 방에서 거주했던 적도 있었다. 그렇게 발길 닿는 대로 거리를 헤매면서 침묵의 소리에 귀기울였고 빛을 찾아 다녔다.

마르세유는 아버지가 어린 시절을 보냈던 도시이기도 했으며, 아버지와 함께 쌩 모로 구역을 방문한 적도 있었다.

'맙소사, 그것이 누구의 장례식에 참석하기 위한 것이었더라?'

할머니의 장례식은 아니었던 것이 분명하다. 할머니는 그때 이미 고인이 되셨다. 클레망스였던가?

아니다. 클레망스는 내가 청소년기 때 실종되었다. 나는 전혀 알 수가 없었으며, 기억이 나지 않았다.

아마도 마리 아줌마였던가? 우리 가족 중에 그 누구도 그 아줌마를 좋아하지 않았었지.

건물 입구에서 헛간 냄새를 풍기는 작은 방에서 한 여인이 수의에 싸인 채 길게 누워 휴식을 취하고 있는 방에서 나는 어둠만을 보았다.

"당신은 마르세유를 아세요?"

카린이 똑같은 질문을 반복해서 물었다.

"아니요, 잘 모릅니다. 전혀 와 본 적이 없습니다."

마침내 내가 대답했다.

쟈지아는 플렌느라는 곳의 조용한 주택가에 위치한 한 아파트에 살고 있었는데 그녀는 그 아파트가 딸과 함께 살기에는 약간 좁은 듯 하다고 생각했다. 그곳에는 친밀하면서도 따뜻한 안락함이 깃들어 있었다.

쟈지아의 두 눈은 야간 근무의 피곤함으로 인해 움푹 패여 있었다. 그녀는 지난 밤, 성탄절에 한 환자의 임종을 곁에서 지켜보았는데 그 것은 그녀가 살아온 인생처럼 격렬했다고 한다. 그녀는 그 격렬함을 너무도 정확하게 회상했다.

나는 질문을 거의 하지 않았다. 그녀는 자신의 인생살이에 대해 말 했고, 자신의 삶에서 겪었던 모든 개인적인 문제들에 대해서도 언급 했다. 흔히 환자들과 함께 있을 때 간호사들이 조성하는 어떤 느낌을 나는 강하게 느꼈는데, 다시 말해서 그것은 내가 그곳에 있다는 사실 로서, 내 실체 그 자체만 중요시되며 나라는 인물은 중요하지 않은 것이다.

시간은 자꾸만 흘러 비행기 탑승 시간이 다가왔지만 나는 전혀 개 의치 않았다.

그 인터뷰는 그녀의 삶이 모두 말하여지면 적절한 시간에 자연스 럽게 끝날 것이며, 나는 비행기를 탈 것이고 쟈지아는 식료품을 사러 가거나 딸을 데리러 갈 것이다. 다시 일상적인 삶으로 되돌아가는 것 이다.

내가 일어나서 떠나려고 하자, 그녀는 내게 고맙다고 말했다. 그러 자 나는 고마워할 사람은 바로 나라고 나지막이 말했다.

그런데 무엇이 고마운 것인가?

"당신이 마음 속에 지니고 있는 그 신중함에 대한 것이예요."

그것은 내가 받을 수 없는 치하의 말이었다.

신중함이라? 나는 적어도 지난 6개월 간 조용히, 그리고 내게 그 무엇도 요구하지 않는 여러 인생들에, 그리고 나와 무관한 죽음에 개입하지 않은 채 신중함을 유지하려고 노력했기 때문에, 오히려 나의 무례함은 완전한 듯하다.

나는 관계들이 맺어졌다는 사실과 어차피 그런 상호 관계는 존재할 것이라는 사실을 알고 있다. 나는 그곳의 문을 거치지 않고, 그곳의 분수대의 물소리를 듣지 않으며, 또한 그 조리실에서 커피 한 잔 마시지 않은 채, 쟈르단느나 그 지역을 지나칠 수 없다는 사실도 알고 있다.

그러나 또한 내가 떠난 이후 모든 상황들은 나에게 닫혀져 있다는 사실을 알고 있다. 나는 마음 속에 그곳에 대한 강하면서도 맹목적인 향수를 느낀다.

바로 그것이 인생이다. 지난번에 쟈지아와 함께 그 사실에 대해서 말했다. 그 당시 우리는 경험에 연연해하지 않은 것에 대해, 그리고 무한정으로 길게 언급하지 않는 것에 대해서 말했고, 그녀의 마음에 인생에 대한 실제 모습을 되찾아 주는 것에 대해서, 그리고 "너는 기억하니?"라는 말로 인생을 혼란스럽게 하는 것에 대해서도 언급했다.

산다는 것, 즉 앞만 보고 산다는 것은 활동한다는 것이다. 나는 그 활동으로 인해, 내가 겪었던 삶 속에서 조용히 만났고, 그리고 사랑했던 그 '집'의 사람들과 내가 줄 수 있는 애정과 다정함을 가지고 쟈지아와도 멀어질 것이다.

나는 이야기를 저술하기 위해서, 그리고 약간의 의미를 부여할 목적으로 그녀에 관해 단 몇 마디라도 언급해야 한다.

쟈지아는 우리의 첫 번째 인터뷰를 내게 상기시켜 주었다. 요컨대 그녀는 너무도 커다란 고통을 쫓아내기 위해 그토록 강렬하게 그 '집'에 들어오기를 원했다는 사실을 상기시켰다. 그 고통은 자기 가족과의 관계를 끊은 그녀가 혼자서 죽음을 맞이할 수도 있다는 것이었다. 그것은 견디기 힘든 생각이며, 하나의 공포로서 너무나 두려운 나머지 자살의 유혹을 느끼게 했다.

"그럼 지금은?"

내가 그녀에게 물었다.

"내가 꼭 배워야 하는 것이 무엇인지 나는 잘 알고 있어요."

웃는 동안 약간의 시간이 흘러갔다.

"당신은 이제 떠나셔야죠?"

"잘 모르겠습니다."

내가 그 아파트를 떠나 마리냔느 공항으로 향할 때, 그 모든 것(마지막 날에 일어났던 모든 일들과 쟈지아와의 마지막 인터뷰까지)은 나의 마음 깊숙이 뿌리 박혔다.

나는 내 기억력과 기이한 망각 상태에 의해 자주 놀라곤 했다. 왜 나의 대화 일부가 완전히 사라지는 것일까? 그것은 마치 그 대화에서는 교환된 아무런 말도 없었던 것과 같으며, 여러 상황들을 종합해 보면서 내가 그 자리에 있었다는 사실을 겨우 기억해 낼 정도이다. 반대로, 왜 또다른 일부의 대화는 그토록 완벽하게 선명한 기억으로 남아 있는가?

그것은 마치 내가 언급한 말뿐만 아니라 언급하지 않은 말들까지 기억하는 것과 같으며, 게다가 다소 분명한 여러 감동들과 그리고 행위들, 손짓, 반짝이는 눈, 가벼운 몸의 떨림, 숨결을 통해서 느낄 수 있는 다소 복잡한 감정들까지도 기억하는 것 같았다.

세상의 끝 …….

나는 그곳에 가보고 싶어했고 이미 그곳에 다녀왔다. 그곳에서의 여행이 끝나자마자 벌써 그곳에 대한 추억이 되살아난다. 죽음이라는 것은 과거를 만드는 기계인 것이다.

나 또한 몸을 돌려 어느 한 곳을 응시한다. 나 또한 내 시선과 내 품에 모든 것을 잡아 두고 싶으며, 나 또한 회한을 생각하며 그 회한은 내 마음 속을 휘몰아치며 지나간다.

그러나 나는 아직 죽지 않고 있다("나는 모든 사람들과 똑같습니다." 친구 페피트가 나와 함께 '그것은 인생이다'의 촬영장으로 가면서 말했다. "나는 내가 죽을 것이라는 사실을 알고 있습니다. 그러나 그 죽음이 15분 후에 찾아오는 것은 아니죠."). 나는 필요 불가결한, 그리고 기계적인 행위를 하며 다시 나의 길을 걸어간다.

이번에는 내게 망령들이 내려오는 것을 본다. 그 망령들은 미소를 지어 보이면서 자신들의 기이한 모습들을 내게 나타내 보인다. 그리고 내가 현혹되고 불안해하자마자 얼굴과 육체들의 춤이 몽실몽실 빠른 리듬에 맞추어 계속 이어지고, 그 춤 행렬의 앞과 끝이 보이지 않은 채 서로들 어지러이 뒤섞여 스쳐 지나간다.

나는 그들을 본다. 피곤한 얼굴을 한 채 담배를 연이어 피워 대는 누리아, 그리고 아메드와 프레데릭의 미소, 클레망스의 평온한 얼굴, 바바라의 투명한 푸른 눈, 노엘의 집중된 시선과 마름모꼴의 고통 위에 있는 것 같이 네모 형태의 시트 속에서 쪼그리고 있는 그의 몸뚱이가 보인다.

나는 이름 모를 얼굴들을 기억해 보았다. 그것은 체류 첫날에 스쳐 지나가면서 보았던 계급장으로 장식된 털옷을 입고 있던 남자의 얼굴이었다. 그에게 도와줄 것이 없냐고 묻자 그는 눈가에 눈물을 머금은 채 내게 대답했다.

　　"없습니다. 내 아내는 자고 있을 뿐입니다."

　　나는 그의 아내가 누구일까 자문해 본다. 코린느일까? 미셸일까? 마르틴느 아니면 안 마리일까?

　　나는 코린느의 어머니를 기억한다. 그녀는 단순하면서도 품위 있고 다정스런 자태를 지녔으며 평범한 생각만을 표현하고, 그녀의 집에서는 모든 것이 몇 마디 말과 더불어 정확성을 지니고 있었다. 그녀는 자기 아이를 빼앗겨야만 했던 기구한 사연을 들려 주었는데, 누구나 본래 부모를 잃도록 결정되어 있다.

　　그녀는 어떻게 말했던가?

　　그녀는 실제로 아무 말도 하지 않았다. 그것은 바르르 떨고 있는 입술로 수행한 하나의 확고한 행위였다. 나는 또한 여러 사람들을 기억하고 있는데 실제로는 그들을 알지 못하며, 단지 사진을 통해서만 그들의 얼굴을 보았고 다른 이들로부터 그들의 사정을 들을 수 있었다. 어린 아이 세바스티앙, 미소짓는 베르나르, 빨간 꽃을 들고 있는 바베트 등 그들 모두는 바로 내곁에 있으며 나는 진심어린 마음으로 그들을 바라본다.

　　나는 눈물을 흘리지 않는다. 내가 왜 그들을 위해 슬퍼해야 하는가? 나는 단지 그들을 스쳐지나가기만 했으며, 그들과는 몇 마디의 대화만 나누거나 간혹 시선만 교환하거나 서로를 안심시키는 행위만을 주고받은 것밖에 없다.

298

그들의 삶에서 나는 그림자에 지나지 않으며 고통의 장막과 서서히 다가오는 죽음의 장막, 그리고 막 시작된 슬픔의 장막으로 분리되어 있다.

나 역시 고통을 느낀다.

나는 사랑 이야기밖에는 언급할 것이 없었는가를 자문해 본다.

■ 감사의 말

우리는 각각 홀로 존재하지만 동시에 공존한다. 우리는 공존하지만 여전히 격리된 채로 살아간다. 우리는 이 세상에 실재(實在)하는 삶의 비밀과 점차 우리에게로 접근해 오는 죽음으로 인해 그 같은 삶을 영위하도록 강요받는다. 그것은 마치 아기를 낳을 때 겪게 되는 행복한 아픔, 신비하고 묘한 고통스런 행복 속에서 매순간 그 같은 삶이 형성되는 것과 같다.

이 글을 쓰는 동안, 그 같은 느낌이 내게서 사그라지지 않았다. 이 책은 어떤 면에서 내 소유물이라고 할 수 없다. 내게 있어서 글쓰기는 단지 손놀림의 행위이며, 글쓰기에서 내 감성과 지성의 활동은 나를 환대해 주고 신뢰했던 그 '집'의 모든 관계자들의 그것과 깊은 연관이 있다.

2000년 11월부터 2001년 4월까지 그들이 나와의 인터뷰에 할애해 주었던 많은 시간들, 내게 흉금 없이 털어놓은 자신들의 내면의 사연들, 간혹 그들의 세심한 행동과 온정어린 시선들, 그들의 고백 속에서 비쳐지는 인간미 등 이 모든 것들로 인해 나는 그들에게 많은 빚을 졌으며 또한 그들에게 감사한다.

300